Von der Reeperbahn zum Bosporus

»Für Paulina und Lennert«

Danksagung

Götz Göpfert (Cover)
Lars Schütze (Esso-Reeperbahn)
Eva (meine Lektorin)
Sabine Pätschke
Marion
Henning (Reisebüro)
Bruder Philipp
&
meine Eltern

Max Saal

Von der Reeperbahn zum Bosporus

Schnelles Geld mit Luxusautos –

meine wilde Türkeireise.

Eine Reisereportage.

Bibliografische Information der Deutschen Nationalbibliothek
Die Deutsche Nationalbibliothek verzeichnet diese Publikation
in der Deutschen Nationalbibliografie; detaillierte bibliografische
Daten sind im Internet über http://dnb.d-nb.de abrufbar.

© 2014 Max Saal
Satz, Herstellung und Verlag:
BoD - Books on Demand
ISBN 978-3-7357-0854-0

Inhalt

Die Beschaffung.	7
Tacho frisieren.	10
Der wichtigste Mann.	11
Fuzzi.	13
Abfahrt.	16
Was kostet die Welt.	18
An der bulgarischen Grenze.	24
Der Zwischenfall.	27
Die Bergung.	30
Luxusurlaub in Thessaloniki.	48
Wiedertreffen.	54
Die Fahrt geht weiter.	65
Ein neuer Plan.	71
Erleichterung.	84
Erneuter Zwangsstopp.	90
Ende gut, alles gut!	106

Zurück in Kusadasi im Mai 1988.	107
Die Jungs sind zurück!	110
Reinke (Larsi), der Banker.	115
Das erste Verkaufsgespräch.	118

Die Beschaffung.

Eine Idee wurde plötzlich Realität, als Reinke doch tatsächlich, es war der 11. Mai, ein schöner, sonniger Vormittag im Jahre 1988, mit einem Luxus-Mercedes der S-Klasse bei mir vorfuhr. Ich konnte es erst gar nicht glauben, aber er stand jetzt mit stolzgeschwellter Brust vor mir. Wie war er bloß an diesen Schlitten gekommen, dachte ich. Sein Einfall war gewesen, mit Hilfe eines Geldgebers einen S-Klasse Mercedes in Deutschland günstig zu kaufen und in der Türkei teuer zu verticken. Die Autos kosteten dort wegen der hohen Luxussteuer viermal so viel. Der Plan war, irgendeinen Idioten anzuheuern, das Auto auf ihn zuzulassen, ihn dann unten mit 'ner Türkin zu verheiraten, das Auto als Mitgift mit in die Ehe zu bringen und so die Luxussteuer zu umgehen. Das Auto sollte dann als legal angemeldetes, wertvolles, türkisches Fahrzeug zum hohen Marktpreis verkauft werden. Nach seinen Berechnungen sollten einige Hunderttausend DM als Gewinn übrig bleiben, die er mit dem Geldbeschaffer teilen wollte. Ich sollte als sein Kompagnon natürlich auch nicht leer ausgehen.

Reinke besaß keinen Führerschein und auch keine Fahrpraxis, ein Wunder, dass er überhaupt heil mit dem Schlitten von Bremen nach Hamburg gekommen war.

Ich blickte erstaunt auf einen schönen, goldmetallicfarbenen 500 SEL, der vor mir in der Sonne glänzte.

Reinke posierte im schicken hellen Anzug mit Krawatte, fein herausgeputzt wie ein Gockel, ein imposanter Anblick, 1,85 Meter groß und 100 kg Lebendgewicht.

Ich wollte nur brennend wissen, wie er in Besitz des Autos gekommen war.

Er sagte, mit Hilfe eines simplen Tricks. Die Eigentümer bzw. jetzt die bisherigen Besitzer des Daimlers, ein selbsternanntes Autohändlerpärchen, bestehend aus einer polnischen Lehrerin und einem deutschen Arbeitslosen, witterten wohl das ganz große Geschäft, als Reinke vor drei Stunden, geschniegelt und gestriegelt wie er jetzt noch war, zusammen mit seinem Kumpel Axel, den er schon aus Sandkastentagen kannte, erschien.

Axel trug als Kontrast zu seinem schicken Freund den Werkstatt-Blaumann seines Arbeitgebers, eines renommierten Autohändlers im vornehmen Hamburger Westen. Sie bekundeten sofort Interesse an dem Objekt. Axel nahm kurz die Technik unter die Lupe und nickte Reinke kurz mit dem Kopf zu: »Alles im guten Zustand.«

Dann kam, wie er sagte, Reinkes großer Auftritt. Es wäre ein leichtes Spiel, dieses tolle Stück mit hohem Gewinn schnell weiter zu verkaufen. Er hätte die besten Kontakte zur Gesellschaft. Selbstverständlich würde das Autohändlerpärchen, dank Reinkes hanseatischen Verkaufsgeschicks einen ordentlichen Verkaufspreis erzielen und viel Geld verdienen, ohne etwas selbst dafür tun zu müssen.

Ein für alle Beteiligten sehr lukratives Geschäft eben.

Ich konnte mir ein Grinsen nicht verkneifen, als er fortfuhr: »Wir haben den Wagen schließlich bekommen, weil wir unser mitgebrachtes Fahrzeug als Pfand hinterließen.«

Das Autohändlerpärchen hatte nun einen Mietwagen mit Fahrzeugpapieren, aber natürlich nicht den wichtigen Fahrzeugbrief, in dem der Eigentümer eingetragen ist. Reinke freute sich: »Die haben einen E-Klasse-Mercedes, ein Mittelklasse-Modell von Axels Chef, den er günstig ausgeliehen hat. Hahaha, das ist der ganze Trick.« »Alter Schwede, sieh an, sieh an, dass du noch einmal mit so einem Geschoss ankommst«, sagte ich ihm anerkennend.

Er war stolz wie Oskar.

Der 500er hatte zwar schon 197.000 Kilometer auf der Uhr, aber das war noch das kleinste Problem, meinte er: »Das mit dem Tachostand wird heute Abend noch erledigt, wir fahren zu einem Tachospezialisten.«

»Mensch«, dachte ich, »alles profimäßig organisiert.« Ich war jetzt doch sehr aufgeregt, zeigte es ihm aber nicht. Ich grinste ihn stattdessen cool an. Er steckte sich 'ne Marlboro an, strich sich über seinen feinen Anzug und nahm einen Zug.

Dann sprach er ernst weiter: »Viel wichtiger ist, dass wir heute Nacht so schnell wie möglich einen Typen finden, der mit uns die geplante Fahrt in die Türkei antritt. Dieser muss möglichst abenteuerlustig, ungebunden und natürlich dumm und naiv sein. Er soll ja sofort mit uns mitkommen.«

Tacho frisieren.

Am Abend, gegen halb elf, heizten wir mit 200 km/h durch die Dunkelheit, die Autobahn A7 hoch nach Flensburg. Ich fuhr, das war offiziell nun mein Job auf dieser Tour. Ich sollte mich am Steuer abwechseln mit Steinberg, dem Chef des ganzen Unternehmens, wie Reinke sagte.
Steinberg sollte am nächsten Tag zu uns stoßen.

In Flensburg angekommen, wurde der Tachometer bearbeitet, das heißt der Kilometerstand wurde zurückgestellt, was eigentlich verboten war. Wir mussten geduldig warten, ein anderer Kunde mit einem schönen, schwarzen Mercedes 500 SEC Coupé war vor uns dran.
Mein Kumpel Reinke bestand darauf, den Tacho auf 0 zu stellen.
Ich entgegnete ihm nur:»Du Idiot, es sieht doch jeder, dass die Kiste fast 200.000 gelaufen ist. Schau dir mal den Motor an: ordentlich verölt und verrußt. Selbst ich als Auto-Laie sehe sofort, dass der schon jahrelang im Einsatz ist. Der ist ja schließlich schon fünf Jahre alt und immer ordentlich geschruppt worden. Ein stark beanspruchter Geschäftswagen eben.«
Er schlug dann 60.000 auf der Tachoanzeige vor. Mit 66.666 würden wir dann in Kusadasi, ankommen. Oder 666.666, dachte ich, scheißegal, ich war ja nur als Chauffeur mit dabei. Eine Woche bezahlter Urlaub, wie ich so leichtsinnig dachte. Der ganze Job, das Einstellen des neuen Kilometerstands, dauerte keine 10 Minuten und kostete 150 Mark.

Der wichtigste Mann.

Eine Stunde später, wieder kurz vor Hamburg die Frage von mir: »Wo finden wir den geeigneten Kandidaten für die Fahrt?« Natürlich auf'm Kiez, der berühmt-berüchtigten Reeperbahn, schoss es uns beiden gleichzeitig durch den Kopf. Wo sonst gibt es so viele Verrückte um diese Zeit. Es war bereits ein Uhr morgens. Nur auf der sündigen Meile lungern jetzt noch schräge Vögel, Alkis, Arbeitslose und Obdachlose, herum. Irgendeiner würde schon zustimmen und mitkommen.

Schnell hatten wir den passenden Spruch gefunden, um für unsere Tour zu werben: Wir sind von RTL und machen eine Tour nach Spanien und suchen noch jemanden für eine Reise-Reportage fürs Fernsehen.

War das mühsam, einen zu finden! Die meisten hatten Angst oder dachten, wir seien Kriminelle und wollten ein Ding drehen. Was hielten wir häufig mit unserem auffälligen Auto an. Es ging locker den Kiez 20 Mal rauf und runter, die Davidstraße, gegenüber der berühmten Polizeiwache, wo die leichten Mädels, die Jungnutten in ihrer grellbunten Aufmachung auf schnelle Beute, ihre Freier warten. Wir fuhren mit geöffneten Fenstern, die Arme heraushängend, wie die Mantafahrer. Reinke hielt cool grinsend mit einer goldenen Sonnenbrille von Ray-Ban spielend lässig seinen Arm raus. Die Diskomucke machte locker, er sprach mittlerweile jeden Typen auf der rechten Seite an, ich links. Die »Koberer« genannten Türsteher vor den Liveshow-Bumsbuden wie »Safari« und »Salambo« in der »Großen Freiheit«, die die Leute, locker 70% Männer, mit freiem Eintritt in ihre Etablissements lockten, wo irgendeine Olle mit dem Arsch wackelte, um ein paar Geldscheine abzuluchsen und dann locker 21 Mark für eine Flasche lauwarmes Astra abzudrücken waren. Oder abgestandene Puffbrause, irgendein Billigsekt. Diese Türsteher, die nun wirklich jeden

Schnack und Abschlepptrick beherrschten, konnten uns auch nicht helfen, die hatten mittlerweile richtig Mitleid, als sie uns nun auch schon bei jeder erneuten Durchquerung der Straße mit einem Schulterzucken begrüßten. »Wart ihr schon in der Talstraße?« fragte uns einer. »Bestimmt 10 Mal«, rief ich. »In der »Ritze« oder im »Silbersack«, habt ihr die schon abgecheckt?« »Nee, wir müssen bei dem Daimler bleiben.« »Ach, hör auf, der ist doch nicht mehr fabrikneu, den klaut euch hier keiner!« Reinke darauf: »Außerdem sind dort nur Touris, die haben vor uns sowieso Schiss, hähähä«. »Ja, Jungs, dann versucht doch noch mal das »Lehmitz«, meinte der wirklich hilfsbereite Türsteher. »Mensch, Alter«, raunte ich meinen Beifahrer an, »da hättest du als selbsternannter Kiez- und Nuttenkenner auch drauf kommen können. Wir kannten uns aus unserer letzten Schulklasse, dem Wirtschaftsgymnasium St. Pauli. Am ersten Schultag kam er mit einem Koffer voller Blender, nachgemachter Rolex und Cartier Uhren in den Unterricht. Eine Woche später erzählte er mir und auch Lars, unserem Klassenkamerad und Kumpel und Sohn vom Inhaber der Esso Reeperbahn Tankstelle, dass er sieben Mädels am Laufen hätte.

Fünf Minuten später kam Reinke aus erwähnter Pennerkneipe, das Bier gab's dort schon für 'ne Mark. »Negativ«, sagte er und stand resigniert vor mir: »Keiner will, alles Angsthasen, hauen sich die Rübe dicht und haben dann die Hosen voll.« Er stieg wieder ein und machte das Autoradio an. Aus den Lautsprechern dröhnte laut »Brother Louie, Louie, Louie« von »Modern Talking«. Schlagartig waren wir in Topstimmung und grinsten uns an: »Gleich finden wir 'n Opfer!« sagte ich: » Ich hab's im Urin, Alter!« Er darauf: »Olli, du hast Recht, gleich haben wir Schwein, das sag ich dir!« Er warf die dritte leere Marlboro Schachtel an diesem Abend aus dem Fenster. Der nächste, den wir fragten und der sichtlich verwahrlost auf dem Bordstein saß, schrie uns laut an: »Haut ab, ihr Arschlöcher, ihr seid wohl pervers!« Das brachte uns nun nicht mehr aus der Ruhe.

Fuzzi.

Es mochten dann tatsächlich schon drei Stunden Cruisen und Anlabern vorüber gewesen sein, als uns jemand, doof grinsend anlachte und ansprach: »Ok, Jungs, ich bin dabei, ich fahr mit.« Vor uns stand ein 50-jähriger, kleiner und verlebter Mann mit fettigem grauem Haar und abgewetzter Jacke, der uns mit seiner fürchterlichen Schnapsfahne anhauchte und grinste. Aber wir konnten es uns nicht leisten, wählerisch sein.

Fuzzi, so hieß unser nun wichtigster Mann müsse nur noch schnell seinen Perso von der Etage holen. Er wohnte direkt am belebtem Hans-Albers-Platz bekam Stütze und hauste in einer Sozialbude mit Münzdusche, die er wie er betonte nicht so häufig benutzte. Einen Zwilling, sprich zwei Mark fürs Duschen, Mensch, ich bin doch nicht bekloppt, das sind zwei Bier drüben im Lehmitz!« »Da waren wir eben auch schon«, meinte Reinke, langsam wieder entspannter, »da müssen wir uns doch glatt verpasst haben.« Fuzzi antwortete: »Nee, ich war eben auf der Tanke, brauchte frische Luft!« Reinke und ich waren erleichtert, endlich einen Mitfahrer gefunden zu haben. Fuzzi sagte: »Ich brauche nicht viel: Nur was zum Pennen und zum Trinken. Ich esse nur flüssig und habe jetzt Durst damit ihr's wisst!« Wir fuhren rüber zur Esso-Tanke und kauften ein Fläschchen Stoff. Wir ließen das Auto, und ab jetzt auch ihn, nicht eine Sekunde aus den Augen. Wir hatten jetzt noch viel Zeit. Die Nacht war jung.

Steinberg, unserer Boss und Geldgeber der ganzen Reise, wurde abgeholt und uns von Reinke feierlich und peinlich vorgestellt. Er war 36, mittelgroß, Straßenköter-braune Haare und sah aus wie ein spießiger Versicherungsvertreter mit Pfeife, blauer Wildlederjacke, Bügelfaltenjeans und glänzendem Aktenköfferchen. Er trug schwarze glänzende Collegeschuhe. Sie mussten sich erst seit kurzem kennen, denn Kumpel Reinke, von seiner Ex, die mich nicht mochte, in guten Zeiten auch liebevoll Larsi genannt, hätte mir bestimmt von ihm erzählt. Er hatte ganz kurzfristig doch noch jemanden mit Zaster gefunden. Alle Achtung!

Reinke hatte den ganzen Tag schon wichtige Telefonate mit ihm geführt. Er hatte immer geflüstert und undeutlich gesprochen. Der Boss könne alles, wisse alles, hat aber auch wohl einen ganzen geerbten Häuserblock durchgebracht, verzockt im Puff gelassen, erzählte Reinke. »So hättest Du es auch gemacht, gut dass du keine Kohle hattest«, sagte ich.

Das kann ja noch lustig werden, dachte ich, die Truppe war komplett. Ich war sehr gespannt auf die nächsten Tage.

Ab diesem Zeitpunkt musste Fuzzi im Mercedes immer hinten rechts Platz nehmen, im Fond. Er hatte permanent Durst. Er lechzte eigentlich immer nach 'm Bier, einem Lütten oder was auch immer gerade an Sprit verfügbar war.

Die Sonne ging auf vor der Kraftfahrzeug-Zulassungsstelle Hamburg-Süd, der größten für An- und Ummeldungen von Autos und Lastern in Hamburg. Der 500er musste nur noch auf unseren Penner umgeschrieben, das heißt auf ihn als Fahrzeugeigentümer umgemeldet werden.

Wir waren die ersten Kunden an diesem Morgen, da wir direkt vor dem Eingang im Auto dösten. Wir hatten noch die roten Nummernschilder am Mercedes. Diese dürfen nur von Autohändlern und Werkstätten für Überführungsfahrten benutzt werden und mussten gegen HH-Nummern getauscht werden. Ich holte die erforderlichen Formulare und wir füllten sie fachgerecht mit Fuzzis Daten aus. »Fuzzi«, sagte ich, »mach hier mal drei Kreuze«. »Wollen wir Lotto spielen, oder was?«, antwortete er lachend. Reinke darauf: »Nein, tu was Olli dir sagt, mach die Kreuze, unterschreib!« Er darauf: »Ich unterschreib euch Halunken alles, so'n Quatsch, dafür gibt's sofort 'n Bierchen!«

Fünf Minuten später war Fuzzi offiziell Eigentümer der S-Klasse das heißt im Kfz-Brief und Fahrzeugschein eingetragen. Die Frau von der Zulassung hatte keinerlei Probleme gemacht, ich hatte für alle Fälle sogar eine getürkte Vollmacht von unserem Penner dabei, brauchte sie aber nicht einmal vorzuzeigen.

Die Dame am Schalter schmunzelte nur kurz bei Fuzzis Namen: »Konrad-Dieter Frankenbusch: sehr selten, noch nie gehört!«

Reinke hielt auch den Fahrzeugschein in der Hand und sprach: »Jetzt kann die Reise ja endlich losgehen.« Steinberg blickte mürrisch und verstaute die beiden Dokumente in seinem billigen Aktenköfferchen. Er tat sehr wichtig mit seinem Köfferchen, aber er war ja nunmal der Chef vom Ganzen.

Anschließend wurde bei Aldi eingekauft: Die Marschverpflegung, kalorienreich mit viel Energie für eine schnelle, kurze Reise auf einen anderen Kontinent. Billigstes Dosenbier, diverse Liköre und Schnaps, alles, was Fuzzis Trinkerleber erfreute. Unmengen von Snickers für Reinke. Sie waren sein tägliches Frühstück. Sonst noch Wurst, Käse und Brot. Und zum Wachbleiben: Cola ohne Ende! Für 200 Mark war der Kofferraum voll.

Wir packten noch Öldosen, zwei Reservekanister für Benzin und Kühlwasser ein, dann ging nichts mehr. Die paar Klamotten zum Wechseln schmissen wir auf den Rücksitz, unten bei den Türken gab's die ja eh fast für lau. Eine Rolle Zewa und Klopapier mussten fürs Erste reichen, der Rest wird dann irgendwo geklaut. Steinberg und Reinke hatten geplant, das Ziel in maximal zwei Tagen zu erreichen, es sollte nonstop gefahren werden. Nur Tank- und Pinkelpausen waren vorgesehen. Ich war ja nur als Fahrer dabei. Wir schätzten die Entfernung, über'n Daumen gepeilt, auf 1.800 bis 2.000 Kilometer.

Hauptsache, unser 500er hielt durch! Reinke hatte noch einmal alles durchgecheckt, wie er sagte. »Hahaha«, grinste ich, »der hat doch gar keine »Peilung«, egal nicht mein Problem.

Ich dachte, mit dem stabilen Zweitonnen-Geschoss unter 'm Arsch kommen wir doch überall durch ... Die S-Klassen aus Stuttgart waren in der ganzen Welt als robuste Luxuskarossen bekannt. Made in Germany, deutsche Wertarbeit halt. Nicht umsonst bauen wir die besten Autos!

Wir, drei coole Typen in diesem Schlitten, waren schon mächtig stolz auf uns. Fuzzi war alles scheißegal, Hauptsache, nicht verhungern, also verdursten und nicht »den Arsch abfrieren«, wie er sagte.

Abfahrt.

Vollgetankt steuerte ich zu den Elbbrücken, munter und voller Tatendrang, bereit und gespannt auf das Abenteuer.
Auf der Autobahn A7 Richtung Hannover konnte ich den Motor erst einmal warmfahren, mehr als 120 waren eigentlich bis zu Niedersachsens Landeshauptstadt nicht drin, weil nie erlaubt. Wir saßen auf den bequemen Ledersitzen und fühlten uns wie Könige. Das Leder war sehr strapazierfähig und pflegeleicht. Der ein oder andere Schluck von Fuzzis Drink lief schon über die Rücksitzbank. Das braune Leder glänzte trotzdem richtig edel.
Der Achtzylinder lief geschmeidig und schnurrte vor sich hin. Nach zwei Stunden kam Göttingen und die erste Pinkelpause, Fuzzi drängte ʾdrauf: »Sonst muss ich hier in 'ne Dose …« Ich brauchte einen Kaffee, Reinke 'ne Kippe und der Big Boss sein Köfferchen. Ich checkte kurz den Ölstand. Die Maschine verlor ja ordentlich Öl, kann ja vorkommen bei 200.000 auf der Uhr. Des Penners neuer Sportwagen fuhr sich ganz locker: 160, 180, 200 km/h, no problem, dafür war das Auto ja da. Ich musste das Benzin ja schließlich auch nicht bezahlen …
Alle Spesen, die gesamten Ausgaben wurden von Steinberg übernommen, was will man mehr, fragte ich mich.
Unser Penner fühlte sich bei uns mittlerweile ganz wohl. Er berichtete aus seinem Leben als Seefahrer. Zweimal habe er das berühmte »Kap Hoorn«, wie er sagte: »Mit Doppel-O, das von de Käsköppe, den Holländern, die sind da als erste rum!«, südlichste Spitze des amerikanischen Kontinents, umrundet. »20 Meter hohe Wellen da unten, Jungs, da staunt ihr, was?« sagte er mit breitem Grinsen. »Alle Häfen der Welt hab ich gesehen.« Und dann ganz bescheiden: »Aber 'n Mädel hatte ich keins …,so wie

der olle Hans Albers immer so sang: In jedem Hafen eine Braut gehabt, also ein leichtes Mädel ... alles Papperlapapp sag ich euch, Freunde!« Er rülpste laut auf und raunte dann Steinberg an, der ja links hinten neben ihm saß: »Gib mir noch Bier, du Dösbaddel, du!« Er war frech. Er wusste längst, dass wir ihn für irgendetwas brauchten. Wieder Boxenstopp, Tanken hinter Fulda. Die A7 war wie ein Teppich und das Bier und der Kaffee liefen ... Wieder eine »Jakobs Krönung« für mich, 'ne Marlboro für Reinke und das Kunstleder-Diplomatentäschchen vom Grabbeltisch bei C&A, für den Boss. Ich kontrollierte wieder Öl und Kühlwasser. Fuzzi glotzte auf die Werbung an einem Bierlaster und die anderen besprachen die Route. Steinberg tuschelte leise zu Reinke: »Die A7 runter bis ..., dann auf die A ... Richtung Grenze Öster ...« Er brach ab: »Keine weiteren Details, damit sich unser Seefahrer nicht gleich einen Reim auf unser Ziel machen kann. Der erfährt noch früh genug, wohin die Reise geht!« Er sollte so lange wie möglich im Glauben gelassen werden, dass wir nach Spanien fahren. »Natürlich über die Grenze, über die Berge, sprich die Alpen«, ergänzte Reinke seinen Chef ganz weltmännisch. »Nur das Wort »Türkei« lass noch besser, vielleicht kriegt der dann noch Schiss«, meinte Steinberg, » und will türmen«.

Es lief wie am Schnürchen: Pause hinter Kassel, Wasserlassen, die Kasseler Berge hatten richtig Spaß gemacht. Die A7 ist dort wie eine Rennstrecke im Gebirge, wie ein Nürburgring für alle. Jeder, der sie kennt, weiß: Es sind nur 100 erlaubt. Trotz der Kameras kann man da sehr schnell rüberkacheln. Die enormen Fliehkräfte mit verbotenen 180-200 km/h sind schon ganz beachtlich. Ich war sehr munter und entspannt. Eventuelle Tickets (Bußgelder) würden ja an Fuzzis Kiez-Adresse geschickt werden, hahaha! Die anderen dösten.

Was kostet die Welt.

Abenteuer, Action, mit 'nem teuren, schicken Auto auf'n Putz hauen, das lag uns doch. Reinke, Steinberg und ich waren doch ein »Team. Fuzzi, der weitgereiste Globetrotter, der alle Ozeane kennt, hatte dies nicht nötig.

Es war ruhig im Auto, das Radio leise gestellt. Wegen nerviger Verkehrsnachrichten, eventueller Staus. Wir hatten es schließlich sehr eilig.
Das große Geld wartete, es lag ja förmlich auf der Straße.
Als Hardware unser Luxus-Daimler, als Software die perfekte Vorbereitung und das Verhandlungsgeschick unserer beiden Reiseleiter.
Es gab keine Zeit zu verlieren.
Irgendwie war ich stolz auf mich, so tollkühn und verwegen zu sein. Der Achtzylinder gab alles. Ich hatte ihn gut unter Kontrolle und genoss das Vertrauen der anderen in meine Fahrkünste.
Das Leben war schön. Ich war fit wie ein Turnschuh. Steinberg später hoffentlich auch. Es war längst dunkel draußen.
Dann verließen wir die A7 Richtung Grenze Österreich. Ich weckte den Mann mit der Kohle leise, ob er jetzt fit sei. Er nickte doof grinsend: »Ich bin immer fit!« Ich antwortete: »Haha, worauf denn?« Die beiden anderen ließ ich pennen. Er fuhr und ich saß nun hinten im Fond, links neben Fuzzi. Herrlich, wie selig der schnarchte. Er roch tierisch nach Sprit, wie Reinke immer bemäkelte und gegen ihn stänkerte. Unser Penner grunzte dann nur kurz. War ihm doch eh alles egal.
Steinbergs Fahrweise war nicht sehr vertrauenerweckend, das merkte ich schnell. Dauernd Gasgeben und dann wieder abrupt in die Eisen gehen. Das musste einem ja auf den Magen schlagen. Wir waren jetzt auf kurvigen Landstraßen unterwegs, bergauf und -ab im Dunkeln. Immer

Kickdown und bremsen. Unsere Köppe flogen immer von links nach rechts und zurück. Alter, das nervte vielleicht! Unser Rennfahrer schob den Ganghebel vom Getriebe dauernd runter von D nach 2 oder 1. Der Motor drehte dann immer auf.

D, wie Drive ist der normale Gang, der immer reicht, wenn nicht gerade sieben Meter Schnee liegen. Die lagen aber nicht!

Er, der ja angeblich schon viele flotte Autos gefahren war, wusste wie man fährt und basta! »Sportwagen haben keine Automatik, die müssen manuell rauf und runter geknüppelt werden!« »Aye, aye, Sir«, sagte ich leise.

Es knirschte zunehmend irgendwo unter dem Auto, selbst Fuzzi war wach und wurde hellhörig.

Mensch, die Karre ist schon 200.000 gelaufen und dieser Idiot zerlegt das Getriebe noch heute Nacht im Dunkeln. Na, dann Mahlzeit! dachte ich.

Reinke dachte wohl ähnlich und glotzte auch etwas ängstlich.

Er war nur zu cool, um sich etwas anmerken zu lassen, er war ja der ganz große Zampano und hatte nie Schiss. Steinberg schaltete trotz meines dezenten Hinweises, das alte Getriebe zu schonen, immer weiter brutal in N, 3, 2 + 1.

Scheißegal, schau'n wir mal, was passiert. Ich konnte nicht schlafen, nur dösen und hoffen, dass nichts passierte.

Reinke schaute Steinberg auf die Finger, schnackte kurz mit Fuzzi und dachte sich, was er nur für ein toller Hecht war: Bald haben wir viel Kohle, er und Steinberg, er grinste siegessicher, er, Reinke ist ja eh der Schlaueste. Das Unternehmen war ja allein seine Idee gewesen und wenn's Ärger gegeben hätte, Kumpel Olli, wär auf seiner Seite gewesen.

Wir heizten durch Graz, die Hauptstadt der Steiermark. »Hier kommt doch Arnie Schwarzenegger her, Mr. Universum«, meinte Reinke. »Ja, ja, wärste auch gerne, was?« lachte ich ihn an. Steinberg, die Spaßbremse, lachte sogar auch mal mit: »Hahahahaaaa …« Fuzzi schlug sich die rechte Hand an die Stirn: »Dösbaddels.« Wir rasten, was die Straße hergab

Richtung Jugoslawien. Keiner kümmerte sich um irgendwelche blöden Geschwindigkeitsbeschränkungen. Der Ostblock wartete schon auf uns kühne Typen, uns Männer ohne Nerven, wie unser Alki vom Kiez an die TV-Sendung erinnerte. Endlich dieses langweilige, spießige Österreich verlassen. »Mann, jetzt geht die Reise erst richtig los …«, brummte Reinke.

Es dämmerte. Ich fuhr wieder und an der Grenze gab's keine Probleme. Dann der berüchtigte Autoput, die Verbindung vom Abendland ins Morgenland. Endlich Action. Wir überholen Lkws aus der Türkei und Persien. Vor den Iranern und Irakis hatte ich besonderen Respekt, so wie die unterwegs waren, hatten sie ihre Lappen doch auf Panzern gemacht.

Mann, wie die fuhren! Der stärkste gewinnt.

Unser Chef und sein Copilot ärgerten sich inzwischen über die hohen Autobahngebühren. »Reinste Abzocke, diese Scheißmautgebühren!« brummte Reinke. Steinberg nickte: »Für die paar Kilometer, die Jugos sollte man … alles Verbrecher!« »Ja, ja, alle Verbrecher«, wiederholte ich und sah dabei Fuzzi im Rückspiegel an. Der erwiderte meinen Blick und schlug sich kopfschüttelnd vor die Stirn.

Ich musste auf einmal voll in die Eisen gehen, alle bremsten. Irgendeinem Harakiri-Perser war ein Reifen geplatzt! Schadenfreude! Dann Angst! Ich fragte unseren Copiloten: »Sag mal Reinke, unsere Reifen sind doch noch gut, oder?« »Nee, Olli, die sind erst 150.000 gefahren und mindestens einmal geflickt worden.« Ich wurde ganz ernst: »Halt's Maul, Alter, verarsch' mich nicht!«

Wir fuhren und fuhren. Ich musste mich wahnsinnig konzentrieren, denn der Wild-West-Fahrstil der Brummifahrer war echt gefährlich. Dauernd aufpassen. Es wurde überholt und gehupt, was die Tröte hergab.

Wir schwitzten auf den Lederpolstern, die Klimaanlage funktionierte nicht. Aus der Lüftung kam beim Öffnen nur noch mehr warme Luft. Reinke hielt sich für den Entdecker dieses Phänomens. Lass' ihn im Glauben, er wär's, dachte ich. Es knirschte jetzt immer häufiger und der Ton wurde dabei heller. »Was passiert da gerade mit dem Getriebe?« Steinberg ganz kleinlaut: »Die Hitze, das Auto ist alt … »Ach nee«, antwortete ich darauf genervt.

Wir waren jetzt auf der Höhe der Stadt Maribor, hatten erst ein Viertel der Stecke geschafft. »So'ne Scheiße: jetzt verreckt das Getriebe!« sprach ich laut. »Ach was, Olli, bleib cool, Mann!« Was tun? Wir waren alle hellwach und ratlos.

Fuzzi nahm einen ordentlichen Schluck und rülpste laut los. Er grinste doof und nuschelte vor sich hin: »Ihr Idioten, immer große Fresse und jetzt keine Peilung.« »Wir brauchen Hilfe«, sagte ich den beiden Chefs: »Jemand muss das Getriebe checken!« Es kam eine Tankstelle. Endlich mal wieder Füße vertreten. »Haltet Ausschau nach'm Schrauber!« Wir fragten herum und lernten einen Mann kennen, der eine Hebebühne besaß, um sich die Sache von unten mal anzuschauen. Die Verständigung klappte mit Händen und Füßen. Reinke wedelte großkotzig mit einem Fuffi herum: »Viel Kohle hier im Osten.« Steinberg machte wieder seinen wichtigen Koffer zu, Fuzzi kippte noch 'nen großen Schluck in seine immerzu ausgedörrte Kehle und los ging's.

Wir waren mit unserer goldenen Karre die Attraktion in dem Dorf. Der Daimler stand hoch auf der Hebebühne und wurde fachmännisch begutachtet. Reinke und Steinberg standen zusammen mit dem Jugo unter dem Auto und taten so, als ob sie Ahnung hätten. Fuzzi und ich standen abseits und sicher. Wir hatten beide Schiss, das die Karre runterkommt und uns plattmacht.

Wir hatten die Familie, Nachbarn und Kinder angelockt. Unsere Chefs hielten sich für ganz wichtig und genossen sichtlich die Blicke der Zuschauer.

Der Jugo sagte, dass das Getriebe nur etwas Öl verliere, sonst wäre alles heil. Er wischte alles noch einmal ab und lies unseren 500cr runter und sagte zum Schluss: »Weiterfahren und Ölstand kontrollieren; das Getriebe hält noch lange!« Der Fuffi wechselte den Besitzer. Erleichterung bei allen.

Zurück auf dem »Autoput«, in der Nähe von Zagreb, ging's dann schon wieder los: Die Gänge flogen beim kleinsten Tritt aufs Gaspedal wieder raus. Der Achtzylinder heulte dann auf. »Halt den Fuß ruhig, dann geht's«, sagte Reinke. Ich darauf: »Woher willst du das wissen, du hast doch keine Ahnung, Mann!« »So kriegen wir unseren Wagen nie 'runter zu den Türken!«

Aber Steinweg meinte, es wäre einen Versuch wert, ihn ans Steuer zu lassen. »Er hat zwar keinen Lappen, aber hier im Osten rafft das doch kein Bulle, dann zeige ich meinen.« Bekloppt, der Typ, aber halt besser die Klappe, dachte ich. Ich bin hier nur Fahrer, dann geht halt Steinberg in 'nen Ossi-Knast.

Ok, Pinkelpause, locker die 20. seit Hamburg. Also Fahrerwechsel!

Gesagt, getan und siehe da: Wirklich ruhigen Fußes brachte Reinke den Daimler in Schwung. 2.500 Umdrehungen und der 5-Liter-Motor schnurrte vor sich hin. Ein Phänomen, die Gänge rutschten nicht mehr, alles lief ganz geschmeidig. Reinke war nun mal wieder stolz auf sich. Steinberg und ich lobten ihn: »Mann, du hast 'nen goldenen Fuß, gib Gas! - Zeit ist Geld!« meinte unser Geldgeber ganz cool.

Wir streckten uns alle aus, Fuzzi schnarchte bereits, die Hose nass und 'ne Bierpfütze neben sich auf 'm Sitz. Die Bierdose war ihm aus der Hand gefallen.

Reinke riss die Kilometer nur so ab. Er überholte vorsichtig, hielt immer Sicherheitsabstand und wurde nicht übermütig. Ich schielte häufig zu ihm rüber.

Steinberg, der Boss unserer kleinen Reisegruppe, pennte mittlerweile auch und träumte von der großen Kohle.

Reinke saß da wie der Graf auf 'm Kutschbock.

Belgrad kam in Sicht, wieder Mautgebühren von »den elenden Wegelagerern«, wie Steinberg wieder nörgelte: »Reine Schikane, für die paar lausigen Kilometer Autobahn löhnen zu müssen.« Man konnte noch nicht einmal heizen!

Drei Stunden später: Ölstandkontrolle, Wasserlassen und Benzin fassen.

Ich fuhr wieder, unser führerscheinloser Reinke war platt und müde vom Fahren.

»Ey, Mann, sehr gut gefahren und die Automatik geschont, hast echt 'nen goldenen Fuß.« Ich lobte ihn. Er strahlte, das ging runter wie Öl an ihm.

»Alles goldig«, brummte Fuzzi, verpennt. »Langweilig mit euch Banausen«, meinte er zu uns allen. »Am Kap Hoorn ist wenigstens 'was passiert. Mir tut der Arsch weh.« »Hey Seemann, du hast deinen Arsch eben nur gehoben, um das Bier wegzubringen. »Also klag nicht und halt's Maul!« sprach Steinberg. Man konnte nur noch leise »geile Reise!« von ihm hören, dann ließ er einen fahren und schlief wieder ein.

Steinberg sollte mich dann, wenn ich müde werde, ablösen.
Auch bei mir lief die Karre jetzt wie am Schnürchen. »Hey Alter, haste gut eingefahren nach unser letzten Inspektion«, grinste ich Reinke an
Er lachte und ärgerte sich deutlich, dass er noch keinen Führerschein gemacht hatte. Dann der gleiche Trott vom Vormittag: Hupen, Kickdown, notbremsen, aufblinken, Mittelfinger zeigen, »Ihr Arschlöcher« brüllen.
Diese Brummifahrer aus 'm Orient, der pure Wahnsinn! Die paar Nordeuropäer, die wir trafen fuhren vergleichsweise harmlos. Auch die guckten genervt auf die Brüder. Geiler Nervenkitzel, es machte tierisch Spaß. Hauptsache, der 500er lief. Wir waren doch ganz bescheiden. Ich war richtig euphorisch, wie auf 'm Trip.
Flotte Diskomucke lief im Autoradio: »You're my heart, you're my soul, I'll keep it shining everywhere I go …«, gutes Wetter, die Route bestens geplant, alles bestens.
Die Chefs waren in Gedanken versunken, dachten wohl an die Kohle, die der Daimler einbringen würde … Fuzzi döste.

An der bulgarischen Grenze.

»Jungs, hier kommt der Abzweig nach Nis und dann weiter zur bulgarischen Grenze, Richtung Sofia«, sprach Steinberg wie ein Oberlehrer.
Es herrschte viel Verkehr auf dem direkten Weg zur Grenze. Es war nun einmal der kürzeste. Und es wurde langsam dunkel.
Kurze Pause, das Übliche erledigen. Ich fragte Reinke: »Wenn die Grenzer uns filzen, was die wohl zu Fuzzis Sprit sagen?« »Ach, scheißegal, dann kriegen die die beste Pulle aus 'm Kofferraum.« »Zu saufen haben die Jungs doch selbst genug, die brennen doch alle ihren eigenen Schnaps, diesen Blindmacher«, sagte ich. Und Steinberg dann: »Man weiß ja nie, wie diese Ostblock-Typen so drauf sind. So polizeitechnisch meine ich, was da wohl so abgeht?«
Sonst konnte uns ja nichts passieren, Wir waren Männer von Welt mit 'ner tollen Karre, die super lief. Geld war genug vorhanden und wir waren fit, bis auf Fuzzi, unseren Spritti. Aber der bleibt eh unten bei den Türken in Kusadasi und hat ein feines Leben. Er wird verheiratet mit so einer ollen, zahnlosen Bäuerin. Ihm war doch alles scheißegal, Hauptsache, er hat genug zu trinken und musste nicht frieren. Er hat »ein Dach über'm Kopf und wäre dann in guter Gesellschaft. Er als alter Kap Hoornier hatte doch vor nichts Angst, nicht so wie wir Weicheier.

Dann an der Grenze: »Passports!« rief eine Frau in Uniform.
»Scheiße, Jungs, was soll das denn?« stotterte Reinke. »Das gibt's doch gar nicht, so ein Mist«. Er war auf einmal völlig uncool und blickte uns an: »Ich hab' nur 'n Perso dabei!« »Ich auch«, sagte Steinberg. »Passports!« wiederholte die Grenzerin. Reinke dann: »Oh Mann, echt Scheiße jetzt! Die lassen uns nicht ins Land!« Er überlegte kurz, ob er wieder mit'm Fuffi wedeln sollte und begann, in seiner Hosentasche zu kramen.

Ich sagte: »Nein vergiss es, es glotzen zu viele.« Steinberg nickte mir zu. Der Grenzerin, einer dicken Bulgarin in einer nicht gerade vorteilhaft geschnittenen Uniform, schauten zu viele Kollegen zu. Die alle zu schmieren schied aus. Wir vier in unserem goldenen 500er hatten längst die Aufmerksamkeit aller um uns herum erregt. Besonders weil wir so elegante und seriöse Gestalten waren. «Nix mit Schmieren«, sagte ich zu Reinke: »Lass das mit der Kohle. Wir gehen sonst alle hier in'n Bau.« »Alter, und dann hier im Ostblock. Fast bei den Russen, da kommen wir nie wieder raus«, schürte ich Panik. Bei Reinke etwas zu übertreiben, erleichterte ungemein. »Das wird hier nichts.«

Wir mussten umdrehen. Wir waren alle fassungslos und enttäuscht. Alles geplant, nur nicht alle Pässe dabei! So'ne Scheiße!

Ich musste dann erst einmal aus der langen Schlange wartender Lkws und Autos rausrangieren. Immer langsam vor und zurück fahren. Ich war am Schwitzen. Viele der anderen Fahrer grinsten schadenfroh.

Ich gab Gas. »Jetzt müssen wir einen riesigen Umweg durch Griechenland fahren«, meinte Steinberg. Er hielt die Straßenkarte in der Hand.

Es ging zurück nach »Nis«. Reinke kratzte sich am Kopf: »Wohl wieder Autoput beziehungsweise Autobahn runter zu den Griechen. Über die griechische Grenze nach »Thessaloniki«, auch »Saloniki« genannt. »Mann, müssen wir 'nen Haken schlagen, ich fass es nicht«, meinte er völlig genervt.

Frust. Er musste heftig niesen und wischte sich die Rotze mit dem rechten Ärmel ab. Widerlich. Steinberg begann sein Pfeifchen zu reinigen und blickte eitel in den beleuchteten Schminkspiegel in der Sonnenblende.

Es war mittlerweile stockdunkel, keiner sagte etwas. Nur Frust! Ich trat die Karre. »Scheißumweg!« brummte ich. Die Reise wird wohl länger dauern als geplant … Locker 200 Kilometer mehr fahren wegen der »Scheißpässe!

Nach einer Stunde war ich hundemüde. Die Scheinwerfer der entgegenkommenden Laster blendeten immer mehr … mir fielen die Augen zu: »Hey, Steinberg, übernimm du das Steuer, ich penn gleich ein!«

Kurze Pause: Wasserlassen (Fuzzi) und Fahrerwechsel, unser Sportwagen-Heizer saß nun am Lenkrad.

Viel zu Schalten gab's ja nicht, da keine Berge da waren wie vor 24 Stunden bei den Ösis. Ich machte es mir hinten gemütlich und streckte die Beine aus, Fuzzis flüssiger Proviant lag zu meinen Füßen. Er reichte mir noch seine Schnapsflasche herüber: »Auf den Schreck, Mann«, sprach er und nahm einen Schluck. Ich grinste ihn an: »Das wird noch lustig werden!«

Die Bosse unterhielten sich wieder mal vorsichtig verschlüsselt. Doch dann gaben sie wieder an, ach, die ganze Kohle die sie bald haben würden. »Der kleine Umweg durch Griechenland, wer weiß, vielleicht ist es besser und doch sicherer, durch ein West-Land zu fahren. Nur falls es doch irgendwo Ärger gibt.« »Maul halten«, brummte ich genervt. Fuzzi rülpste, dann schnarchte ich los ...

Der Zwischenfall.

Wir fuhren gerade mal eine Stunde, als ich abrupt aus meinen Träumen gerissen wurde. Wie in einer Achterbahn im freien Fall hob ich mit dem Arsch vom Sitz ab.

»Hey Mann, Scheiße, was ist los?« schrie ich, »Was ist das? Heben wir ab, Fliegen wir?« Wir schwebten. Ich war schweißgebadet.

Die anderen auch!. Keine Straßen– und Fahrgeräusche waren mehr zu hören. Panik!

Dann ein fürchterlicher Rums und wir setzten auf! Alle wurden stark nach vorne gerissen und dann wieder in die Sitze gedrückt. »Geiler als in jeder Achterbahn!« brüllte Reinke. »Fresse«, hörte man Fuzzi krächzen. Dann Stille!

Ich riss die Augen auf: »Das gibt's doch nicht, was macht Reinke denn am Steuer?« raunte ich Steinberg an, »das war nicht abgemacht, Mann, dass er fährt. Jetzt siehste, was du davon hast, die Karre ist im Arsch, die Kohle flöten … oh Mann, geil gemacht.«

Wir versuchten, die Türen aufzumachen, mit Erfolg, wir waren erleichtert.

Doch was war das: Der Boden unter uns war ganz weich und gab nach. »Scheiße, wir sind in einem Moor, Acker oder Feld gelandet«, meinte Reinke, der Fachmann für alles.

Ich entgegnete genervt: »Mann ey, nicht im Moor, du Idiot. Wir mit unserem Fliegengewicht von zwei Tonnen wären doch schon längst im Boden versunken.« Der Daimler wog mit uns vier Mann, unseren Klamotten und Proviant locker 2.500 kg.

Wir gingen ums Auto herum: Vorne hing der Wagen durch. Der Motor und jetzt wohl auch endgültig das Getriebe waren hinüber.

Wir konnten jetzt nichts tun, es war noch dunkel. Da man nur die Umrisse erkennen konnte, mussten wir warteten, bis es hell wurde.

Also dösten bis zum Tagesanbruch.

Dann im Hellen sahen wir den ganzen Schaden. Die Karre sah vielleicht aus! Vorne hing alles durch, Motor, Achse, Lenkung hatten was mitbekommen. Die Türen waren verkratzt, wohl aber nicht verzogen. Die A-, B- und C-Säulen auch nicht. Hinten war der Kofferraumdeckel verbeult und die Kotflügel hatten Dellen und Beulen nach außen. Wie dicke Eiterpickel.

Im Kofferraum selbst schwamm alles: Fuzzis Sprit von Aldi, viele Tüten und Pullen waren geplatzt oder zerbrochen. Die anderen Vorräte lagen verstreut in unserer spärlichen Kleidung. Alles stank bestialisch.

Die Bosse untersuchten weiter fachmännisch das Auto, während Fuzzi schon wieder auf dem Rücksitz pennte.

Ich wollte die Ursache für unseren Flug erforschen und ging los. Ich verfolgte die Reifenspuren im Morast zurück. Sie waren keine fünf Meter lang, komisch! Dann sah ich eine Straßenbrücke mit einer engen Rechtsabbiegerkurve. Aha, von dort waren wir gekommen.

An der Abbiegerkehre angekommen, schritt ich die Kurve ab. Es waren weit und breit keine Pkws oder Lkws zu sehen. In Gedanken zog ich eine Linie von der Fahrbahn bis zum Morast und war platt: Wir waren doch tatsächlich aus der engen Kurve geflogen und ganz knapp über eine kleine Kapelle aus Beton gesaust. Alter Schwede, dachte ich. Was haben wir Schwein gehabt, dass wir noch leben! Was lässt Steinberg, dieser Vollidiot, auch Reinke fahren. Ihn, der doch bisher nur im Hellen geradeaus gefahren ist!

Na egal, Abenteuer pur eben! Ich bin ja schließlich nur als Fahrer engagiert.

Ich grinste und ging zum Mercedes und der Bande zurück und machte Mitteilung.

Fuzzi, wieder wach, grinste versoffen. Steinberg und Reinke glotzten sprachlos in die Ferne.

»Was nun, Jungs, wer holt uns hier aus der Scheiße wieder raus?« sprach Reinke ernst. Die beiden waren sichtlich genervt.

Rausziehen, abschleppen in die nächste Werkstatt, 'ne teure Reparatur, dachten sie.

Fuzzi stieg aus und schimpfte leise zu mir: »Dieser Dösbaddel, dieser!« Ich nickte.

Er war nicht wirklich beunruhigt. Er hatte gesehen, dass nicht all sein Feuerwasser ausgelaufen war und er somit nicht verhungern musste.

Ein paar der großen Glühweinkartons waren heil geblieben. Zum Glück!

Unser Goldstück sah wirklich komisch aus na. mein Geld ist es ja nicht, was jetzt draufgehen wird, dachte ich.

Die Bergung.

»Wir müssen zur Straße hoch und einen starken Lastwagen klarmachen, der uns jetzt erst einmal aus dem Dreck rauszieht«, sagte Reinke ernst. »Nicht, dass uns die Karre in der Pampe noch ganz versinkt!« Steinberg resigniert: »Das wär' wirklich Scheiße!« »Ach nee!« gab unser Penner nun auch noch seinen Senf dazu.
    Reinke und ich gingen hoch zur Straße, einer stark befahrenen Transittrasse. Es war die, die er beim Abbiegen nicht mehr geschafft hatte.
    Wir begannen, um Hilfe zu winken. Tapfer und mutig wie die Teufel gaben wir alles. Wir mussten dauernd akrobatisch zur Seite springen, weil irgend so ein sadistischer und hirnverbrannter Lkw-Fahrer nur knapp einen halben Meter an uns vorbeidonnerte. Wir zeigten denen dann den Stinkefinger, worauf viele noch ordentlich hupten.
    Es war verdammt gefährlich, diesen hupenden jugoslawischen, griechischen, türkischen und persischen Lastern winkend entgegenzutreten. Wir husteten wie verrückt, die Abgase, fette Rauchwolken verschluckten uns beinahe. »Reinke hatte nicht mal 'ne Kippe in der Fresse, dachte ich. Das sollte bei ihm schon was heißen.
    Irgendein Penner wird schon anhalten, sagte ich, um ihn zu beruhigen und aufzumuntern. »Einen Penner haben wir ja schon«, knurrte er verächtlich. Die Zeit verging. Wir standen locker zwei, drei oder sogar vier Stunden dumm am Straßenrand. Professionelle Wegelagerer waren wir nicht, noch nicht! Geduldig und auch etwas schadenfroh wartete ich, dass was passiert.
    Plötzlich hielt jemand direkt vor uns. Doch oh weh: nur ein Kleinlaster. Der Fahrer, ein junger Typ mit einem breiten Grinsen, sprang raus uns bot uns Hilfe an. Wir hatten richtig Mitleid, beim Anblick seines

Lasterchens, der Altmetall und Schrott geladen hatte. Vielleicht wollte er bei uns schnorren.

Doch egal, wir hatten keine andere Wahl. »Los, probieren wir es«, meinte Reinke. Ich entgegnete: »Pass mal auf, das Wägelchen schafft das niemals und hängt gleich auch noch in der Scheiße fest.« So war's auch. Der Kleinlaster hatte sich jetzt auch festgefahren. Der Fahrer gab immer noch Gas. Dann begann es zu qualmen. Der Motor stank und die Antriebsräder hatten sich eingegraben.

Der hilfsbereite Mann würgte den Motor ab und stieg aus. Er war durchgeschwitzt und mit seinen Nerven am Ende. Der Frust stand in seinem Gesicht. Er war wirklich nicht zu beneiden. Vielleicht hatte sein Laster jetzt auch noch was abbekommen. Er wandte sich mitleidsvoll an Reinke. Der sagte ganz cool zu mir und den anderen: »In Eile kann der Typ ja nicht sein, sonst hätte er ja nicht angehalten.« » Er wollte wohl den Larry machen, den Helden spielen. Der große Meister mit seinem kleinen Laster. Uns schwere Jungs mal eben ganz locker aus'm Morast ziehen, hahaha!« »Halt's Maul, das reicht«, brummte ich. Was für'n Anblick: der Kleinlaster hing stramm wie ein Hund an der Leine seines Herrchens. Dann stand er auch mit uns an der Straße. Wir winkten wieder. Der Verkehr hatte stark zugenommen.

Plötzlich hielt, stark abbremsend, ein Polizeiwagen vor uns. »Irre, Jungs, ich glaub, ich bin im Film. Was ist das denn für' ne Bullenkarre? Der Polizeiwagen war ein großer, alter S-Klasse-Mercedes, aus den 70er Jahren. Ich kniff mich. Hellblau mit weißen Streifen, der geilste Peterwagen, den es gab. »Vergesst alle Ami-Schlitten«, meinte ich zu Reinke und Steinberg. Sonst fahren die Sheriffs im Osten Lada, Wartburg oder so 'n Schrott«, meinte diesmal auch Steinberg. Wir waren beeindruckt, auch unser Spritti schaute sich mittlerweile das Spektakel an. »Mensch, richtig wat los hier, wie zu Hause auf'm Kiez«, hörten wir Fuzzi von Weitem brüllen. »Halt die Klappe«, brüllte Reinke zurück. Alle waren nervös. Auf einmal stand ein großer, breiter Polizist mit dickem Schnauzbart vor uns. Er sah Furcht einflößend aus. Keiner sprach ein Wort. Der Mann musterte erst uns wilde Horde, dann fiel sein Blick auf den Daimler unten in der Pampa. »Scheiße, ist die Karre schon weiter versunken«, sagte ich.

Fuzzi grinste breit und doof. Steinberg hielt sein Köfferchen. Ich flüsterte zu Reinke: »Mit dem ist nicht zu spaßen, keine Jokes mehr!« Er nickte stumm. Dann gingen er und ich zu dem Schnauzbartträger. Reinke sprach ihn freundlich an und zeigte runter zu unserem Goldstück: »Problemo, problemo mit Mercedes!« Wir glotzten ihn an. Ich hätt' mich kringeln können wegen seines Spruchs. Tat es aber nicht und blickte schüchtern wie er in die Runde.

Der Mann deutete mit dem Finger zum Auto und ging los. Dort angekommen, schaute er sofort neugierig ins Wageninnere, konnte aber nichts Verdächtiges sehen. Er zeigte zum Kofferraum. Reine Routine und Sicherheitskontrolle, ob dort Waffen versteckt waren. Reinke öffnete diesen und der Bulle schüttelte den Kopf. Keine Knarren oder Sprengstoff. Nur eine stinkende Brühe und versiffte Klamotten. Nichts Verdächtiges. Sein Blick fiel auf Steinberg. Der stand wichtig wie ein Geschäftsmann da. Er zeigte stolz auf seinen Aktenkoffer. Plötzlich musste Fuzzi laut rülpsen. Seine Schnapsfahne ließ uns alle die Köpfe drehen. Dann hielt er den Kopf schief und grinste den Polizisten spöttisch an. Uns stockte der Atem. Wie reagiert der Bulle jetzt auf unseren besoffenen Alki? Schließlich sah er Furcht einflößend aus und war bewaffnet. Er lachte Fuzzi an und sagte irgendwas Unverständliches. Dann schaute er uns milde an. Steinberg zeigte auf den Kofferraum und holte zwei von Fuzzis Schnapsflaschen aus einer klebrigen Plastiktüte. Er gab sie dem überraschten Polizisten. »Bakschisch, Freund«, meinte Fuzzi spöttisch. Wir waren erleichtert: Den Sheriff hatten wir nun auf unserer Seite. Jetzt wieder an die Arbeit. Hoch zur Straße und mit vereinten Kräften einen starken Laster finden, der uns rauszieht. Es wurde höchste Zeit, der Daimler drohte weiter zu versinken. »Mein Wohnzimmer geht unter. Mein Ledersofa mit Teppich säuft ab«, meinte Fuzzi traurig. Keiner reagierte darauf. Zu viert winkten wir an der Straße. Dann wurde es unserem Bullen zu bunt. Er schritt mutig auf die Straße als gerade mal kein LKW kam, und stellte sich breitbeinig wie John Wayne, der Cowboy, hin. Wir waren wieder sprachlos. »Der holt noch seine Knarre raus, wenn's sein muss«, meinte ich. Die Uniform zeigte Wirkung. Es hielt der nächste Lkw mit quietschenden Reifen neben uns an. Der Polizist nickte uns zu. »Alter Schwede, ist der cool, Mann!« meinte Reinke. »Kannst du doch auch mal üben«, antwortete ich ihm. »Hast Recht«, sagte diesmal sogar Steinberg.

Dann ging es ganz schnell: Der Lkw, ein starker Volvo-Truck, rangierte kurz. Erwartungsvoll blickten wir dann zu dem gespannten Drahtseil: Hoffentlich zerreißt es den Kleinlaster nicht. Ganz langsam zog der Volvo-Lkw den Kleinlaster mit unserem Mercedes am Haken aus dem Dreck. Was waren wir alle erleichtert. Der Brummifahrer war richtig Stolz. Wieder wechselte eine Schnapsflasche den Besitzer. »Wie jetzt weiter kommen, eine Werkstatt muss her«, sprach Steinberg. Reinke darauf: »Und hier im Ostblock haben die doch keine Ersatzteile für unseren Luxusschlitten«. Steinberg und ich nickten. Fuzzi schüttelte nur seinen Kopf und spuckte auf die Straße. Ihm ging das so was von am Arsch vorbei! Der Polizist kam zurück und erklärte uns mit Händen und Füßen, dass jetzt ein Abschleppwagen kommen würde. Reinke zückte daraufhin wieder ganz cool einen Fuffi und meinte »Den hat er sich jetzt aber verdient.« Was war er für ein Idiot, wenn jetzt kein Abschlepper auftauchte.

Der Polizeiwagen verschwand. Wir sahen uns alle blöd an. Keiner sagte was. Doch nach gut einer Stunde voller Frust tauchte dann doch der angekündigte Abschleppwagen auf. Aufatmen! Reinkes Visage bekam wieder Farbe. »Hab ich euch doch gesagt, dass der kommt!« Wir waren richtig erleichtert, etwas Glück im Unglück konnten wir Helden auch einmal gebrauchen.

Der Fahrer stieg aus und staunte genauso wie seine Vorgänger. Der goldene Daimler sah erbärmlich aus. »Werkstatt, Werkstatt, reparieren«, versuchte Reinke, es ihm verständlich zu machen. Der Mann nickte mit dem Kopf. War ja auch nicht schwer zu erraten gewesen. Er grinste breit und freute sich auf das gute Geschäft. »Wir sind auf ihn angewiesen, nicht er auf uns«, dachte ich, ›mal sehen, wie der uns abzockt«. Es gab keine Alternative. Die Karre wurde vorsichtig aufgeladen, der Mercedes war eigentlich zu groß und schwer für das Fahrzeug. Der Fahrer schwitzte sehr in der Mittagssonne. Ganz langsam schafften wir es dann doch mit vereinten Kräften. Selbst unser Alki unterstützte uns tatkräftig wie noch nie. »Mann hab' ich en Brand« gab er von sich, als wir in die Polster fielen. Er und ich mussten im Auto bleiben. Vorne im Führerhaus war nur Platz für drei. »Scheißegal, erst einmal pennen«, brummte er und rülpste, dass die Fenster beschlugen. »Hast Recht Fuzzi, lass die Dösbaddels ruhig vorne auf'm Bock sitzen und rumlabern. Haben wir hier hinten unsere Ruhe!« Er schnarchte schon los. Ich war froh, meine Ruhe zu haben.

Die Bosse saßen vorne beim Fahrer und beratschlagten sich. Es ging nach Skopje in die Werkstatt, wir hatten keine Wahl. Die Tour würde mindestens drei Stunden dauern. Nach einer Tüte Schlaf tranken Fuzzi und ich das erste gemeinsame Bier. Wir lachten uns schlapp über die Jungs und ihre Wichtigkeit. »Mann, ist doch 'ne lustige Tour, Fuzzi«, grinste ich ihn an und musste auch aufstoßen: »Was wird wohl als nächstes passieren?« Fuzzi darauf: »Wieder irgendso'n Scheißabenteuer mit den beiden Dösbaddels!« Er hatte Recht, aber ich war nur als Fahrer dabei. Schlecht bezahlt, aber egal: viel erleben, ohne was dafür zu löhnen, dachte ich bei mir.

Skopje war ein Fiasko! Wir huckepack auf dem Abschleppplaster, fuhren von Werkstatt zu Werkstatt. Alle schickten uns kopfschüttelnd fort. Immer wieder steckten wir im Verkehr fest. Wir hielten an, Pinkelpause, und überlegten, was nun zu tun sei. Unser Fahrer war am Ende mit seinem Latein!. Er ließ die Schultern hängen, hatte keine Kraft mehr. »Wir bekommen hier im Ostblock so schnell keine Teile für unser Baby!« meinte Reinke zerknirscht. Für einen Luxusschlitten wie unseren 500er, gibt's hier nix!« Das war die plausible Erklärung für unsere vergebliche Müh', den Daimler schnell und billig wieder flott zu machen. Es gab keine günstige Alternative, wir mussten runter in den Westen, nach Griechenland. Dort bekommen wir alle Teile, vor allem Originalteile von Mercedes, hatte uns der Chef der letzten Werkstatt ehrlich erklärt und gemeint: »Schrauben können wir auch.« Wir mussten den Abschleppwagen wechseln, unser bisheriger konnte uns nicht runter zur griechischen Grenze bringen. Er benachrichtigte per Funk, einen Kollegen.

Steinberg tat wieder ganz wichtig mit seinem spießigen Kunstlederköfferchen. Ganz der oberwichtige Geschäftsmann, der ja alles weiß. Reinke war auch sichtlich genervt. Wieder wechselten 150 Mark ihren Besitzer. Wenn das so weiter ging … Langsam bekamen wir Routine im Auf- und Abladen unseres Goldstücks auf einen Huckepacktransporter. Wir waren nicht mehr so aufgeregt wie beim ersten Mal im Schmodder. Es klappte diesmal bestens. Schnell und viel professioneller als vorher.

Fuzzi blieb diesmal allein im Auto. Es war sehr eng im Führerhaus, wir saßen Schulter an Schulter gedrängt. Reinke neben dem Fahrer, einem älteren ungepflegten Griechen, der vorgab kein Wort deutsch zu können. »Wenn's ums Löhnen geht, versteht der uns schon«, grinste Reinke zu Steinberg und mir rüber. Schlaumeier, dachte ich.

Ab und zu lächelte der Mann am Steuer zu uns, als ob er doch jedes Wort verstand. Ihn belustigte die ganze Sache mit uns zunehmend, war sie ja auch ein gutes Geschäft für ihn. Wir fuhren monoton geradewegs gen Süden Richtung »Griechen-Grenze«. Ob die komischen Typen den goldenen Luxus- Mercedes gestohlen und dann kaputtgefahren hatten, dachte er. Und dann der stinkende, alte Mann hinten im Auto, ist das der Chef? Im Führerhaus roch es mittlerweile auch schon strenger. Kein Wunder, wir mufften auch wie Fuzzi. Ich saß glücklicherweise am Fenster und bekam etwas Frischluft. »Hauptsache raus aus diesem Scheiß-Ostblock«, sagte Kumpel Reinke. »Die Griechen kriegen den Wagen doch schnell repariert, die haben Erfahrung«, fuhr er ganz fachmännisch fort.« Der andere Chef bestätigte dies und lachte! Ich auch. »Schau'n wir mal, wie Beckenbauer immer sagt. Es herrschte jetzt doch wieder gute Stimmung unter uns. »Hauptsache, wir verlieren Fuzzi nicht in Griechenland«, warf ich ein. »Auf den passt du demnächst mal kurz allein auf. Steinberg und ich müssen dringend zurück nach Hamburg« sprach Reinke. Aha, das hatten die beiden wohl auf der letzten Etappe beschlossen, als ich hinten im Daimler saß. Ich war überrascht und etwas irritiert. Reinke war doch immer für Überraschungen gut, der Arsch! Was soll das? Die beiden hauen ab nach Hamburg und ich bleib mit dem Penner und der kaputten Karre allein in Griechenland. Und dann noch in 'ner dreckigen Großstadt, na Mahlzeit. Ein Strandhotel würde ich mir ja noch gerne gefallen lassen. Das wird ein toller Urlaub im Land der Götter! Ach egal,

Job ist Job. Mal seh'n, das Luxushotel, in dem wir absteigen werden, heißt bestimmt auch noch 500 SEL, na ganz romantische Aussichten. Komfortabel, gut riechend, nicht klimatisiert, aber frische Luft satt. Dank der vier Türen zum Lüften, welches Luxushotel bietet schon sowas.»Scheiße noch mal, das wird bestimmt schon irgendwie lustig mit dem Kap Hoornier.

Dann kam auch schon die griechische Grenze in Sicht. Alle wurden munter, die Chefs neben mir waren auf einmal ziemlich nervös geworden. Hahaha, wo war Reinkes Coolness denn geblieben? Hose voll? Ich freute mich auf Frischluft, Bewegung, Action und Fuzzi. Der hockte hinten in der Karre. Scheißlangeweile für ihn da oben im Goldstück. Na wenigstens in der Zwischenzeit, den letzten 200 km Fahrt, nicht verdurstet. Mann, tat mir der Arsch weh, stundenlang zwischen den Dösbaddels aufm Bock gesessen. Immer wieder Füße eingeschlafen. Mann, bloß gleich raus!

Die jugoslawischen Grenzer schauten kurz in die Ausweise, sprachen mit unserem Fahrer und ließen uns durch.

Dann den Daimler wieder abgeladen. Steinberg musste ordentlich blechen. Ich sah ihn einige Scheine aus seinem Köfferchen nehmen. Mit stolzer Geste, ganz Geschäftsmann. Reinke wurde noch aufgeregter, er hatte richtig Farbe im Gesicht. Zu Recht, wie sich gleich herausstellte:

Unser Mercedes wurde direkt neben einem blauen Jaguar aus Griechenland abgestellt. Diese griechische Luxuslimousine war schon richtig gefilzt worden. Wir standen da mit offenen Mündern. Fuzzi glotzte zuerst in den blauen Himmel, war dann aber doch auch erschrocken beim Anblick des Jaguars.

Das ausgebaute Armaturenbrett lag komplett zerlegt auf dem Autodach. Daneben das Lenkrad. Auf dem Boden lagen Teile des Motors, Türverkleidungen, irgendwelche Abdeckungen usw. Der Kofferraum war offen, die Seitenverkleidungen herausgenommen, genauso wie an den Wagentüren. Welch ein Anblick, Panik stand auf den Gesichtern der Chefs. »Was haben die wohl gesucht?« fragte Reinke, »Waffen, Drogen, Kohle …?« Was machen die gleich mit uns?« Ja, unser Anblick machte Eindruck auf die Zöllner. Wir vier sahen irgendwie nicht vertrauenerweckend aus. Uns würde es mindestens so ergehen wie den Herren vor uns, die immerhin

Landsleute der Grenzer waren. Die schauten in vier ängstliche Gesichter. Wer mit seinen eigenen Leuten schon so umgeht, was macht der erst mit so dubiosen Ausländern? Einer, der mit so einer demolierten Luxuskarosse auftaucht und dann noch in die falsche Richtung nach Süden fährt, musste was im Schilde führen, definitiv. Deutschland, das wissen die Grenztypen sicher, liegt in genau umgekehrter Richtung, im Norden. Was wollen diese stinkenden, verwahrlost aussehenden Typen also bei uns? Verwirrt und nervös glotzen die drei großen Männer, der vierte im Bunde hatte kein Schiss. Der kleine, alte Mann hatte 'ne tierische Fahne und ging doof grinsend auf und ab. Dazu lachte er immerzu, sang und tanzte Sirtaki wie Zorbas. In Wahrheit stolperte Fuzzi hin und her und suchte ein Besteck zum Klimpern, er war zur Höchstform aufgelaufen. Grotesk. »Ein Außenstehender, Unbeteiligter hätte wahrscheinlich gedacht: Hier wird ein Film gedreht«, sagte ich. Ich hoffte, die Griechen verstehen kein Deutsch.

Plötzlich tauchte ein Grenzer vor uns auf und forderte uns alle auf, mitzukommen. Er machte deutlich, alles so zu lassen, keine Dinge mehr ins Auto zu legen oder herauszuholen. Es war der 13.Mai.

Steinberg hatte die ganze Zeit natürlich sein Köfferchen nicht aus den Augen gelassen. Er lächelte überheblich und ganz cool, aber in Wahrheit war ihm doch schon längst der Arsch auf Grundeis gegangen. Reinke schlotterten genauso die Knie. Er vermied jeden Augenkontakt zu uns. Fuzzi flüsterte mir zu: »Die Dösbaddels machen sich jetzt ins Hemd!« Er war entspannt. Ich zwinkerte ihm zu, grinste aber nicht.

Dann wurden wir getrennt und einzeln verhört. Ein Grenzer in gebrochenem Deutsch zu mir: »Auto geklaut, Interpol suchen Auto!« Ich war platt. »Leugnen zwecklos«, fuhr mein Verhörer fort. Kann noch nicht sein, die blöffen nur, dachte ich. Die Nummer, dass ich nur als Fahrer dabei bin, konnte ich mir auch abschminken. Abwarten und auf Fragen antworten. Ich war noch nie in einer ähnlichen Situation gelandet. Wahrscheinlich anders als Reinke, der Schnacker und Steinberg, der Besserwisser. Von unserem Seemann ganz zu schweigen! Würde gern wissen, was die anderen jetzt erzählen, dachte ich. Ob die Fuzzi überhaupt für voll nehmen?

Oder hat der gleich nach Besteck zum Rumklimpern gefragt? Es klopfte an den Verhörraum. Ein Kollege kam herein und sagte meinem Verhörer kurz etwas und verschwand. »Du festgenommen, Gefängnis, wir Waffe, Pistole gefunden in Auto«, sprach er laut und streng. Ich stand mit offenem Mund da und war sprachlos. Klar, deshalb schlotterten Reinke so die Knie bei unserer Festnahme. Die hatten meine alte Gaspistole gefunden. Unsere Hutablage vor dem Rückfenster, wo Omas gewöhnlich ihren Wackel-Dackel drauf abstellen, hatte ein Fach. In dem liegt normalerweise der Verbandskasten. Dort hatte der Idiot meine Gasknarre versteckt. »Gutes Versteck, Alter, findet auch keiner!« brummte ich. Er hätte doch Bescheid sagen können. In Griechenland waren Gaspistolen, anders als in Deutschland, wegen der Ähnlichkeit zu echten verboten. Unsere sah schon aus wie'ne richtige Pistole. Oder wollten uns die Grenzer nur anbluffen? Was nun? Muss ich, müssen wir alle jetzt wirklich in'n Knast? Griechenland ist zwar Westen und keine grausame Diktatur mehr, aber hier ins Gefängnis wegen einer Gaspistole? Kann eigentlich nicht sein. Frage, was machen die jetzt mit Reinke, vergleichen sie gerade die Fingerabdrücke von der Pistole mit seinen? Die behalten ihn hier und lassen uns laufen?

Nach einer Stunde war ich frei. Ich war froh. Bloß raus! Draußen wartete Fuzzi schon lachend auf mich. Steinberg stand abseits, ganz ruhig mit seinem Köfferchen. Er war blass. Reinke fehlte noch. Sie hatten ihm die Pistole zu geordnet, dachte ich. »Jungs«, sprach ich zu den beiden, »wusstet ihr, dass er 'ne Knarre im Auto versteckt hatte?« Ich konnte Steinberg ansehen, wie er sich vor der Antwort drückte und stattdessen wie gewohnt rumnörgelte: »So'n Scheiß, wie lange wir hier schon abhängen müssen, an dieser Grenze!« Fuzzi darauf: »Immer Pech an Grenze, hahaha!« »Halt die Klappe!« brummte Steinberg. Wir mussten jetzt einen Transport runter nach Thessaloniki organisieren. »Das sind locker drei Stunden Fahrt was meinste?« fragte ich unseren Finanzier. »Wer weiß, oder auch noch länger«, antwortete er. Ha, dachte ich, und dann in dieser riesigen Stadt eine Kfz-Werkstatt finden. Weg mit diesem Gedanken. Ich bin doch nur als Fahrer engagiert!

Viel Abwechslung, was erleben, so wie wir Fuzzi die Reportage-Geschichte nachts auf'm Kiez verkauft« hatten. »Mann, drei Tage sind wir schon auf Achse! 1.500 Kilometer, mehr haben wir wohl noch nicht geschafft. Bisher war's ja auch noch nicht langweilig geworden. Er und ich konnten uns über mangelnde Abwechslung nicht beklagen. Hinter jeder Kurve lauerte das nächste Abenteuer. Mal schauen wie es mit unseren Experten weiter geht, was die noch so alles auf`'m Kasten haben. Nur gut, dass ich Fuzzi dabei hatte und keinen anderen Tölpel. Noch so ein Besserwisser oder Weltverbesserer hätte mir gerade noch zu meinem Glück gefehlt!

Auf einmal erschien Reinke, breit grinsend: »Diese ollen Penner von Grenzbeamtenärschen sollen sich alle mal gehackt legen!« Fuzzi knurrte verächtlich. »Fuzzi, dich hab' ich damit nicht gemeint!« Ich meinte dann zu Reinke: »Du Idiot, von der Knarre im Auto hast du uns ja nichts erzählt. Jetzt ist sie weg. Ich krieg von dir' ne neue!« Steinberg nickte zustimmend: »So 'ne Scheiße, Mann ey! Was wir schon an Zeit und Kohle verloren haben. Schau dir mal den Mercedes an, halb zerlegt.«

Der griechische Abschlepper, der bald kam, half uns entscheidend beim Zusammenbauen. Dann zum dritten Mal. Huckepack den Daimler aufn Laster gezogen. Diesmal dann Steinberg auch bei Fuzzi hinten im Auto. Ich vorne mit Reinke beim Fahrer im Führerhaus. Reinke wollte es so. Er wollte keine Diskussion mit dem Oberchef. Er war tierisch genervt: »Seine Scheißwichtigtuerei, die Überheblichkeit, seine Arroganz!« »Mann«, antwortete ich: »Wer zahlt, ist der Chef.« Der Fahrer musste lachen, er konnte etwas Deutsch: »Chef im kaputte Mercedes stinkt mit alte Mann, ganz besoffen, hahaha!« Er zeigte mit dem rechten Daumen nach hinten durchs Kabinenfenster zum Mercedes.

Ich war sehr neugierig, welche Story er mir jetzt auftischen würde. Wir schaukelten ganz entspannt gen Süden, nach Saloniki. Auch stank es nicht mehr so wie vorher. Reinke begann: »Ich muss übermorgen zurück nach Hamburg, mit 'm Flieger.« »Ha, wie sonst«, meinte ich.

Ich war erstaunt: »Wieso so schnell auf einmal weg? Mann, das Geschäft geht vor, die Kohle wartet, wie ihr immer labert. Und du als Organisator des Ganzen verpisst dich jetzt, wo die Karre im Arsch ist? Feine Sache, Alter!« Ich war vielleicht böse!

Reinke darauf kleinlaut: »Ich muss doch meine Bankprüfung machen.«
Ich: »Was?« Er: »Ja ich meine die Abschlussprüfung zum Bankkaufmann!«
«Aha, das fällt dir jetzt erst ein?« spottete ich, als ob wir jetzt schon in der Türkei wären, die Karre verkloppt hätten und mit den Scheinen nur so um uns herumwerfen würden. Reinke glotzte in die Ferne. Ich fuhr fort: »Hahaha, bei eurer Profi-Planung, deiner und Steinbergs, toller Witz.«

Reinke dann ruhig: »Im Ernst, ich fliege zur Prüfung und er um frisches Geld zu holen!« »Hat er nichts mehr am Mann in seinem scharfen Köfferchen, hahaha?« »Hat in Hamburg was unter 'm Kopfkissen versteckt, seine eiserne Reserve?« Der ganze Frust musste jetzt raus: »Er hat doch alles verbraten, er hatte doch angeblich einmal einen ganzen Häuserblock in Altona, oder hast du nur mit ihm angegeben? Also keine teuren Schlitten und tolle Weiber? Habt ihr etwa euer Budget überzogen? Die paar unerwarteten Vorkommnisse der letzten 48 Stunden können ihm doch nichts anhaben.« Keine Antwort von unserem Unfallfahrer. Unser Fahrer lachte sich schon halb schlapp. Er grinste die ganze Zeit vor sich hin und schüttelte ab und zu den Kopf. Ihn erfreute die ganze Story, er verstand jedes Wort.

Reinke sprach: »Mein Vater hat mir für übermorgen bei Lufthansa am Flughafen ein Ticket hinterlegen lassen.« Das kostet auch mal eben einen Riesen, sprich 1.000 Mark! »Ich pack dass, sprach er weiter, »Steinberg versucht, irgendwie anders zurückzukommen.«

»Aber halt dich fest, hier die coolste Geschichte, die glaubst du eh nicht!« »Schieß los«, ich war neugierig. »Reinke dann ganz spannend: »Seine angebliche Freundin (wir dachten schon alle, er wär schwul, da er nie von Frauen sprach, wie sich das unter Männern, wie wir, ja geradezu gehört. Keine blöden Jokes und Bemerkungen wie: Hast du den Arsch gesehen? oder hat die aber große Ohren.), jedenfalls seine Freundin, eine Krankenschwester ...« »Äh, ich unterbrach ihn, »behandelt die ihn auch?« Soll'n wir nicht mal zu ihr hingehen, um uns behandeln zu lassen? Irgendein Märchen wie Felix Krulls Musterung bei Thomas Mann wird uns doch locker einfallen?«

Costa, der Fahrer, biss sich auf die Lippen, was war er happy mit uns beiden.

»Lass mich ausreden«, sprach Reinke, »Die Freundin soll ihren Dispo bei ihrer Bank erhöhen. Dann Kohle vom Konto abheben und ihm geben. Er schuldet ihr ja eh schon Geld. Dann springt er in den nächsten Flieger hierher zurück. Und du musst nur auf Fuzzi und den Daimler aufpassen, ganz einfach.« Ich konterte: »Ja mit dem demolierten Mercedes ist das ganz easy, aber mit unserem Kollegen vom Kiez?« Der 500er konnte nicht abhauen …

»Wachhund für Fuzzi spielen, geil, nichts leichter als das. Ihr seid weit weg und ich immer hinter ihm her in der Millionenstadt Saloniki, oh Mann! Ihn die ganze Zeit im Auge behalten, das wird kaum zu schaffen sein!«

Reinke: »Du machst das, kriegst Kohle von Steinberg. Aber nicht zu viel, damit ihr nicht auf dumme Gedanken kommt.« »Wir auf dumme Gedanken, niemals!«

Er grinste zum Fahrer und zeigte mit den Daumen auf mich.

Nun verstand Costa nur Bahnhof. Man konnte in Reinkes Augen ablesen, dass es jetzt erst richtig spannend werden würde. Seine Fresse sprach Bände …

Wir passierten die Stadtgrenze. »Thessaloniki«, sagte unser Fahrer. Er kannte den kürzesten Weg zur Werkstatt. Ha, in dieser dreckigen verstopften Hafenstadt, dachte ich. Er betonte noch einmal, dass diese Werkstatt schnell und zuverlässig sei. Reinke schaute ausnahmsweise einmal sanft: »Scheiße, das wird Stress, unseren Seemann hier zu bändigen, wenn der richtig in Fahrt ist.« Ich antwortete auf diesen Sinneswandel: »Ach nee, Alter, wie gesagt, ganz easy! Haut nur ab!« Er steckte sich 'ne Marlboro an und holte tief Luft.

Fuzzi ernährte sich immer noch fast ausschließlich flüssig. Er nahm nur ab und zu ein Stück Brot oder Wurst an und spülte sofort nach.

Unser Kap Hoornier würde hier überall was zum Saufen finden! Irgendein fröhlicher Grieche würde schon mit seinem neuen Saufkumpanen Mitleid haben und ihm ein Bier und einen Ouzo vor die Nase stellen. Ja, seine liebenswürdige, fröhliche und unterhaltsame Art kam überall an, »Einmal noch nach Bombay« mit Messer und Gabel gleichzeitig auf den Oberschenkel dahingeklimpert, war überall der Brüller! Er sprach sowieso alle auf Deutsch an. Ich sagte: »Mann, schau dir mal all die Tavernen und Bars an.« Costa machte einen Schlenker am Hafen entlang. »Scheiße, kein Sightseeing!« raunte Reinke den Fahrer an.

Wo ist denn nun sein Schrauber, verarscht er uns nur? , dachte ich.

Wir fuhren an unzähligen Werkstätten vorbei. Große, schicke mit blankpoliertem Mercedes-Stern tauchten auf. Dann viele mit kaputten und verrosteten Schrottautos vor verbeulten Werkshallen. Und welche mit vergammelten, falschen Mercedes-Zeichen werbend.

»Daimler-schrauben können alle hier« meinte Reinke, unser Mercedes-Fachmann ohne Lappen.

Plötzlich bremste unser Transporter ohne Vorwarnung stark ab. Alle Mitfahrer waren hellwach. Kein Dösen oder Nickerchen mehr. Der Verkehr und Krach machten uns jetzt schon fertig! Aber wir waren endlich da.

»Das soll 'ne Werkstatt sein?« lachte ich. Alle stiegen aus und schauten sich um. Jeder streckte sich nach der langen Rumgurkerei.

Scheiße, dachte ich, hier an der vierspurigen Hauptstraße soll ich auf Fuzzi aufpassen? Einer Straße, an der zigtausend Autos und Lkws am Tag vorbeiheizen. Beim Krach und Dreck dieser Millionenstadt kann unser Spritti ohne Weiteres abhauen. Das wird echt hart!

»Aber wat mutt, dat mutt!« um ihn zu zitieren.

Ich bin nur Fahrer! Hauptsache, es wird nachts etwas ruhiger in diesem Moloch. Es wurde. Mit Hilfe von Costa verhandelten die Bosse ganz cool und wichtig. Das Kunstlederköfferchen machte Eindruck!

Es wurden die Details der Reparatur besprochen. Alles natürlich ganz schnell und billig. Vorne der Motor: »Instandsetzen und schön säubern«, wie Reinke befahl. Schön sauber mit 200.000 km auf der Uhr, hahaha, das merkt doch jeder Türke! Dann Kofferraum trockenlegen, ausbeulen und den Gestank rauskriegen. Und rundherum Kosmetik: Beulen raus, lackieren, polieren.

Zum Schluss der Innenraum: Mein Job! Dreck und Geruch würden sich schon verflüchtigen, wenn Fuzzi und ich dort pennen. Dann ordentlich durchgelüftet.

Das ein oder andere Bier und Schnaps würden noch über die Sitze gehen. Egal, alles mal abwischen und polieren. »Besonders das wieder eingebaute Armaturenbrett muss wieder strahlen«, sagte diesmal Steinberg.
»Hahaha, wie neu«, grinste ich zu Fuzzi. Steinberg weiter: »Die Ledersitze müssen auch dringend mal eingefettet werden. Die müssen schön glänzen.«
Ich darauf: »Das wird ein Tropfen auf dem heißen Stein sein, die vielen Kratzer, vor allem auf der Rücksitzbank. Die kleinen Risse an den Nähten des Leders sind nicht zu reparieren. Das kann nur ein Sattler! Die starke Beanspruchung der vergangenen Tagen … ok, wir probieren unser Bestes. Tiefdunkelbraun glänzend, richtig edel und kernig riechend, alles klar!«
Der Seefahrer und ich würden es uns schon gemütlich machen.

Nico, der Werkstattinhaber, meinte 2.500 bis 3.000 Mark sollte die Gesamtrechnung betragen. Bar auf die Hand, cash natürlich!
»Drei Mille, alter Schwede«, brummte Reinke, »viel Kohle!« »Die Karre wird langsam echt teuer!« Hahaha, ist sie ja schon, dachte ich, ohne zu grinsen.
Fuzzi sagte, soviel Knete hätte er noch nie auf einem Haufen gesehen. Er sprach leise zu mir: »Die Dösbaddels müssen's ja wissen, besonders der Knilch mit dem Koffer.
200 Mark wechselten den Besitzer. Costa bedankte sich artig bei den Bossen und brüllte grinsend noch was zu Nico. In ihrer Landessprache natürlich, wir verstanden kein Wort. Man konnte nur Nicos dummes Grinsen deuten.
»Guter Deal, gutes Geschäft für ihn hier«, sprach Reinke und zeigte mit dem rechten Daumen in Richtung Werkstattchef.
»An die Arbeit«, kam diesmal wieder von Steinberg. Reinke zog an seiner Kippe. Fuzzi und diesmal auch ich, kippten ein Bier in unsere ausgetrockneten Kehlen. Das tat gut!
»Auf unseren gemeinsamen Urlaub«, grinste ich ihn an. Er nickte kurz und griff zur nächsten Dose Bier.
Wir werden eine gute Zeit haben ohne die Idioten dachte ich und grinste übermütig.

Steinberg rechnete still vor sich hin. Er hatte sein Köfferchen auf die Motorhaube seines edlen, goldenen Achtzylinders gelegt. Nur nicht zerkratzen wäre jetzt doch ein lustiges Hinweisschild gewesen.

Er hatte einen Taschenrechner in der Hand und machte ganz wichtig einen auf Buchhalter. Fehlte nur noch der Bleistift hinterm Ohr …

Feierabend, die Arbeiter und ihr Chef gingen. Die Werkstatt war zu, der Daimler sicher für die Nacht. Wer klaut den noch, höchstens zum Ausschlachten.

Reinke hielt ein Taxi an. Wir hatten uns kurz umgesehen, die Gegend schien sicher. Hier würden der Mercedes, Fuzzi und ich schon nicht geklaut werden.

Der Taxifahrer fuhr uns zu seinem billigsten Hotel. Die Herberge war ok, eine kleine Bude mit zehn Zimmern in einer Seitenstraße gelegen. Außer dem jungen Griechen an der Rezeption sahen wir keinen Menschen. Die Zimmer waren sehr klein und sauber, der Lokus heil und keine kleinen Tierchen unterm Bett. Steinberg und Fuzzi jeder ein Einzelzimmer, Reinke und ich zusammen um Geld zu sparen. Nach dem Check-in gingen wir 100 Meter die Straße runter in den nächsten Imbiss und hauten uns den Bauch voll. Es war gemütlich in dem Lokal, nur fünf Tische, mit drei alten Männern beim Mokka. Wir bestellten riesige Portionen an Lammfleisch, Feta und Fladenbrot. 12 Bier und acht Ouzos standen dann später auch auf der Rechnung. Es war dunkel geworden, als wir uns aufs Ohr hauten.

Fuzzi hatte zum ersten Mal eine komplette, feste Mahlzeit zu sich genommen.

Zwei Bier für die Nacht mussten nun reichen. Es war 23:00 Uhr und sternenklarer Himmel.

Am nächsten Morgen um 9:00 Uhr gab mir Reinke doof grinsend 200 Mark, das sollte uns bis zu ihrer Rückkehr reichen. Mehr nicht, wir sollten ja nicht auf dumme Gedanken kommen. Die Übernachtungen im Mercedes waren umsonst. Das Essen günstig. »Bier, Brot und Wurst reichen euch doch«, meinte Steinberg noch. »Den Rest kann Fuzzi euch doch erklimpern!« Hahaha, toller Witz, aber mal seh'n …, dachte ich. Reinke gab mir noch die Adresse der Werkstatt.

Dann hauten sie ab zum Flughafen. »Endlich sind die Dösbaddels weg«, freute sich Fuzzi. Jetzt hatten wir viel Zeit. Doch die Arbeit hatte für mich erst richtig begonnen: Auf Fuzzi aufpassen, bis die beiden Clowns aus Hamburg wieder zurück waren. Ich hatte nur die Telefonnummer von Reinke. Für Notfälle wie Auto weg, Fuzzi weg, ich krank! Egal, irgendwie freute ich mich auch auf die freien Tage ohne die anderen. Eigentlich konnte nichts Verrücktes mehr passieren. Eigentlich. Das Wetter war gut, die Griechen auch bisher ganz gut drauf. Sie sahen nicht gewalttätig oder aggressiv aus. Weder auf den Daimler noch auf uns waren sie scharf. Alle ganz friedfertig und gastfreundlich.

Fuzzi und ich waren schon ein gutes Team. Sehr verschieden ergänzten wir uns doch hervorragend. Jeder brauchte den anderen. Wobei ich mehr auf ihn angewiesen war als andersrum. Ohne ihn würden wir das Goldstück nicht außer Landes bringen können. Es stand ja bei ihm im Pass.

Den hatte zwar Steinberg bei sich in Hamburg, doch ohne Fuzzi war der wertlos. Der könnte sich zur Not auch alleine und ohne Geld durchschlagen. Verhungern beziehungsweise verdursten würde er so schnell nicht.

Wir waren ja nicht in einer einsamen Wüste.

Auf seine eigene bekannte Art traf er immer Leute, die ihn mochten, und dann auch eine gewisse Zeit freihalten, versorgen, würden.

Früher oder später würde unser Weltenbummler dann wieder im Lehmitz auf der Reeperbahn auftauchen.

Die Geschichte von ein paar Idioten mit 'ner geklauten Karre würde dann sofort die Runde machen.

Er war irgendwie beneidenswert, machte sich über nichts Sorgen und lebte einfach in den Tag hinein. Fremde, die mit ihm lachten und rumjuxten, waren sein Lebenselixier. Er freute er sich stets auf neue fremde Menschen, die mit ihm ein paar Bierchen tranken und neugierig seinen Anekdoten als weitgereister Seemann lauschten. Er war ja viel in der Welt herumgekommen, er erzählte nicht nur Seemannsgarn, Lügenmärchen, wie andere Angeber.

Bis zum vierten, fünften Bier und Ouzo war er richtig gut drauf, ja sogar liebenswürdig. Aber nach noch mehr Sprit kam er dann in Fahrt und lachte erst dann nur noch hämisch die Leute aus. Dann wurde es gefährlich, kein Lachen mehr auf seinen Lippen, nur noch dreist und laut pöbelnd umherspringend. Aggressiv hüpfte er dann herum und war auf einmal plötzlich weg! Das passierte mir in den folgenden Tagen nur zwei, drei Mal.

Ich musste dann sehr auf ihn aufpassen und ermahnte ihn dann meist lachend. Schnell hatte ich dann auch ein Bier in der Hand oder einen Schluck von ihm. Versöhnt standen wir dann zusammen, ich konnte ihm dann nicht wirklich böse sein. Liebenswürdig mit einer ordentlichen Fahne, das war Fuzzi, live und in Farbe. So vergingen die nächsten Tage.

Passanten, die wir trafen, lächelte er an. Wenn sie dann näher kamen und seinen Atem rochen, machten sie meist ein dummes Gesicht, schüttelten den Kopf und hauten schnell ab.

Wir lebten fröhlich in den Tag hinein. Wachten in unserem goldenen Luxusdomizil häufig erst auf, wenn die Werkstatt öffnete. Das laute Quietschen der Werkstatttür riss uns häufig aus unserem wohlverdienten Schlaf.

Das Dröhnen des Berufsverkehrs ab 7:00 Uhr morgens war dagegen gleichmäßig laut. Das viele Hupen Gewohnheitssache.

Bremsenquietschen und Herumbrüllen irgendwelcher Leute vernahmen wir meist verpennt grinsend und uns schulterzuckend anschauend.

»Diese ganzen Idioten (Penner wollte ich nicht sagen, Fuzzi war jetzt immer sofort beleidigt) machen vielleicht ein Krach«, brummte ich. Wir mussten dann unser warmes, muffiges Quartier immer schnell verlassen. Sie schoben das Fahrzeug in die Halle zum Schrauben.

Der Mercedes wurde nach Feierabend immer auf den schmalen Stellplatz direkt an der Schnellstraße abgestellt. Nachts sausten die Autos und Laster, meist mit hohem Tempo, uns am Arsch vorbei, wie Fuzzi meckerte. Die Scheinwerferlichter flackerten dann gespenstisch ins Auto. Ab und zu tauchten Gestalten auf, die langsam und neugierig das Auto musterten. Vielleicht kundschaftete jemand uns als lohnendes Ziel zur Ersatzteilbeschaffung aus. Ich sagte es Fuzzi, doch der sagte nur: »Hast wohl Schiss, was?« Ich antwortete: »Ich und Angsthase, na ja nur ein bisschen!«

Wir hatten mit T-Shirts und Tüchern die Autofenster von innen zugehängt. Der Innenraum war zum Pennen abgedunkelt und es diente auch als Sichtschutz.

Nahezu blickdicht, es konnte keiner mehr unsere Wohn- und Schlafstätte besichtigen. Außerdem konnte die starke Maisonne das Wageninnere nicht noch weiter aufheizen. Bei Außentemperaturen schon von 25 bis 30 Grad tagsüber hatten wir locker 40 Grad in unserer auffälligen Luxuskiste. Die versifften, braunen Lederpolster konnte man dann nicht mehr anfassen. Nur Lappen und Tücher auf den Sitzen ließen auch mal ein kurzes Nickerchen zu. Fuzzi schlief dann auch schon mal mit einem lauwarmen Bier in der Hand auf der Rücksitzbank ein. Schnarchend ruhte er in seinem Reich und ließ sich nicht stören.

Luxusurlaub in Thessaloniki.

Drei Tage später fluchte ich: »Scheiße, wo kommt das Jucken her?« Ich hatte es die ganze Zeit ignoriert, doch es war unerträglich geworden. Gewiss, die Körperhygiene ließ in den letzten Tagen doch sehr zu wünschen übrig. Irgendwo Katzenwäsche: Bauch, Beine, Po, nur das allernötigste. Rasieren und Haare waschen wurde auf später vertagt.
»Wenn die Dösbaddels mit Kohle retour sind, geht's ins Hotel. Gründlich Kosmetik machen, gell Fuzzi?« Oh, Mann dieses Scheißjucken im Schritt nervt tierisch!« Er lachte laut auf und schlug sich vor die Stirn: »Hahaha, du hast Sackratten!« »Was hab' ich?« fragte ich erschrocken: »Was heißt das, Fuzzi?« Der Seemann lachte: »Filzläuse, hahaha.« Ich wieder: »Und jetzt, was hilft dagegen?« Der Seemann erklärte: »Vollrasur und Pulver. Das habe ich schon häufig gehabt, früher auf See am Arsch von Afrika, äh, Kap Hoorn, Mensch, Kap der guten Hoffnung!« Scheißledersitze, Scheißhitze, Scheißkarre! Kratzen half nicht mehr. Und nun Fragen über Fragen: Zum Arzt? Ohne Kohle? Apotheke? Klar, die haben ein Mittel gegen … »Fuzzi, wie heißen die Tiere noch mal? »Sackratten, du Dösbad …«, er brach ab. »Keine Beleidigungen zwischen uns:« Kein Penner, kein Dösbaddel. Nur in absoluten Notfällen und Wutausbrüchen. Fuzzi weiter: »Du kriegst Talkum, oder sowas. Haben die alle, habe ich auch in jedem Hafen der Welt bekommen.« »Du alter erfahrener Kap Hoornier, du«, sprach ich, »Mit allen Wassern gewaschen!« Er wieder: »Igitt igitt, in der letzten Hafenpisse haben wir gebadet!« »Unsere Dösbaddels hätten's nicht auf Anhieb gewusst«. Fuzzi: »Klar diese Affen wissen nix, nix in der Birne, nix im Koffer!« Ich musste nun auch herzhaft lachen.

Wo war die nächste Apotheke? Die Jungs in der Werkstatt wussten Bescheid. Keine zehn Minuten zu Fuß. Sehr gut, besser als mit Taxi oder

Bus wegen der Kohle. »Fuzzi, unsere paar Taler müssen reichen, bis die Jungs zurück sind!«

In der Apotheke: »Was heißt Sackratten auf Englisch, die können kein Deutsch hier, wir kein Griechisch.« »Du, als Seefahrer kennst das doch in allen Sprachen!« Vielleicht «flies«, Fliegen, fiel mir als letzte Rettung ein. Ich kratzte mich schnell noch einmal am Kopf und wie ein Affe unter'm Arm.

Der Groschen fiel, alle schnallten es.

Der ganze Laden lachte, die Mitarbeiter wie auch die Kunden.

Die hatten uns, amüsiert von unserem Aussehen und Auftreten, vorgelassen.

»Flies , yes, yes«, sagte der Chef der Apotheke, ein älterer Mann, der sehr erfahren aussah. Er schaute sich um und lachte sich jetzt auch schlapp über uns. »Fuzzi, hier können wir bald auftreten«, rief ich ihm zu.

Eine Szene wie in »Verstehen Sie Spaß« oder «Versteckte Kamera« im Fernsehen. Hätte nicht besser sein können, dachte ich bei mir. Der Apotheker hatte es mir in Englisch gesagt. »Rasieren und Pulver drauf, jeden Tag wiederholen, das hilft«, übersetzte ich dem Seemann ins Deutsche. »Genau, hab ich dir doch gesagt, Langer!«

Ich bekam praktischerweise auch gleich einen Rasierer zu dem Pulver, alles natürlich zu Wucherpreisen. »Fast, wie bei uns zu Hause«, sagte ich verärgert. Ein Zwanni war weg! »Teurer Tag heute, Mensch!«

»Ich brauch 'n Bier und 'n Ouzo« meinte Fuzzi. »Ich auch«, warf ich ein. »Und dann auf'm Lokus rasieren. »Jo«, meinte Fuzzi. Ich rief: »Let's go!« Die dritte Spelunke in die wir kamen, hatte dann ein einigermaßen akzeptables Klo. »Komisch«, sprach ich zu ihm »in einer fremden Kneipe zuerst den Lokus zu checken und dann erst einen zu trinken.« Fuzzi antwortete: »Du, ich guck immer nach den Bierpreisen und nicht nach dem Scheißhaus!« Ich: »Ha, du Witzbold! Du hast dir auch noch in keiner Hafenkneipe der Welt den Arsch rasiert! Prost, Fuzzi, ich bin dann mal hinten.«

Nach einer Stunde höchster Konzentration war's geschafft!

Ich kippte ein Bier hinunter. Vor Fuzzi schon drei leere Bierpullen. Er war zur Höchstform aufgelaufen, hatte ein paar Saufkumpane gefunden. Drei Griechen und zwei Engländer. Die alte Vorführung mit den Löffeln. Internationaler Gastauftritt, alle lachten in der Spelunke laut und grölten durcheinander. Die Bombay-Nummer lief immer und überall. Bombay verstand jeder. Der Megamoloch in Indien versprach Abenteuer. Doch der Abenteurer klimperte auch etwas Neues: »Spiel Busuki« war seine Griechen-Hymne, wie er sagte. »Hab ich im Blut, war mal in Piräus, vor langer Zeit« Dieser geile Rhythmus! Fuzzi war außer Rand und Band.

Er hatte den anderen durch wilde Gesten verständlich machen können, was ich die ganze Zeit auf dem ollen Lokus« gemacht hatte.

Als ich erschien, lachten sich alle kringelig und zeigten mit dem Finger auf mich. »Hahaha«, lachte Fuzzi, alles abrasiert.« Irgendjemand musste es übersetzt haben, denn wieder lachte die ganze Meute und schlug sich auf die Schenkel. Ja, so wird man zum Affen gemacht.

Seine neuen Freunde schauten traurig, als wir uns vom Acker machten. Sie hatten uns freigehalten, die ganze Zeche übernommen. »Das hat sich wirklich gelohnt, sonst wären wir jetzt pleite, Mann!« sagte ich.

Fuzzi nickte: »Doller Tach heute.« Er grinste versoffen. Es waren mehr als drei Bier gewesen. Wir freuten uns richtig auf unser goldenes Verlies, unseren 500er. Wir fühlten uns mittlerweile sicher und geborgen in unserem Daimler.

Das Jucken war vorbei. Wir aßen schnell was, mal wieder mehr flüssig als fest. Dann hauten wir uns wieder aufs Ohr und pennten.

Ich träumte von den kleinen Tierchen, den Filzläusen. Mein Pennerkollege von einem Rumfass auf'm Ozeandampfer vor Kap Hoorn. Er rülpste einmal auf und nuschelte: »Ahoi, Kameraden!«

Wir waren nun mutig! Uns zog es immer weiter in die Großstadt hinein. Wir gingen die laute Hauptstraße entlang, uns war nach Abenteuer. Der Gestank der vielen Fahrzeuge, das permanente Gehupe und das Reifenquietschen waren uns ja vertraut. »Fahr mal nach Indien!«, meinte unser weitgereister Seemann, »dagegen ist der Gestank und Dreck hier wie im Paradies.« »Einmal noch nach … Bombay«, schmunzelte ich. »Thessaloniki hier, ist eine kleine, fast romantische Millionenstadt am Meer, verglichen mit Bombay oder Kalkutta.« Wir rissen viele Kilometer zu Fuß ab. Selbst das Kleingeld für'n Bus verkniffen wir uns, fit und beweglich wie wir waren. Wir landeten an vielen lebhaften Plätzen mit frohen und lustigen Menschen. Die Mischung stimmte. Einheimische, Studenten, Gaukler und natürlich viele Touristen. Diese genossen die Lebensart bei den noch angenehmen Temperaturen. Im Hochsommer im Juli und August wurde es richtig heiß hier. So lungerten Fuzzi und ich häufig mit einem geschnorrten, irgendwo erklimperten Bier, vor den Touri-Tavernen und Cafes, herum. Wir schlenderten abends bei hellem Sternenhimmel und immer noch milden Temperaturen häufig zum Hafen rüber. Es wehte dort immer ein laues Lüftchen. Meinen Seemann zog es immer wieder zu den Schiffen hin. Dort roch es nach Fisch, salziger Meerluft und Altöl. Aber anheuern wollte er auf keinem Kahn mehr. Die guten, alten Zeiten voller Seefahrerromantik waren doch längst vorbei. Er wurde trotzdem manchmal so melancholisch, dass ihm die Tränen kamen. Einmal stimmte ich lachend »Junge komm bald wieder« von Freddy Quinn, an. Ein Fehler! Er wurde noch trauriger und schniefte. Einmal lauschten wir vormittags bei schönstem Sommerwetter einer Studiosus-Reisegruppe. Lauter Besserwisser und Fachidioten unter sich. Wir hörten dem Reiseleiter kurz zu und lachten uns schlapp über die Kommentare einiger Angeber. Dafür ernteten wir viele böse Blicke. Fuzzi und ich sahen doch nicht aus wie schlaue Oberstudienräte. Wir machten uns aus dem Staube, tranken zur Stärkung unserer geistigen Fähigkeiten erstmal schnell ein Bier. Die Studienreisetruppe lief uns später noch einmal über den Weg, erkannte uns sofort und schaute wieder grimmig zu uns. Wir lachten uns schlapp. Wir verpflegten uns sehr billig und gesund: Obst und Gemüse direkt auf die Hand dazu ein Fladenbrot und ein Stück Lammfleisch und natürlich ein Bier. Das reichte uns. Auch Fuzzi schmeckte ein Stück Fleisch, zwischendurch. Giros fand er klasse. Sonst kein internationales Fastfood, keine Burger mit Pommes und Ketchup die waren viel zu teuer. Der Zwanni in der Apotheke brachte uns deshalb nicht aus der Ruhe. Irgendwie verging die Zeit doch schnell, denn durch ihn lernte ich die Menschen kennen …

Wann kommen wohl Reinke und Steinberg wieder zurück?, dachte ich: Unser Bargeld neigte sich bedrohlich dem Ende zu. 40 Mark waren noch übrig.

»Hauptsache, die kommen mit Kohle zurück«, rief ich. Fuzzi nickte: »Hey, wir beiden verdursten doch nicht!« Wir machten immer nur irgendwo Katzenwäsche: ein bisschen Wasser über den Kopf gegossen, unter die Arme, zwischen die Beine und auf die meistens schon schwarzen Füße gekippt. Unsere T-Shirts und Unterbüxen wurden in der Werkstatt unter 'm Wasserhahn kurz ausgewaschen und über die breiten Außenspiegel des Mercedes zum Trocknen aufgehängt. Ideen muss man haben.

Tatsächlich kamen wir mit einem Zehner pro Tag über die Runden.

Man lud uns immer öfter auf ein Bier ein. Fuzzi wusste ja genau was die Griechen einlullen konnte. Sein Lachen und die Klimperkünste waren exotisch bei den, wie er sagte, lustigen Griechen.

Keine Kaschemme oder Hafenkneipe war vor ihm sicher. Immer mit mir, dem Aufpasser, im Schlepp. Olli, der ja nur als Fahrer für 'nen Kurztrip angeheuert worden war.

Allmählich verloren wir unser Zeitgefühl. Uhren besaßen wir beide nicht, er wohl schon seit Jahren nicht mehr ... »Ich brauch so 'n Schietding in Hamburg nicht, wofür auch?« blökte er. Recht hatte er ja, Hunger und vor allem Durst bestimmten seinen Tagesrhythmus. »Ab und zu 'ne Mütze Schlaf, wie er stolz als ehemaliger Seemann sprach und auch direkt anfing: »Seemann, grüß mir die Sterne und grüß mir das ...« »Halt die Klappe!«, raunte ich ihn an. Es kam nur selten vor, dass ich von seiner Seefahrer-Nostalgie« genervt war.

Schietegal, ob abends um sechs, acht oder elf, oder auch morgens um drei Uhr; irgendwann sehnten wir uns dann doch nach unserem soliden schwäbischen Domizil. Diese stabile Karre hatten wir, besonders ich, doch schon fest in unser Herz geschlossen. »Gut, dass wir den Schlafplatz nicht noch mit abgeschleppten Weibern teilen müssen!«, meinte Fuzzi.

»Das wär's ja«, entgegnete ich, »aber man weiß ja nie«.

Vielleicht würde die eine oder andere Abenteurerin gerne mit uns mitkommen. Eine, die unserem, vor allem Fuzzis Charme als Löffelklimperer erlegen war.

Die dann gerne mit einem von uns beiden allein die Karre ganz goldig in Augenschein nehmen wollen würde. »Ihn dann auf Herz und Nieren checken!« grinste ich: »Not macht erfinderisch«, lachte ich laut. »Jo, jo du Dösbad …«, Fuzzi brach ab. Was hatten wir vereinbart? Keiner schnauzt den anderen an, nur in Notfällen.

Was lachten wir in dieser kurzen Zeit doch viel. Manchmal rammte er mir scherzend seinen Ellenbogen in die Seite: »Prost, mien Jung!« und kippte ein Bier auf ex runter.

Wiedertreffen.

Am 20.Mai, nach sieben Tagen, Mensch, mittlerweile war schon eine ganze Woche rum, was uns gar nicht so vorkam, standen abends ganz plötzlich die beiden Komiker an unser Gefährt angelehnt vor der Werkstatt. Reinke mit Ray-Ban Brille auf der Nase und Steinberg mit teurem Pfeifchen in der Hand. Ein süßes Pärchen: Beide frisch rasiert in todschicken, hellen und sauberen Klamotten. Steinberg sogar mit 'nem coolen weißen Baseballcap auf seinem schon etwas schütterem Haar. Er war wohl bei so 'nem neumodischen Typberater gewesen oder seine Lady in weiß hatte ihn so vornehm ausstaffiert. Für die Restsumme vom Dispokredit, hahaha. Und Reinke war bestimmt wieder bei Herrenausstatter Policke am versifften Hamburger Steindamm am Hauptbahnhof gewesen. Dieser verkauft vornehmlich Übergrößen und hatte Larsi in so'n glänzenden Polyesteranzug im Stile von »Miami Vice« gesteckt. Seine erste Modenschau hatte er dann als Don Johnson Double vor den Junkienutten am Steindamm abgelegt. In diesem Auftritt hätten sie alles verkaufen können, von sinnlosen Versicherungen über viel zu teure Waschmaschinen bis hin zu getunten Gebrauchtwagen. Fuzzi und ich in unserem schäbigen Landstreicherlook mussten laut lachen. Wir waren den lieben, langen Nachmittag mal wieder auf Achse gewesen. Ans Alleinsein mit unserem Kap Hoornier hatte ich mich so gewöhnt, dass ich richtig überrascht war.
»Ihr wart ja richtig schnell, Jungs«, meinte ich ironisch. Dann neugierig zu Reinke gewandt: »Und, haste die Prüfung bestanden, Alter?«
»Na, logo, ganz einfach war das.« Er war natürlich durchgefallen, wie ich Jahre später von seinem Vater erfuhr. Der war ganz erstaunt, dass ich ihn nach zehn Jahren noch darauf angesprochen hatte. Er antwortete ganz ernst:»Ihr habt doch nur gefeiert und blau gemacht, wie soll er es dann

gepackt haben, hättest du doch auch nicht!« »Doch!« sagte ich genauso ernst und musste dann doch tierisch loslachen bei seinem dummen Gesichtsausdruck.

Reinke sprach dann laut lachend: »War echt 'n Kinderspiel für mich, ich hab's doch drauf, Mann!« Ich schielte kurz zu Fuzzi: »Mensch, der Dösbaddel ist ja gut drauf. Sehr gut!« Ich dann frech zu unserem falschen Bankkaufmann: »Und Reinke, hast du Kohle mit?« Der schaute reflexartig zu unserem Geldgeber und Finanzier Steinberg. Der nickte ohne die Miene zu verziehen: »Ich habe ordentlich was dabei!« Er zog an seiner Pfeife. Reinke an 'ner Marlboro

Ich blickte Fuzzi an und zeigte schnell auf Steinbergs Köfferchen, das wir schon sehr vermisst hatten.

»Los lasst uns ein Hotel suchen, ne Bleibe für die Nacht«, sprach Reinke, zog ein Haar aus dem Mund und spuckte angewidert auf den Boden. Ich zu dem Kap Hoornier gewandt: »Was, Fuzzi, heute Nacht nicht mehr in der Karre pofen. Mann, mir werden der Straßenlärm, der Geruch und dein Gerülpse echt fehlen! Jetzt wird's vornehm!« Fuzzi: »Ihr Dösbaddels.« Steinberg ging voraus. Er kaute nervös auf seinem rechten Daumennagel. Wir waren alle mit einem Taxi ins Stadtzentrum zum Hafen gefahren. Reinke fand dann ein 4-Sterne-Hotel. Ein Hochhaus mit zehn Stockwerken. »Ich mach was klar«, meinte Reinke, »Wie immer drei Zimmer: eins für Steinberg, eine Rumpelkammer für unseren Spritti und ein großes für uns.« Dann flüsternd zu mir gewandt: »Ich hab 'ne super Bude mit großem Sofa, Hafenblick und nah bei den Weibern.« Er drehte sich um, vergewisserte sich, ob die beiden anderen zuhörten. Die standen abseits. Steinberg lauschte einer von Fuzzis Geschichten. Man sah unseren Seemann mit ausgestreckten Armen herumfuchteln. Reinke fuhr fort: »Geld spielt heute Nacht keine Rolex (sein alter Kiezspruch). Es ist genug frisches da. Steinberg hatte das Konto seiner Krankenschwester ordentlich abgeräumt, wie er sagte, seine Tussi hat aus Liebe zu ihm ihren Dispo bei der Haspa, der Hamburger Sparkasse, erhöht. Er hatte das Limit ihres Überziehungskredits voll ausgeschöpft.« »Schnack nicht dumm rum«, sprach ich, »so ein Weißkittel im UKE (Uniklinik Eppendorf) verdient doch nicht viel!« »Er hat ein paar Mille am Mann«, Reinke machte ein ernstes Gesicht (so wie bei seiner Bankprüfung, hahaha!). »Ok, ok«, beruhigte ich ihn und lenkte ihn ab. »Nahe bei den Weibern, Alter, das ist gut!«

Steinberg ließ sich an diesem Abend wirklich nicht lumpen. »Will heute Abend auf dicke Hose machen«, grinste Fuzzi, »Ja, ja, der Chef ist mit viel Zaster wieder zurück.«

»Jungs«, sprach Steinberg dann ganz feierlich: »Wir müssen 'n bisschen feiern, dass wir alle wieder hier sind und der Daimler morgen fertig ist.« Er musste Luft holen: » … dass wir dann schnell in die Türkei nach Kusadasi kommen. Das ganze Geld, wenn der Mercedes dann schnell weg ist …!« fantasierte er, »Jungs, was trinken wir?« Er war übergeschnappt und lachte. So kannten wir ihn noch nicht. Reinke sah mich und Fuzzi etwas verwirrt an.

Dann lachten wir auch los. Was war das für ein lustiger Abend. »Bombenstimmung in Saloniki«, grinste Fuzzi nach zehn Bier und Ouzos und schlug Steinberg übermütig aufs Knie. Doch der ließ es diesmal kommentarlos geschehen und lachte umso lauter. Die Bosse waren in Gedanken schon wieder bei ihrem Reingewinn. Für Steinberg gab es aber bisher nur hohe Ausgaben, Spesen, die erst einmal wieder reinkommen müssen, dachte ich.

Wir saßen in einem schicken und teuren Restaurant am Hafen. Man hatte einen wunderschönen Panoramablick zu den Schiffen und zur Stadt. Beim Betreten wurden wir erst etwas misstrauisch beäugt. Die anderen Gäste waren alle etwas eleganter gekleidet als wir und sprachen auch etwas leiser. Mal wieder richtig fein essen, das kannte ich gar nicht mehr. In den letzten Tagen hatten wir immer nur in irgendeiner Kneipe an der Bar was runtergespült. Im Stehen oder auf einem klapprigen Barhocker bei lauter Musik, TV und versoffenem Gejohle ein trockenes Brot und ein paar Oliven verspeist, das war der Speiseplan der letzten Zeit gewesen. Was hauten wir rein: Steaks ohne Ende, keine Scheißoliven, sondern was Handfestes. Wir sahen Fuzzi zum ersten Mal an einem Stück Fleisch hantieren! Reinke war auch tipsy, stark angeheitert. Er der Kiffer-Bruder kippte gerade den fünften Pernod-Cola runter. Eine widerliche Mischung, darin waren wir anderen uns einig. Steinberg verzog auch das Gesicht. Jeder ein Schluck, das reicht! »Tuntengesöff«, grölte der Seefahrer. »So 'n Schiet gibt's auf keinem Dampfer, ahoi Kameraden«. Es folgte ein lautes Bäuerchen von ihm. Die Gäste an den Nachbartischen, eh schon genervt von uns, verzogen angewidert die Gesichter. Steinberg und ich hielten uns mit dem Saufen sehr zurück. Der Chef meinte zu mir: »Wir müssen ja ordentlich Gasgeben, wenn wir morgen endlich den Mercedes aus der Werkstatt holen.« »So ist es, hast Recht«, schmierte ich ihm Honig ums Maul. Er lächelte zufrieden.

Dann musste unser Alki dreimal so stark nacheinander aufstoßen, dass es wie eine Melodie klang. Reinke brüllte vor Lachen und schlug Fuzzi mehrmals kumpelhaft auf die Schulter. Wir bunte Truppe fielen überall auf, meist allerdings nicht gerade durch gute Manieren. Reinke drehte seinen knallroten Eierkopp hin und her. So hatte ich ihn lange nicht mehr gesehen. Einige Gäste hatten schnell gezahlt und waren fluchtartig verschwunden.

»Egal, wir waren gut drauf. Voller Tatendrang, weil's morgen endlich weitergehen würde. Jetzt wollten wir nur noch was erleben und feiern. Gönnerhaft rundete Steinberg die Rechnung beim Bezahlen auf. Dem Kellner leuchteten die Augen bei so viel Trinkgeld. Na ja, wir hatten ja auch einige Gäste verjagt. Das hat ihn auch Umsatz gekostet.

Es folgte eine ausgedehnte Kneipentour, Steinberg und ich, die Fahrer, hatten uns mitreißen lassen. Scheißegal, ich bin nur Chauffeur bei dieser Tour.

Die ersten zehn Spelunken, Tavernen und billigen Hafenkneipen, die Fuzzi sofort spontan einfielen, kannte ich natürlich auch. Er war in seinem Element! Seine Kneipen, in denen er täglich verkehrte, fand er sofort wieder, auch als es dann dunkel war. Er war ein Seefahrer mit gutem Orientierungssinn, wie er mir mal nachts auf der Suche nach dem Daimler anvertraute.

Man kannte ihn überall schon, den durstigen Deutschen mit dem Löffelgeklimper. Den lustigen Seemann Fuzzi, seinen Namen hatte er immer allen seinen neuen Zechkumpanen und Kneipenwirten sofort mitgeteilt. Er war ja auch einfach auszusprechen und zu behalten.

Ich erkannte auch schon die ein oder anderen Gesichter.

Für die sah es so aus, als hätte Fuzzi jetzt drei Zechkumpane im Schlepp, nämlich uns.

Wir wurden als Gruppe dann meistens zur ersten Runde Ouzo eingeladen. Dann musste Steinberg noch einige weitere für die ganze Meute ausgeben, darauf bestand Fuzzi energisch. Es war sein Abend. Unser Boss legte großkotzig und wichtig grinsend immer wieder viel Geld auf den Tresen. Das war in diesen Kreisen völlig unüblich. Es war schon etwas peinlich, wie er sich aufführte, wenn er einen im Tee hatte. »Scheiße, er soll doch morgen fahren können!« brüllte ich in die Runde. Steinberg nun angesoffen: »Ja, ja, ich kann immer fahren! Ich bin der Chef!« Dann musste er auch schon würgen … doch es kam nichts, zum Kotzen reichte es noch nicht.

Nun war's mir auch scheißegal, Fuzzis Kumpane würden ihn schon langmachen und ihn dann rausschmeißen.

Das Problem war nur sein, selbst in diesem schwachen Kneipenlicht, noch glänzendes Kunstlederaktentäschchen. Da drin waren alle Dokumente und vielleicht auch die frische Kohle aus Deutschland von seiner Krankenschwester. Das Köfferchen würden sie ihm wohl hinterher schmeißen und der nächste es dann leer machen. Dann mal gute Nacht!

Reinke war hellwach und scharf auf 'ne Frau. »Ich brauch 'ne Alte, Mann!« brüllte er mich an. Er war noch erstaunlich fit nach all den diversen Drinks, die er schon intus hatte. Ich hatte anfangs mitgesoffen, war dann aber schnell auf Kaffee, starken griechischen Mokka mit Zucker und Cola umgestiegen.

Ich musste und wollte morgen fit sein. Auf mir lastete doch eine gewisse Verantwortung für die Bande. Ich war offiziell nur als Fahrer dabei. Dabei war ich längst schon Aufpasser und Mitkoordinator geworden.

Der Chef zahlt und entscheidet, der Chauffeur hat zu schweigen. Regel Nr. eins: Der Chef hat immer Recht! Regel Nr. zwei: Hat der Chef einmal nicht Recht, dann gilt automatisch Regel Nr. eins.

Ich war stolz, diese Mannschaft morgen auf der Straße in Richtung Türkei zu fahren. »Lasst noch mal in 'ne Disse gehen zum Lockermachen. In den mittlerweile 15, 16 Kneipen, in denen wir jetzt waren, hatte er noch kein Opfer zum Abschleppen gefunden. Keines der wenigen, wenn auch nicht immer flotten Mädels, war seinen plumpen Verführungskünsten erlegen.

Wir kannten seine Sprüche von Love und Amore und selbst Fuzzi, der hartgesottene Seemann, musste verächtlich lachen, wenn unser Gockel sich an ein Hühnchen ranmachte: »Dieser Dösbaddel, nur Sprüche klopfen und sonst nix!« Aber die Weiber verstanden ihn doch sowieso nicht, auch mit ein paar Englischbrocken war noch kein Blumentopf gewonnen.

Außerdem, was er nicht wahr haben wollte, ganz wichtig war das goldene Kreuz um den Hals der Mädels. Diese waren orthodox und wollten erst geheiratet werden, bevor sie sich abschleppen ließen oder ernsthaft verliebt mit jemandem mitgingen. Und die Brüder waren auf so Typen wie unseren forschen Kollegen Reinke richtig scharf. Da gibt's dann schon mal einen auf die Fresse. Teils aus Langeweile, teils wegen der Familienehre.

Der Schwester kommt kein so zufällig dahergekommener Streuner zu nahe. Und schon gar nicht so ein notgeiler Ausländer.

Aber was war der unwiderstehliche Charme von Casanova gegen Reinkes. Ich war schon etwas neidisch auf ihn, wie er immer so süffisant lächelnd sich seinem Opfer näherte. Auch in der ersten Disko fielen wir natürlich, nicht nur wegen Fuzzis feuchtfröhlichen Benehmens, sondern auch durch unser Aussehen auf. Wir waren hellblond und größer gewachsen als die Einheimischen. Wir waren in einer Stadt-Diskothek gelandet, in der die wenigen verirrten Touristen nordeuropäische Gesichtszüge hatten. Es war ein altmodischer Schuppen, wo normale Griechen zu alter und langweiliger Diskomucke abtanzten.

Für mich artete es wieder richtig in Arbeit aus, auf unseren stimmungsvollen Spritti und auf die Bosse aufzupassen. Steinberg hatte schon ordentlich Schlagseite, er vertrug doch nicht so viel, wie er vorgab. Er eierte auch leicht schwankend hin und her, grinste verblödet die Damen an. Und er sollte mich morgen am Steuer ablösen?

Fuzzi stand mit den locker 15 Bier in der Birne lachend neben mir: »Dieser Idiot, das mit dem Kreuz um den Hals der Mädels sieht und rafft er nicht.« »Recht haste, alter Seemann!« »Ahoi, mien Jung«, lachte er laut. Das ging runter wie Öl bei ihm.

Frische Luft, die tat gut. Es ging in die nächste Disse, es war noch angenehm draußen. Reinke knurrte: »Scheißladen eben! Alle Weiber mit Macker!« »Das waren die Brüder, mein Bester«, verbesserte ich ihn.

Fuzzi lachte nickend und auch der Boss lachte laut wegen Reinkes ernsten Gesichtsausdrucks. »Hahaha, ihr werdet noch sehen, ich schlepp heute noch was ab.« »Abwarten!« antwortete ich. 300 Mark hatten wir bis jetzt schon locker verjubelt, ich hatte die Geldscheine gesehen, die über 'n Tisch gewandert waren. Was soll's, dachte ich mit einem halbwegs klaren Kopf. Zehn Kaffee hatte ich auch schon mindestens getrunken. Das folgende Etablissement war vornehmer, die Drinks kosteten das Dreifache der bisherigen. Die Menschen waren eleganter und schicker gekleidet. Es herrschte eine überhebliche und etwas arrogante Atmosphäre. Wir waren in so 'nem Schickimickitempel gelandet. Lauter gegelte Typen mit hellem offenem Hemd unter 'm dunklen Designerjacket und gebräunte Ladies mit Klunkern, tanzten zu cooler Partymucke. Hach, alle sahen so schön und erfolgreich aus.

Ob Reinke jetzt hier noch Erfolg hat, war die Frage. »Letzte Chance für ihn«, brummte Steinberg mir ernster Miene. Er trank auch längst Cola und Kaffee, um seinen Schädel wieder wegzubekommen. Er wirkte schon wieder fitter und munterer als vorher in der ersten Disse. Fuzzis Kräfte schwanden auch langsam, sein Durst hatte auch merklich nachgelassen. »Kaffee mit Raki, viel Raki, brauch ich jetzt zum Wachbleiben«, grölte er. Steinberg böse wie zu einem Kind: »Du bleibst wach bis zum Hotel, haste verstanden?« Fuzzi blickte mich hilfesuchend an und sprach dann plötzlich voll doof lachen: »Und dann noch 'n Bier!« Der Boss reagierte nicht, sondern gähnte laut auf: »Los, alle Mann ins Hotel, pennen. Morgen wird ein langer Tag!« »Wohl war, Boss«, nickte Fuzzi ganz streng, wobei er Reinkes Anbaggerversuche verfolgte: »Schluss jetzt, das wird nix mit der Ollen, wir gehen!« »Du auch«, brüllte ihn Steinberg an. Er war sehr laut geworden. Einige der schicken Leute schauten amüsiert und angeekelt zu uns herüber. Sie hatten uns seit unserem Betreten der hippen Bude geschnitten, nicht eines Blickes gewürdigt. Ein Wunder, dass die uns überhaupt reingelassen hatten. Wohl nur, weil Steinberg völlig hirnrissig am Eingang mit einem Hunderter gewedelt hatte. Großkotzig geht die Welt zugrunde, dachte ich.

Reinke kam dann doch ohne Beute zu uns. Im Hotel angekommen, ging jeder auf sein Zimmer, einer von uns schwankte singend in seine Bude. Doch Reinke wollte sich nicht hinlegen, setzte sich ans Fenster, machte frustriert eine Zigarette an und kratzte sich am Kopf. Dann stand er ruckartig auf: »Ich geh noch mal los.« Es war zwei Uhr morgens.

Um drei kam er laut brüllend ins Zimmer: »Diese alte Schlampe, mein letzter Hunni ist weg, ich wollte gerade Spaß haben, da ist sie abgehauen mit der Kohle, so'n Shit!« Er war völlig fertig, riss das Fenster auf und machte wieder 'ne Kippe an. »Warst im Puff, Alter? Du wolltest doch so noch eine klarmachen, ohne uns Chaoten dabei zu haben. Wurde nichts draus, was?« lachte ich höhnisch, mir die müden Augen reibend. »Oh, unten lungern immer noch welche rum, sagte er, drehte sich um, griff sich den massiven Aschenbecher und schleuderte ihn nach unten zu den Borsteinschwalben, den Nutten. Eine von ihnen schrie laut auf. »Volltreffer«, meine Reinke, »hahaha, alte Schlampe!« »Pssst, es ist halb vier«, knurrte ich. Aus den Nachbarzimmern von Steinberg und Fuzzi war zufriedenes Schnarchen zu hören. Hauptsache, der Boss ist nachher auch einigermaßen fit, um mich am Steuer auch mal abzulösen. Keiner hat mehr Bock auf'n Unfall. Ich wollte nicht mehr eine Woche neben einem Alki im Auto wohnen. Auf jeden Fall Reinke nicht mehr fahren lassen. Den nächsten Unfall überlebt keiner.

Nach dem Frühstück, mehr Katerfrühstück, wie Steinberg meinte, als er die dritte Aspirin einwarf und etwas angeschlagen sagte: »In der letzten Nacht haben wir 500 Mark auf'n Kopp gehauen!« Wir anderen lächelten ihn lammfromm und mitleidig an. Müde warteten wir auf das Taxi zur Werkstatt. Dann der Schock! Der Wagen war noch nicht fertig, erklärte uns der Werkstattleiter auf Englisch, gegen den Krach in der

Werkstatthalle anbrüllend. Unser goldiger Mercedes stand noch oben auf der Hebebühne, zwei Mechaniker waren darunter eifrig beschäftigt und bemerkten uns nicht.

Steinberg tobte, schnauzte den Mann auf Deutsch an, stellte den Koffer ab und fuchtelte mit seinen Armen herum. So hatten wir ihn noch nicht erlebt. Derart außer sich und einem Nervenzusammenbruch nahe. Er war richtig in Fahrt. Reinke schaute auch ernst drein, wollte auf'n Putz hauen, unterließ es aber. Er lächelte uns auf einmal an, er musste eine Idee haben. »Wenn wir heute nicht loskommen, muss der Chef der Werkstatt, uns einen ausgeben. Mindestens das Hotel löhnen und ein Auto leihen, bis der Daimler fertig ist.« »Aha«, dachte ich und grinste Fuzzi auch mal doof an. Alles Taktik von ihm, er hat noch nicht genug von den griechischen Großstadtweibern, hahaha.« Reinke eben, noch 'ne Nacht in Saloniki abhängen.

Steinberg hatte sich beruhigt. Einen kühlen Kopf behalten, war jetzt seine Devise. Der Werkstattleiter ging verlegen lächelnd auf Steinberg zu. Fuzzi und ich waren sehr gespannt, was ihm wohl eingefallen war, um unseren Chef milde zu stimmen. Fuzzi grinste mich und Reinke an. Dieser brummte: »Fuzzi guck nicht so doof, halt einfach das Maul.« Fuzzi schaute ihn böse an. Ich beschwichtigte ihn: »Fuzzi, alles ok!«

»Wir können heute Nacht in seinem Haus pennen, direkt am Meer mit allem Gedöns, allem Luxus und wir kriegen seinen eigenen Daimler. Der ist zwar nur Mittelklasse, unter unserem Niveau, aber vollgetankt. Steinberg war sichtlich stolz, als er dies verkündete.

»Als ob er mit dem Griechen knallhart verhandelt hätte«, meinte ich zu Reinke und Fuzzi. Reinke meinte nur: »Am Meer gibt's immer flotte Mädels, wie in Timmendorf an der Ostsee.« Unser Seemann guckte in die Luft.

Ich fuhr und war neugierig auf die Gegend: den Strand, das Meer und natürlich auf das Haus, das uns erwartete.

Nach zwei Stunden waren wir da. Fuzzi, Steinberg und ich gingen baden. Das Wasser war noch nicht warm, aber egal, erfrischend und ablenkend.

Reinke passte auf das Köfferchen des Bosses auf, klar nur als Vorwand, um ungestört nach schönen Frauen Ausschau halten zu können wie ein Bademeister nach Ertrinkenden.

Das Haus war in einem guten, ruhigen Ort gelegen. Es war wirklich sehr komfortabel eingerichtet für uns. »Fuzzi, wir steigern uns von Tag zu Tag, die Absteigen werden immer besser«, meinte ich. »Absteigen gibt's nur auf'm Kiez, das weißt du doch, du Dösbad ...«, unterbrach er mich fachmännisch. »Ich meine aber nicht deine Stundenhotels und Puffs auf der Meile.« »Mann, wenn das so weitergeht residieren wir bald mit den Dösbaddels im Schloss. Wir schlafen uns richtig hoch«, meinte er. »Fuzzi, halt die Fresse, das meine
ich nicht!« Ich freute mich über diesen Zwangsaufenthalt am Meer. Ich organisierte zwei kalte Bier, für Fuzzi und mich. Die Bosse hatten keinen Durst. Dann streckten wir die Beine aus und genossen das Leben.

Reinke blickte mürrisch in die Gegend und Steinberg wühlte aufgeregt in seinem Köfferchen. Ihn trieb der Reibach, der Gewinn bei dem Deal in die Türkei. Wenn wir nur schon da wären mit unserem prächtigem Goldstück.

An Party war hier nicht zu denken! »Alles sehr gesittet hier, was?« neckte ich Reinke, »keine leichten Mädels vor der Tür wie gestern in Saloniki.« Fuzzi krächzte dazwischen: »Meine Herren, heute machen wir uns mal einen ruhigen Abend und heben gepflegt einen«, sprach er wie Koberer auf der Großen Freiheit. »Halt's Maul, Fuzzi!« brüllte Steinberg gereizt. Seine Nerven lagen blank, das merkten wir alle.

Es versprach, zur Abwechslung ein ruhiger Abend zu werden. Er wurde es. Wir besorgten uns schnell noch ein paar Lebensmittel, Reinke machte das Essen, er war ganz entspannt, in der Gegend hier gab's für ihn eh nichts zu verpassen. So »frauentechnisch«, wie er etwas betrübt sagte. Es gab keine Disko, keine wilde Kneipe nur zwei kleine Cafés, in denen aber bloß alte, schwarzgekleidete Männer saßen.

Später in dem gemütlichen Haus schmeckte uns der Retsina sehr gut. Ich fand's nicht schade, dass unser Auto noch nicht fertig war. So lernten wir doch diese wunderschöne Gegend in der Nähe der Millionenmetropole Thessaloniki kennen.

Ich hatte doch viel Zeit als Fahrer ohne Verantwortung. Ein Tag Urlaub am Meer war auch mir mal vergönnt nach den anstrengenden Tagen als Fuzzis 24-Stunden-Aufpasser«

Die Fahrt geht weiter.

Nach einem kurzen Frühstück zurück in die Werkstatt. Unser Baby war endlich fertig. 2.500 Mark gingen über den Tisch. Der Daimler lief jetzt wieder wie am Schnürchen. Außen gewaschen und poliert, innen gesaugt und frisch riechend. Das Beste, was man aus unserem alten 500er noch machen konnte.

»Wir haben die alte Lady richtig flottgemacht«, meinte Steinberg voller Stolz. »Halt's Maul«, summte Fuzzi leise vor sich hin. Er hatte sich den dummen Spruch angewöhnt. Er zwinkerte mich an.

Reinke konnte es auch noch gar nicht ganz fassen, dass die Karre wieder rund lief. Das böse Gewissen plagte ihn doch ein wenig, hatten wir den ganzen Scheiß, die lange Verzögerung ihm doch zu verdanken. Dem Boss natürlich auch. Bloß Steinberg nicht daran erinnern, dass er ja schon längst die große Kohle hätte kassieren haben können. Er schon reich und zufrieden wegen des guten Deals im Flieger nach Hamburg sitzen könnte. Er und Reinke First Class oder Business und Fuzzi und ich in der Holzklasse. Die Nase hoch, einen auf vornehm machen! Die 100 oder 150 Riesen cash, bar im Köfferchen am Arm. Unauffällig mit einer Handschelle, wie ein Agent oder Geldkurier, am Handgelenk gesichert für den Fall, dass irgendein Räuber ihm alles wieder abnehmen könnte. Der Seemann und ich würden glücklich und breit hinten im Heck der Maschine im Billigabteil sitzen. Laut lachend und singend unser überstandenes Abenteuer mit den Idioten feiern. Genau und dann würden uns die Hamburger Bullen hopsnehmen wegen Steinbergs vieler Kohle und der geklauten Karre. Wär doch noch 'ne geile Show zum Ende ... Ja, ja, die Fantasie ging mit mir durch. Noch kämpfte sich der Boss erstmal am Steuer durch den mörderischen Berufsverkehr dieser Riesenstadt, in die wir hoffentlich nie wiederkommen müssen. Er konnte nicht schnell fahren und schonte so das Getriebe. Kein wildes Hinundherschalten wie vor zehn Tagen nachts in Österreich. Jetzt konnte doch erst einmal nichts passieren. In ein paar Stunden sind wir an der griechisch-türkischen Grenze hinter Alexandropolis, ganz im Osten Griechenlands.

Der Verkehr war sehr stressig für ihn, das reinste Chaos für unseren tollen Vielfahrer. Reinke schaute wie immer vom Beifahrersitz den Damen, den griechischen Mädels, hinterher. Viele drehten sich nach uns um. Nicht seinetwegen, wie Reinke enttäuscht analysiert hatte, sondern wegen unseres fahrbaren Goldstücks. Mit unserem goldglänzenden Mercedes fielen wir auch hier inmitten der Automassen wegen der Größe und auffälligen Lackierung sehr auf. Unser immer rattiger Beifahrer lachte ganz auffordernd und provozierend die Leute an. Durchs offene Seitenfenster grinste er dann dumm raus, was Steinberg beim Fahren sehr störte. Er ermahnte ihn aber nicht laut und ruppig, was Fuzzi und ich uns gewünscht hätten. »So ein richtiger Anpfiff«, sagte ich Fuzzi mit ernster Mine, »das hätte doch was!« Bloß jetzt keinen verkaspern nur mal 'ne halbe Stunde Ruhe.

»Ein Arschtritt vom Boss, das wär doch was für unseren scharfen Dösbaddel da vorne, der und seine Weiber! Winke, winke, Mädels!« lachte Fuzzi vor sich hin. Ich: »Jetzt nicht, lass das.«

»Hauptsache heil raus aus dieser verfluchten Scheißstadt.«

»Mann, Reinke, pass auf, dass dir nicht jemand in die Tür tritt, uns eine Beule ins Blech reinhaut.« Steinberg sah mich im Rückspiegel an und nickte zustimmend. Er war froh, dass ich ihn gegen Reinke unterstützte.

Fuzzi war wieder eingepennt und ich versuchte, auch eine Tüte Schlaf zu nehmen. Beim nächsten Fahrerwechsel musste ich ja fit sein … Ich konnte nicht pennen, da die beiden vorne flüsterten. Wie vor unserem Bums bei den Jugos taten sie wieder ganz geheimnisvoll. Das machte mich natürlich hellhörig. Na, vielleicht hauen sie gleich wieder ab und lassen mich wieder mit unserem Spritti allein. Und dann noch hier in der Pampa, zuzutrauen war ihnen doch alles. Fuzzi blinzelte mich einmal kurz verpennt und die Augen reibend an. Dann drehte er seinen

Kopf zum Fenster und schnarchte wieder weiter. »400, 500 Kilometer bis Alexandropolis sind es noch, dann sind wir endlich bei den Türken«, meine Reinke, jetzt normal sprechend. Wir waren jetzt alle wach. Reinke hielt die Straßenkarte aus dem Autoatlas stolz hoch, so als ob er es auf der kleinen Karte alles maßstabsgetreu korrekt nachgerechnet hatte. »In vier, fünf Stunden sind wir bei dem Tempo locker an der Grenze, kein Thema«, meinte er. Steinberg überlegte, sagte aber nichts. Er dachte wohl jetzt mal nicht ans große Geld, das wartete, er plante erneut irgendetwas.

Wir waren jetzt direkt auf der Hauptstraße, geradewegs nach Osten. Was waren wir alle froh, den Moloch Thessaloniki hinter uns gelassen zu haben. »Scheißstadt«, brummte Reinke. »Toll, wer hat denn hier mit Fuzzi eine ganze Woche bei dem Krach und Dreck im Daimler gepennt und auf ihn aufgepasst, he? Wer hat denn die Sackratten bekommen, du oder ich?« fauchte ich. »Hahaha, Sackratten, köstlich, wie im allerletzten Puff in Barcelona!« lachte Reinke. Fuzzi sang plötzlich: »Olé, olé, wir fahren in'n Puff nach Barcelona olé, olé, olé!« Er war wieder gut drauf, halbwegs ausgeschlafen und hatte 'ne Pulle in der Hand. Steinberg beobachtete mich genau im Rückspiegel und erwartete jetzt wohl endlich mal einen Ausraster von mir, einen Nervenzusammenbruch etwa. Er kannte mich ja kaum und wusste ja nicht, ob ich auch mal richtig ausflippen konnte. Fuzzi schaute mich bereits mit großen Augen fragend an. Hatte wohl Angst, dass ich ihn richtig in die Pfanne hauen würde, ihn zur Sau machen könnte. So hatte er mich auf der ganzen Tour bisher noch nicht erlebt. Mit offenem Mund glotzte er mich an.

Ich war ihm nicht böse, jetzt wo das nächste Abenteuer mit den beiden Spitzbuben womöglich gleich wieder an der nächsten Straßenecke lauerte.

Die Fahrt war geradezu erholsam. Wir zottelten meistens irgendwelchen Lastern hinterher. Steinberg verkniff sich diesmal seine sonst so waghalsigen Überholmanöver, die uns den Atem raubten. Er hatte bestimmt Angst um das labile Getriebe, dachte ich.

Die Fahrt war wunderschön. Wir sahen jetzt häufig das Meer, denn die Straße führte direkt am Wasser entlang. Wir passierten die drei Finger, der Halbinsel Chalkidiki: Sithonia, Kassandra und die Mönchsinsel

Athos, die keine Frau betreten durfte. Eine Insel ohne Weiber, das wäre doch was für unseren immer scharfen Reinke.»Der würde dort vor die Hunde gehen«, sagte ich zu Fuzzi. Der Achtzylindermotor machte genügend Krach, so dass die Jungs vorne von unseren Gesprächen häufig nur Sprachfetzen mitbekamen. »Meinste Fuzzi, die würden ihn noch umdrehen, die ganzen wie Reinkes Opa uns immer sagte, schwulen Mönche, die den ganzen Tag nur beten und Wein saufen?« »Wo gibt's Wein?« unterbrach er mich grinsend. Ich fuhr fort: »Und abends Tuntenpartys im Kloster, das wär doch was, alle homosexuell.« Ja, ja, Reinkes Opa. Das Stichwort Wein hatte Fuzzi plötzlich wieder ganz durstig gemacht. Er öffnete hektisch 'ne Dose Bier, das natürlich ordentlich durchgeschüttelt erstmal über den Pullover und die Sitze spritzte. Das störte ihn nicht im Geringsten. »Hauptsache Sprit«, sprach er und rülpste laut auf.»Fuzzi, halt's Maul«, brüllte Steinberg diesmal, er war mit seinen Gedanken wohl gerade woanders und heckte irgendetwas aus, dachte ich. Ich suchte seinen Blick im Rückspiegel.

Reinke schnarchte friedlich und träumte davon, wohl wieder die Gelegenheit zu bekommen, sein fahrerisches Talent unter Beweis stellen zu können. Er der verkannte Herrenfahrer mit stilsicherem Auftreten, der die weiblichen Verkehrsteilnehmer immer besonders im Auge behielt. Ihr werdet noch sehen, ich werde meine Chance zur Wiedergutmachung, noch bekommen. Ich werde uns diesmal alle retten und natürlich auch den Mercedes. Dann schreckte er völlig verpennt aus einem süßen Traum auf.

»Ohne mich gibt's keine Kohle«, warf er Steinberg einen spöttischen Blick zu. Da der nicht darauf reagierte, wandte er sich abrupt zu mir: »Dieser Affe, von dem Geld aus dem bombastischen Verkauf des Wagens, den ich maßgeblich ausgeheckt und organisiert habe, werde ich das nächste Mal natürlich ein viel größeres Geschäft anleiern.« »Ja, ja, Alter, du machst das schon«, versuchte ich, ihn zu beruhigen. Doch er machte weiter: »Aber jetzt erstmal weg mit der Karre!« Er hielt die Hand vor den Mund und nuschelte: »Ich werde mir schon mindestens die Hälfte des Erlöses einstecken! Wär doch gelacht, wenn ich als gelernter Banker hier nicht mein Ding durchziehe. Ich werde von dem potenziellen Käufer unseres goldenen Kalbs schon irgendwie einen Kickback, sprich eine zusätzliche Rückvergütung aushandeln. Als maßgeblicher Oberboss, bei meinem souveränen Auftreten, Steinberg reicht mir eh nur bis zum Hals, bei meiner stattlichen Körpergröße.« Steinberg hörte doch mit, ließ sich nur nichts anmerken. Reinke grinste mich übermütig an: »Unser Chauffeur Olli ist zwar noch größer, hat aber keinen so schönen Anzug dabei wie ich. Diesen braucht man bei solch wichtigen Deals aber unbedingt.« »Witzbold«, unterbrach ich ihn. Er sprach, als ob er völlig zugekifft wäre: »Olli ist nur als Fahrer und Aufpasser für unseren Penner dabei!« »Halt die Fresse«, brummte Fuzzi zornig in Richtung Reinke. »Als Kindermädchen für Fuzzi hat er sich ja bewährt, der hat sich in Saloniki ja nicht verpissen können«, sprach er jetzt zu Steinberg gewandt.

Später bei der nächsten Pinkelpause kam er zu mir und machte einen auf vertraulich: »Falls Steinberg irgendwelche Sperenzchen, irgendwelche krummen Dinger machen sollte, stehst du ja auf meiner Seite«. »Na logo, Alter«, sagte ich. Reinke lachte sich ins Fäustchen. Unser Fahrer ist doch nur ein naiver Abenteurer, wenn er sein Ding gut macht, bekommt er von mir ein paar Hunnis obendrauf, die ich natürlich vorher von Steinbergs Gewinn abzweigen werde. Mensch, Alter, ich bin doch ein toller Hecht! Er zog an seinem Joint, den er sich heimlich fertiggemacht hatte: »Hach, das Leben ist schön. Und jetzt 'ne schöne Griechin.«

Der starke Achtzylinder schnurrte vor sich hin, Fuzzi schnarchte mal wieder, ich lauschte der griechischen Musik aus'm Autoradio. Es klang wie Zorbas von Kazanzakis, so eine schöne Sirtaki-Melodie. Schade, jetzt könnten wir schön tanzen gehen. Schöner, entspannter Urlaub, unbezahlbar! Obwohl ich wie die anderen tierisch schwitzte, die Klimaanlage ging ja nicht, wippte ich noch mit den Füßen, trommelte auf den Sitz und klatschte in die Hände zu diesem wunderschönen Rhythmus. Griechische Lebensfreude pur! Steinberg war ganz vergnügt am Steuer und auch noch ganz fit. Bestimmt würde er noch ein ganzes Weilchen fahren können.

Der Verkehr hier auf der Straße nach Osten, nach Alexandropolis, war viel angenehmer als vor 10 Tagen auf dem jugoslawischen Autoput, bevor die ganzen Lkws den viel kürzeren Weg durch Bulgarien wählten.

So wie von uns ja auch generalstabsmäßig geplant und dilettantisch umgesetzt, wegen der Nummer mit den Reisepässen. Wir durchquerten nur Kleinstädte oder Orte, übersichtlich und idiotensicher zu passieren.
Er konnte einfach nichts falsch machen, so lange er nur schön brav seine Äuglein aufbehielt. Lenken und ab und zu sanft bremsen, damit wir anderen sehr wichtigen Insassen nicht beim Relaxen gestört wurden. Es wurde getankt und kollektiv Wasser gelassen, wie Steinberg lachte. Der 500er glänzte gutmütig in der Sonne, wir Typen glänzten natürlich in keiner Weise, wir schimmerten nicht einmal; rülpsend, irgendwo hinpinkelnd und herumspuckend ließen wir verschwitzten Gestalten keinen vornehmen Umgang vermuten. Jeder kratzte sich an einer anderen Körperstelle.
Fuzzi tanzte wie Zorbas und animierte uns andere zum Mitmachen. Nikos Kazanzakis hätte seinen Spaß daran gehabt. Gegen unserer Seemann in Action hätte Anthony Quinn als Zorbas blass ausgesehen. Fuzzi hatte die Melodie jetzt unvergesslich im Blut. »Fuzzi, haste Zorbas bisher nicht gekannt?« fragte ich ihn. Er antwortete: »Du Dösbad …«, er unterbrach sich, »das hab ich noch nie gehört!« »Ach Mann, du als Seemann kennst doch alle Hafenkneipen in Piräus?« »Na logo, in Athen kenn ich jeden Puff und alle Tavernen, die find ich blind, da hat aber keiner getanzt. Da haben wir die Heuer, unseren Lohn versoffen und den Bräuten auf den Arsch gehauen.« »In den Puffs?«, »Ach, halt die Fress …!«, riss er sich am Riemen.
Dann lachte er und sang irgendwas Undefinierbares, wahrscheinlich eine Anekdote oder eine Kamelle vom Kiez. Er hatte schon wieder mehrere Biere gekillt und ein verbogenes Besteck aufgetrieben und klimperte damit seinen Schlachtruf: »Einmal noch nach Bombay!« Einige Neugierige standen in sicherer Entfernung um uns herum. Fuzzi fand immer Zuhörer, weil er doch angesoffen vor Publikum immer lachte und johlte. Die Menschen, meist Alte mit viel Zeit und spielende Kinder, wurden immer schnell in seinen Bann gezogen.
Man kann, er war das beste Beispiel dafür, sich auch gut mit Gesten und Mimik verständigen, es bedarf nicht immer unbedingt der gleichen Sprache.

Ein neuer Plan.

Wir hatten jetzt laut Straßenkarte die Hälfte der Strecke nach Kavala geschafft, als ich die Bosse vorne mal wieder geheimnisvoll flüstern hörte. Ich hörte Steinberg sagen: »Du, Kavala hat doch 'nen Flughafen, oder?« Reinke darauf: »Ja, laut Straßenkarte ist es eine Stadt mit Flughafen!« Steinberg freute sich: »Das passt gut!« Ich verstand nicht sofort die Zusammenhänge, aber die hatten schon wieder was ausgeheckt, sie planten was. Ich sah nur Reinkes Finger weiter über die Linie auf der Straßenkarte Richtung türkischer Grenze wandern. Steinberg nickte. Ich schaute den Kap Hoornier an. Er war mittlerweile aufgewacht und starrte interessiert in die Runde. Ich flüsterte ihm zu: »Die haben wieder ein Ding geplant!« Er antwortete: »Diese Dösbaddels, die, die wollen sich verpissen, was? Soll'n sie nur, wir beide verhungern nicht und verdursten schon gar nicht! Prost, Kamerad«, er nahm schnell einen Schluck Bier und rülpste zufrieden. »Hahaha«, lachte er dann und blickte grummelnd aus'm Fenster.

Reinke drehte sich nach hinten zu uns um, hatte aber nichts verstanden. Er sagte: »Fuzzi, alles ok?« »Ja, ja, grinste er lallend nach vorne und rülpste erneut heftig los. Nach der nächsten Pause, Steinberg sah immer noch fit hinterm Lenkrad aus, sagte Reinke dann zu uns: »Steinberg und ich hauen in Kavala ab. Es wird einfacher sein, wenn du und Fuzzi allein über die Grenze fahrt. Der Mercedes fällt eh auf. Aber wenn du als Chauffeur mit Jackett und Krawatte zurechtgemacht und Fuzzi als cooler Chef gestylt an der Grenze ankommt, gibt's keine Probleme. Er sprach ruhig weiter: »Unser Penner ...« »Halt die Fresse«, wurde er jäh unterbrochen. »Sorry, also Fuzzi sitzt, genau wie jetzt gerade, hinten rechts und guckt arrogant, wie ein reicher, mächtiger Boss eben guckt. Dann fahrt ihr ganz lässig bei den Grenzkontrollen, hier bei den Griechen und drüben bei den Türken vor und die lassen euch durch!« »Ich als Boss, das ist gut, hahaha«, Fuzzi war ganz aus'm Häuschen. »Halts Maul!« schrie Steinberg auf einmal: »Das ist ne ernste Sache!« Er blickte Fuzzi zornig an, im Rückspiegel hatte er Augenkontakt mit ihm. So wird's gemacht und nicht anders«, betonte er und blickte mich auch im Spiegel an. Reinke hat Recht, wir hauen morgen in Kavala ab und treffen uns übermorgen drüben bei den Türken in Kusadasi wieder. Jetzt suchen wir uns 'n Hotel und du und Fuzzi bringt uns morgen früh zum Flughafen und fahrt dann weiter nach Alexandropolis. Dort schmeißt ihr euch dann in Schale und huscht morgen Abend ganz cool über die Grenze.« »Ein bisschen Nervenkitzel tut euch doch immer gut, ne«, grinste Reinke bescheuert. »Haha, Alter«, brummte ich leise. Er sprach ernst weiter: »Die Grenze ist ja Niemandsland, Griechen und Türken haben schon immer Zoff gehabt. Ihr fahrt morgen Abend, wie gesagt, ganz langsam rüber, der Daimler sieht jetzt ja auch wieder sehr gut aus, da gibt's keine Probleme!« Fast wie neu, dachte ich. Hauptsache, unser 500er verreckt nicht gerade da, wo das ganze Militär und die Bullen patrouillieren.

»Ganz cool rüber …«, mischte sich Steinberg ein. Mir ging langsam der Arsch auf Grundeis, ich bekam Angst. Die ballern morgen Nacht auf uns, denken, wir sind getarnte Terroristen oder Spione der Gegenseite auf Ablenkungsmanöver.

»Euch passiert echt nichts! Ganz langsam, das Auto ist durchgecheckt und vollgetankt, rauscht ihr rüber!«

Wir fanden einen Klamottenladen mit konservativer, vornehmer Herrenmode. Ich bekam ein eher bescheiden aussehendes Jackett mit Hose, Hemd und Krawatte. Unser Seemann wurde richtig edel ausstaffiert. Er bekam die besten Stücke des Ladens übergestreift. Alles nur vom Feinsten. Ein dunkler Anzug, Schuhe, er hatte bisher nur ein paar löchrige Treter, Hemd, Krawatte und einen Hut. »Jungs, so was habe ich noch nie angehabt«, freute er sich, »Die Kutte«, er zeigte aufs Jackett, »hat drinnen sogar ein Fach für 'nen Flachmann! Den brauch ich auch als Chef und 'ne Sonnenbrille!« Wie ein richtiger Gangsterboss, dachte ich. »Morgen wird sich erstmal wieder rasiert und geduscht«, brummte Reinke ungewohnt ernst. »Der erste Eindruck bei den Grenzern ist der wichtigste: flott, geschniegelt und ganz locker …« »Geht's dann rüber«, fiel ich unserem tollen Organisator ins Wort.

Je länger er von der gefährlichen Grenze lamentierte, desto mulmiger wurde mir. Wenn die Fuzzi und mich schnappen und einlochen, kriegen Steinberg und Reinke uns da nicht raus. Da versauern wir dann und ob sein Geklimper uns dann da raushaut, bleibt abzuwarten.

Wir stiegen im nächsten Hotel ab, einer einfachen Pension: zwei Einzel- und ein Doppelzimmer, wie immer. Die Bude lag direkt an der Hauptstraße, dauernd donnerten Fahrzeuge direkt vorm Zimmerfenster vorbei. Es waren wenige im vergleich zu Saloniki, wo uns die Karren am Arsch vorbeisausten, als wir in unserem Daimler pennten.

Noch ein gemeinsamer Absacker zum Abschied, dann wurde geschlafen.

Unsere tolle Typen wollten morgen früh aufbrechen. Ich sollte sie schon um 9:00 Uhr zum Flughafen nach Kavala bringen. Sie wollten irgendwie über Saloniki oder Athen runter nach Izmir in die Türkei fliegen und dann per Taxi nach Kusadasi fahren. Dort wollten wir uns in zwei Tagen treffen.

Mir war das alles scheißegal. Ich wollte morgen Abend nur heil mit Fuzzi über die Grenze. Diese Ärsche, soll'n sie doch sehen, wo sie bleiben. Unserem Besteckklimperer war die ganze Nummer eh sowas von egal.

Wir beide verstanden uns ja bestens, wir altes eingeschweißtes Duo, schon seit Salonikí kampferprobt. Ich dachte wieder kurz an die Ledersitze und die Sackratten.

Um 7:00 Uhr weckte mich Reinke: Hey Olli, hoch, es geht zum Flughafen, er war schon fertig zum Gehen. Ich: »Mach mal halblang, mein Bester, ich muss heute Nacht mit unserem Spritti über die scheißgefährliche Grenze im Niemandsland und du schleppst bei den Alis wieder irgendeine blöde englische Tourischlampe ab und Steinberg geht in'n Puff. Ihr beiden habt's einfach und macht euch 'nen schönen Lenz und schaukelt euch die Eier.« »Reg dich nicht auf, Olli, hier sind 500 Mark von der Bank von Steinberg. Damit werdet ihr es doch locker bis Kusadasi schaffen.« »Ja, wenn die Karre hält!« »Sei cool, der ist wie neu!« »Dann fahr Du Reinke!« Reinke wieder: »Du bekommst außerdem ordentlich was ab vom Kuchen, ich werde dir, wie schon erwähnt, von der Knete, die übrig bleibt von Steinberg, noch was extra abzweigen.« Ich fragte: »Wo ist Fuzzi?« »Den hat er schon längst hochgescheucht.« Fuzzi hatte noch zwei Bierdosen organisiert, vielleicht sogar diesmal eine für mich, aus alter Kameradschaft, wer weiß. Die waren natürlich leer. Steinberg hatte was zum Essen besorgt. »Gefrühstückt wird unterwegs, keine Zeit mehr«, rief er im Komisston, es klang wie ein Militärbefehl.

Ja, ja Hauptsache, das scharfe Ledertäschchen, sein so wichtiger Aktenkoffer, war dabei. Welch Wunder, dass er ihn nicht mit einer Handschelle verbunden am Handgelenk hielt. So wie ein Mitarbeiter einer Sicherheitsfirma, der wertvolle Dokumente oder 'ne halbe Million in bar mit sich führte.

Um 11:00 Uhr hatten wir dann Steinberg und Reinke in Kavala am Airport abgesetzt. Jetzt wieder mit Fuzzi allein: »Höhöhö ... die Dösbaddels sind weg, soll'n doch bleiben, wo der Pfeffer wächst!« dröhnte der neue Chef: »Prost, mien Jung!« lachte er.

»Hast Recht, Seemann«, sagte ich. Jetzt hatten wir wieder viel Platz in unserem, geliebten und gehassten Domizil.

Auf dem Papier war es Fuzzis Daimler. Er war ja eingetragen als Eigentümer im Kfz-Brief. Der einzige Penner auf der Reeperbahn, in St. Pauli, in Hamburg, in ganz Deutschland, der 'nen goldenen 500er mit Chauffeur hatte. »Verrückte Welt«, grinste ich, »Hey Seemann, das ist deine Karre!« »Verarsch mich nicht!« meinte er. »Doch, mein alter Seebär, hier steht dein Name auf dem Wisch, willste mal sehen? Wer da draufsteht und das Teil hat, dem gehört die Karre. Dir gehört diese Luxuskarosse!« »Echt? Mann, dann bin ich reich!« sagt er erstaunt. Ich lachend: »Nicht reich an Kohle, an Lebenserfahrung, mien Oller! Das zählt, Fuzzi!« Er wieder: »Ich bin reich, ich bin der Chef, das Bier ist alle, halt an, Bimbo!« »Fuzzi, ich bin nicht dein Bimbo«, schrie ich. »Ok, ok, Kutscher, halt an. Ich hab 'nen tierischen Brand!« »Aye, aye, Sir!« sagte ich. Ich hatte ihn total verrückt gemacht.

Um mir seine moralische Unterstützung für die kommende Aktion zu holen, fragte ich ihn: »Fuzzi, über die Grenze kommen wir doch heute noch ganz locker, oder was meinste?« »Na logo, das sach ich dir, mien Jung!«

»Wir rauschen jetzt erstmal Richtung Alexandropolis, das sind 100 Kilometer! Dort hauen wir uns in irgendeiner Bude noch kurz aufs Ohr und machen uns dann flott. Du rasierst dich und steigst in dein neues Outfit.« »Worein?« fragte er irritiert. »In die neue Kutte!« Er nickte vergnügt mit dem Kopf.

Um Mitternacht ging's los. Der Chef im Anzug: »Ich mit Krawatte, mit 'nem Schlips, das gibt's doch gar nicht, wenn ich das den Jungs auf'm Kiez vertell, das glauben die mir nicht, die Halunken. Das ich das noch erlebe!« sprach er ganz melancholisch.

Ich war hellwach und angespannt. Wir hatten noch 'nen starken Kaffee getrunken, er natürlich einen mit Schuss, mit 'nem doppelten Ouzo. Er hatte keine Fahne, das war Bedingung gewesen. Ich wollte keinen Spritgeruch im Auto an der Grenze. Wir sahen wichtig aus: Fuzzi, erfolgreicher Boss, reicher Geschäftsmann, ich sein Fahrer.

Wir quartierten kurz für 10 Mark in eine Pension ein. Als wir nach zwei Stunden wieder erholt abhauten, fragte uns der Besitzer in gebrochenem Englisch: »Not everything allright?« Ich sagte ihm, dass alles gut sei und wir wieder los müssten.

Ich hatte das Auto noch einmal, soweit ich es als Laie konnte, durchgecheckt. Benzin, Öl, Kühlwasser, Lenkung, Licht und die Bremsen. Alles war ok!

Bloß keinen Ärger, keine Panne. Nicht auffallen wegen eines kaputten Lichts. Wir beide fielen mit der Karre ohnehin schon wieder überall auf wie die bunten Hunde. Das zeigte sich auch gleich vor der Pension. Zwei kleine Jungs bestaunten und betasteten vorsichtig den Mercedes. Sie streichelten den Goldlack regelrecht. Als sie uns sahen, schauten sie uns neugierig und neidisch an. Dann begannen sie, herzhaft zu lachen, weil Fuzzi wieder einen seiner Kalauer zum Besten gab. Er sang laut: »Einer geht noch, einer geht noch rein …« Die Kinder lachten laut und versuchten mitzusingen. Ein herrlicher Anblick, der Chef war in seinem Element. Keiner verstand den anderen, allein die Körpersprache zählte.

Punkt 24:00 Uhr zog ich den Getriebewählhebel auf D wie Drive, Fahren. Wir rollten los. Ich war beruhigt! Der Motor war mühelos angesprungen und schnurrte nun mit seinen acht Zylindern und 245 PS kraftvoll vor sich hin. »Der verreckt uns so schnell nicht, Fuzzi, der ist wie neu!« »Jo, jo«, meinte er, »mal sehen, wie weit wir kommen!« Laut Landkarte konnten es nur noch 100 Kilometer bis zur Grenze sein. Dort, wo der Fluss Eura fließt. 10 Minuten später schlief der Chef schon wieder.

Scheiße, lass ihn noch etwas schlafen, dachte ich. Er muss bei den Grenzern gleich fit sein. Er sah elegant aus, ich sah ihn im Rückspiegel an, der Anzug und der Hut machten einen mächtigen Patriarchen aus ihm. Der Hut auf dem Kopf unterstrich dies noch. Ich musste grinsen.

Wir überholten jetzt um die Zeit nur selten einen Lkw, ein langsames Auto oder Moped. Ich musste sehr aufpassen, um nicht irgendwas Unbeleuchtetes zu rammen. Einen Fahrradfahrer oder einen Griechen, der um die Zeit noch einen Esel vor sich her trieb. Ich war nass geschwitzt in meiner Montur. Das neue Jackett war doch zu eng und die Krawatte hatte ich zu dicht gezogen. Ich öffnete vorsichtig den obersten Hemdknopf, um jetzt bloß nicht das Outfit zu ruinieren. Links kam ein Straßenschild, das nach Feres zeigte, irgendein Kaff oder eine Kleinstadt. Ich nahm Gas weg, machte das Leselicht über mir an und schaute in die Landkarte. Ich fand den Namen schnell auf der Karte. Jetzt war es höchstens noch 'ne halbe Stunde bis zur Grenze. Fuzzi schnarchte, den Mund weit offen. Ich hielt, übervorsichtig, jetzt schon Ausschau nach Militärpolizei oder ähnlichen Gestalten in Uniform, womöglich bis an die Zähne bewaffnet.

Die bisherigen Vorkommnisse der vergangenen Tage hatten bei mir ihre Spuren hinterlassen.

Es war bereits halb zwei Uhr morgens, als das Symbol für Grenze und Türkei auftauchte, vorher gab es nur ab und zu kleine Hinweisschilder zum ungeliebten Nachbarland. »Hey, Chef Fuzzi, aufwachen, bist du fit für deine Rolle?« »Aye, aye, aye, Chef!« »Fuzzi, du bist der Chef, merk dir das, bis wir drüben bei den Türken sind, verstanden?« sprach ich jetzt erstmals ernst zu ihm.

Er erschrak, rülpste vor Schreck und richtete sich kerzengrade auf der Rücksitzbank auf. »Fuzzi, du musst ganz locker sitzen wie ein Gangsterboss im Fernsehen. Breitbeinig, den linken Arm lässig hinten auf der Hutablage. Sitz breitbeinig und schau frech und etwas böse, aber dabei ernst!«

Er spielte mit der Sonnenbrille. Ich musste grinsen. Dann setzte er sie auf: »Gefährlich, was? Ich bin der Boss«, lachte er. Disziplin, dachte ich. »Mensch Fuzzi, du siehst echt hammergefährlich aus, nicht wie auf'm Kiez, als wir dich aufgriffen haben!« Fuzzi darauf: »Ihr seit alle Dösbaddels, ihr alle!« »Fuzzi, halt's Maul!« »Aye, aye, Sir«, er schlug die rechte Hand zum militärischen Gruß an die rechte Schläfe.

»Jetzt wird's ernst, da vorne sind Uniformen, Haltung Fuzzi!« »Wo sind die Bullen?« krächzte er. »Ruhe, Alter!« versuchte ich, ihn zu beruhigen.

Er sagte nichts, saß jetzt mit offenem Mund da und blickte nach links und rechts. Genau wie ich. Die Soldaten sahen unheimlich aus. Schemenhaft im Dunkeln patrouillierten sie die Straße rauf und runter. Das Autoradio war aus. Die Innenraumbeleuchtung war auch bis auf Fuzzis Leselampe, hinten rechts über seinem Kopf, aus. ich konnte ihn im Rückspiegel gut erkennen und musste wieder kurz grinsen. Er saß so cool da, wirklich wie ein ganz gefährlicher Gangsterboss. Ich schielte auf den Tacho: »Bloß nicht zu schnell hier, die Motortemperatur war normal und wir hatten genug Sprit im Tank«, murmelte ich vor mich hin. »Sprit, wo?« grinste Fuzzi. »Haste kein Bier mehr?« »Doch, das ist aber piwarm! Jetzt einen kalten Schnaps wie zu Hause oder so'nen komischen Klaren, von den Jungs hier unten im Süden.« Ich: »Ouzo oder Raki meinst du!« »Ja beides wär gut, da bleibt der Chef-Boss dann auch hellwach und schaut böse!« »Du kannst richtig böse schauen, nicht nur so verblödet gelangweilt wie immer?« Fuzzi: »Ich kann sehr grimmig gucken, hab ich mal vorm Spiegel geübt. Ich wollte mal kobern auf'm Kiez in der Großen Freiheit im Safari, im Salambo« oder so 'ner Bumsbude. »Also, Fuzzi, du wolltest allen Ernstes scharfe Jungs mit 'nem rotem Kopp, die nackte Weiber sehen wollen, in so 'ne Bumsbude, in 'nen Puff lotsen?« »Nicht in 'nen Puff, in 'ne Liveshow, wo die ganz umsonst reinkommen und glotzen können, wie die es da treiben.« »Hahaha, 'ne Bumsshow, wo 'n warmes Astra 'nen Zwanni kostet. Fuzzi, du als Koberer auf'm Kiez, mit welchen Sprüchen willst du denn die Jungs, die einzelnen Verklemmten, die Herren- und Junggesellentruppen oder sogar Pärchen in »deinen« Puff, ins Life-Kabarett, wie es immer auf den Schildern steht, denn reinziehen? Du trällerst doch nur »Einmal noch nach Bombay« mit einer tierischen Alkoholfahne vor. Mit gezockten Löffeln klimperst du herum und grölst: »Jungs, nackte Ärsche umsonst gucken, Eintritt frei. Bier fünf Mark, Jungs! Ja, ja, ja, drinnen sitzt dir dann auf einmal so 'ne olle Stripperin mit 'nem Wackelzahn auf'm Schoß. Die bestellt dann ganz in dich verliebt, 'ne Pulle Puffbrause, den billigsten Fusel, von dem du richtige Kopfschmerzen bekommst und der dich zum Schluss 100 Mark kostet. Und was bekommst du von der Kohle, vom Schampus, ab? Oh, es geht los, da vorne ist alles hell erleuchtet.« Lastwagen standen an der Seite. Bewaffnete Uniformierte liefen herum. Ich hatte unsere Reisepässe griffbereit vorne auf dem Beifahrersitz liegen, professioneller als beim letzten Mal an der jugoslawisch-bulgarischen Grenze mit Reinke und Steinberg im Auto. Gut, dass die beiden Tölpels diesmal nicht dabei sind«, sprach ich laut zu mir selbst. »Jawohl, meine Herren, gut, dass wir die Dusselköppe (diesen Ausdruck kannte ich noch nicht von Fuzzi) jetzt nicht hier haben!« Mit den wären wir gleich als Gangsterbande aufgefallen. Zu viert in der goldenen Luxuslimousine, das hätte gleich nach Festnahme geschrien wie an der griechischen Grenze. Noch 'ne Knarre konnte Reinke, doch jetzt nicht mehr im Auto deponiert haben, oder? Wer weiß, vielleicht hat er uns doch irgendwo eine untergejubelt. Hinter einer Türverkleidung, im Kofferraum, unter der Bodenplatte, über dem Reserverad.

Ich griff hastig unter die beiden Vordersitze, nichts. Dann riss ich den Handschuhfachdeckel auf, wobei ich mir fast den Fingernagel vom rechten Daumen abriss. »Scheiße«, rief ich vor Schmerz. Jetzt bloß cool bleiben bei den Typen mit den Knarren. »Was ist Chef?« fragte Fuzzi. »Ich wollte nur checken, ob Reinke doch noch irgendwas Scharfes versteckt hat, noch 'ne Gaspistole oder ein Messer und wir wissen wieder nichts davon.« »Hey, guck mal in das Fach hinter deinem Kopp, das flache auf der Platte vorm Rückfenster hinten.« »Da ist keine Klappe, Chef.« »Halt die Klappe, da ist eine, dreh deinen ollen Kopp nach links über die Schulter und fühl mal die Platte vorm Fenster!« »Ich hab sie gefunden!« »Mach sie schnell auf und greif rein, ob da noch irgendwas aus Metal drin liegt.«

Ich musste abrupt stoppen, Fuzzi riss es nach vorne. »Was los?« »Nix!«. Der Depp vor mir war nur in die Eisen gegangen, hat notgebremst. Unsere armen Bremsen, die müssen noch bis Kusadasi halten.

Jetzt standen nur noch wenige Fahrzeuge vor mir, es staute sich. Ich sah mich um, ob was Auffälliges passierte, einer rumrannte oder winkte. »Da ist nix drin, Chef«, zischte mein Seemann. »Gut, Fuzzi. Pass auf, ab jetzt bis du der Boss, bis wir über die Grenze bei den Türken sind!« »Bei den Muselmanen, ich bin jetzt der Boss!« »So, glotz jetzt grimmig aus'm Fenster!« »Aye, aye, Chef!« »Fuzziiii, reiß dich jetzt am Riemen!« »Mach ich doch immer, Chef!« »Halt's Maul, du Penner!« Er senkte den Kopf und starrte böse aus'm Fenster. Ich sah es deutlich im Rückspiegel, auf einmal sah er frech und arrogant aus, richtig Autorität ausstrahlend.

Welcher Schauspieler war denn an ihm verlorengegangen. Jeder Mensch hat Begabungen und Fähigkeiten, die in ihm schlummern und leider oft nie entdeckt werden. Er als Komiker, warum nicht, er muss ja nicht gleich als Wetterfrosch im Fernsehen auftreten. Wie viele Erfolgreiche hingen auch an der Pulle oder Nadel. Man muss nur öffentlich das ein oder andere kaschieren, dann läuft die Karriere reibungslos.

Humor und einen gewissen Unterhaltungswert hatte er ja durchaus. Er grinste und lachte doch auch viel, wenn er halbwegs oder auch ganz nüchtern war. Wie viele Sprittis sah man jeden Samstagabend in der Glotze, wenn die ganze Familie zusah.

Ich war nass geschwitzt vor Aufregung. Machte ich mich nur unnötig verrückt, weil ich noch nie allein in einer solchen Situation, wie jetzt gerade, gewesen war?

Hier 'ne Hamburger Acht* und dann abgeführt in irgendein Loch oder Knast. Der Boss hatte hoffentlich andere Gedanken.

Es waren nur noch drei Autos vor uns. Der Boss war mucksmäuschenstill und blickte in die Ferne.

»Passports«, sagte der griechischen Grenzbeamte in seinem kleinen Häuschen, blickte ganz kurz hoch, zählte zwei Pässe, sah zwei im Auto, das war's. »Ok«, sagte er. Ich gab kurz Gas, war erleichtert.

Teil 1, die griechische, europäische und vielleicht auch leichtere Grenze war abgehakt. Jetzt im Dunkeln zu den Türken, aber erstmal durch diesen dunklen Grenzabschnitt, über den Grenzfluss und das sogenannte Niemandsland.

Die Türken sind doch ein freundliches und friedliches Volk, redete ich mir schnell ein, um mich zu beruhigen.

Fuzzi, mit Hut auf und Krawatte, grinste mich an: »Na, wie war ich als Boss?«

»Klasse, Alter!« Das war einfach. Der Grieche in seiner Bude war easy. Wahrscheinlich faul und gleichgültig. Wir und unserer Goldesel haben ihn nicht im Geringsten beeindruckt. Fuzzi schlug die rechte Hand militärisch zum Gruß an die Schläfe: »Ich Boss, alles klar! Keine Widerrede!«

»Wenn wir gleich bei den Alis durch sind, haben wir uns erstmal ein Bier verdient!« »Eins, Chef, äh Hiwi, äh Fahrer, eins ist witzig! Ich brauch drei und einen Schnaps bei dem ganzen Stress mit der Karre von den Dösbaddels hier im Dunkeln.« »Wir haben nur noch Bier und das ist warm.« Fuzzi: »Scheißegal, ich sauf alles. Ich hab 'nen Brand, Mann!« Ich wollte ihn etwas ärgern und mich so ablenken: »Was hast du?« »Einen Brand wie 'ne Bergziege, den Spruch kennt jeder! Ich verdurste, Chef-Boss.« Ich ernst: »Du Boss, ich Fahrer!«

Der Weg war sehr schmal und dunkel, keine Laterne, kein Licht. Kaum etwas zu erkennen, schemenhaft sah ich einige Leute in Uniform. Oder irrte ich mich? Hoffentlich eine Fata Morgana.

Ich saß senkrecht im Sitz, nicht mal die Rücklehne berührend. Ich

---

* Handschellen

blickte abwechselnd hastig nach links über die Schulter, dann nach rechts.

Ich zuckte zusammen, ich sah irgendwo vor uns ein kleines Licht aufleuchten. »Scheiße, da läuft jemand mit einer Taschenlampe«, sprach ich laut zu mir. »Wo?« Fuzzi war hellwach, saß kerzengrade auf seinem Sitz und hielt sich mit beiden Armen krampfhaft an der Kopfstütze des Beifahrersitzes fest.

So hatte ich unseren Seemann bis zu diesem Zeitpunkt noch nicht gesehen. »Der Boss passt auf!« »Das sehe ich Fuzzi, super! Bist auch ein prima Co-Pilot.« »Aye, aye, Kapitain, Sir!« Dann war die Strecke auf einmal ganz schmal. Nur noch eine Fahrzeugbreite, Scheiße wenn uns jetzt einer entgegenkommt. »Kommt keiner!« raunte Fuzzi. Ich dann: »Was ist das knubbelig hier, wie Seegang, kleine kurze Wellen!« Fuzzi erwiderte: »Mir macht keiner was vor, ich bin Kap Hoornier, ich bin mit allen Wassern gewaschen, ich hab alles auf dem Meer erlebt. Die höchsten Brecher der Welt, da hättest du dir in die Hose geschissen!«

»Ja, Kap Hoornier Fuzzi, das ist wirklich sehr holprig hier, gut, dass das nicht die Reifen sind …!« »Hör auf, Mann«, brummte er.

In der Tat, der Weg war sehr schlecht, von Straße konnte man hier nicht sprechen. scheiß Trampelpfad, wie früher bei den Indianern.

»Hihihi, wenn da ein Nagel gewesen wär, hätte ihn schon jemand im Reifen stecken, hihihi!« »Fuzzi, denk an das Bier!« »Wo?« »Fuzzi-Boss, pass mit auf, ob sich irgendwo etwas tut! Das sieht hier sehr sumpfig aus, wie in einem Moor. Wenn wir da reinfahren, weil ich kurz penne, dann war's das. Einmal nicht aufpassen, aus der Spur kommen, dann versinken wir richtig in der Brühe. Fuzzi ganz ernst: »Dann saufen wir ab mit unserer Goldkarre!« Ich sagte: »Dann aber todsicher, nicht wie neulich bei den Jugos nachts. Hör bloß auf mit dieser Scheißaktion von Reinke.« Fuzzi: »Der Dösbaddel. Nur gut, dass du deinen Lappen hast und gut fahren kannst, Chef-Fahrer Olli!« »Ja, Boss- Fuzzi, danke für die Blumen!«

Es war nur noch Schritttempo möglich. So schlecht, uneben und manchmal weich war der Bodenbelag. »Das haben die hier irgendwann mal trockengelegt«, sprach ich etwas resigniert. Fuzzi darauf: »Chef, das will ich dir mal vertellen: Das ist eine richtig weiche Scheiße hier, jawohl Chef-Fahrer! Hacken zusammen, da kommen die Türken!« schrie er mir ins Ohr. »Wo?« »Da!« »Mensch, Fuzzi, da ist der türkische Grenzposten, die Grenze, jetzt sind wir raus aus Europa!« Fuzzi: »Und nun in Afrika!« »Fuzzi, in Asien, du kennst doch alle Kontinente! Bist du um die Welt gefahren oder ich?« Er weiter: »Die haben doch aber keine Schlitzaugen, die Lütten hier!« »Es haben halt nicht alle in Asien so kleine Sehschlitze.« Der Seemann: »Asien ist ein großes Land!« »Nee, Fuzzi, ein großer Kontinent! Mensch, du warst Seefahrer, du Penner«, brüllte ich zornig. »Nix Penner, ich bin Boss! Pass auf, Chef, Ali glotzt schon!«

Ich fuhr nun ganz langsam, wir rollten praktisch zum Posten. »Jetzt kommt's drauf an, Boss!« »Achtung, Haltung!« »Aye, aye, Sir!« Wieder ging seine rechte Hand an die Schläfe. Mir stockte der Atem, ich wollte cool bleiben: »Gleich sind wir rüber!« Der Grenzer stand schon und wartete auf uns. Und plötzlich auch zwei seiner Kollegen, die wir nicht gesehen hatten. Mit versteinerten Mienen, militärisch-ernsten Gesichtern hatten sie ihren Blick auf uns gerichtet. Sechs Augen starrten auf uns. Alle hatten Pistolen. »Scheiße, Mann!« Hatte ich Schiss! Sie schauten erst mich misstrauisch an und musterten dann Fuzzi.

Der schaute ernst zu ihnen hinüber, den Hut gerade auf dem Kopf sitzend, die coole Gangster-Sonnenbrille lässig in der Hand aus dem Autofenster haltend.

Wenn die Situation nicht so ernst gewesen wäre, hätte ich mich über seine Aufmachung schlappgelacht, mich nass gemacht vor Lachen.

Sie traten ganz dicht an die hintere rechte Autotür und blickten eiskalt in das Gesicht des Bosses. Der verzog keine Miene, blickte nur kurz obercool zu ihnen rechts herüber und dann wieder geradeaus nach vorne ins Leere.

Er blickte auch mich nicht an. Einfach perfekt! Cooler, abgebrühter geht's nicht, dachte ich. Er war der Boss. In dieser Rolle war er förmlich aufgegangen, welch ein Schauspieler! Er bewegte seinen Kopf nicht ein bisschen, stattdessen blickte er regungslos nach vorn. Wie böse er dabei aussah, schlimmer als Frankenstein und Klaus Kinski zusammen.

Die Grenzer schauten sich an. Die beiden außen stehenden blickten ihren Kollegen in der Mitte an. Er war ihr Vorgesetzter, das sah man sofort. Sie warteten nur auf ein Handzeichen, einen Befehl ihres Chefs, gegen uns einzugreifen, uns festzunehmen. Die Spannung war unerträglich geworden.

Der Chef machte einen Schritt zurück, blickte noch einmal kurz zu Fuzzi und dann … dann lächelte er ihn an. Mir blieb fast das Herz stehen. Die Gesichtszüge der Grenzerkollegen entspannten sich augenblicklich. Sie traten auch einen Schritt zurück. Der Chef-Grenzer kam dann zu Fuzzi ans Fenster und machte eine Handbewegung, dass er ihm die Pässe geben sollte. Ich reichte sie Fuzzi nach hinten und er händigte sie lächelnd dem Uniformierten aus. Er sah, dass der Mercedes im Pass unseres Penners korrekt eingetragen war und stempelte dann, ohne weiter drin herumzublättern, unsere Reisepässe. Dann gab er sie mir, dem Fahrer. Mir fiel ein Stein vom Herzen. Was war ich froh. Die beiden Grenzer schauten sich kurz an, nickten kurz mit ihren Köpfen und lächelten dann auch milde zu uns herüber, genauer gesagt nur zu dem Boss. Mein Gangster-Boss grinste schon wieder frech und ein wenig übermütig. Es hätte für die Grenzer auch noch ernster schauen können … Ich war für sie bloß Luft, nur ein dummer Chauffeur, der nichts zu melden hatte. Einer, der nur auf Befehle seines Chef wartete.

Wenn die ganzen Holzköpfe nur wüssten … die würden uns die Geschichte nicht sofort glauben, wenn überhaupt!

Nur gut, dass hier für Fuzzi kein Sprit zu sehen war und auch kein Besteck!

Erleichterung.

Fuzzi lächelte freundlich zurück, blickte mich dann an und fragte: »Na, Chef, wie war ich?« Ich trat das Gaspedal voll durch.
»Du warst absolute Weltklasse, der beste Schauspieler, völlig skrupellos und kaltschnäuzig.« »Was, Schnauze oder was sagst du da, Chef?« Ich besänftigte ihn: »Du warst der absolut beste, tapferste und mutigste Gangsterboss, den es je gab. Warst du am berühmt-berüchtigten Kap Hoorn früher auch so durchgeknallt, abgebrüht, ein Mann ohne Nerven?«
»Hahaha, der war gut! Männer ohne Nerven«, meinte er lächelnd, »das gab's früher in der Glotze, schwarz-weiß, so wie Dick und Doof. Ich will 'n Bier!«

Wir hatten uns ein Bier verdient! »Ich brauch gleich fünf, Chef-Fahrer Olli, für meine schwachen Nerven, sofort und auf ex.« Das wird ja wieder mal 'ne lustige Nacht in unserem Stuttgarter Himmelbett mit Stern! Die Karre roch mittlerweile eh schon so gemütlich und versifft wie in Saloniki. Da wussten wir jedenfalls, wo wir Helden waren und poften.
Aber jetzt in Asien, in der Türkei, einfach Rastmachen, ein Zimmer nehmen um diese Nachtzeit? In zwei bis drei Stunden würde die Sonne aufgehen.
»Fuzzi, sobald wir ins nächste Dorf kommen, fahren wir rechts ab und suchen uns ein ruhiges Plätzchen, wo uns nicht die Lkws direkt am Arsch vorbei heizen! Aber auch nicht zu einsam gelegen, damit sie uns nicht klauen. Da ratzen wir, bis es hell ist.« »Jawohl, Chef!« »Fuzzi, jetzt brauchst du den Chef nicht mehr. Nenn mich nicht mehr so!« Er grinste: »Ich bin der Boss!«
»Mann, das warst du bei den Grenzposten, pro forma, jetzt nicht mehr!« »Pro was?« »Ach, Seemann, halt's Maul!«

Wir hielten in einem Kaff in der Nähe von Ipsala. »Sense, Motor aus, pennen!« »Aye, aye, Chef«, brummte Fuzzi verpennt und rülpste noch mal laut. Er hatte seine coole Sonnenbrille aufgesetzt. Eine gute Idee! Ich tat es auch.

Es dämmerte bereits.

Fünf Stunden später, wir beide im Tiefschlaf, auf einmal ein Höllenkrach: Irgendein Affe knatterte, höchstens einen Meter entfernt, uns laut am Arsch vorbei. Es war heller Tag. »Scheiß Mopedfahrer«, ich saß senkrecht im Sitz, die Sonnenbrille schief auf der Nase, das linke Bein eingeschlafen. Völlig verspannt und richtig groggy, total fertig.

Jetzt war ich wach und sauer. »So'n Arschloch«, grinste Fuzzi von der Rücksitzbank. »Mann, Chef, hab ich mich vielleicht verjagt. Ich brauch erstmal ein Bier auf den Schreck!« Hinten lagen schon wieder vier leere Bierdosen auf'm Sitz, es glänzten die Bierreste auf dem Lederpolster.

Ich streckte die Beine lang aus und traf voll auf eine Bierdose zwischen Bremse und Gaspedal. Ich trat sie ganz platt.

»Los, Fuzzi, erst einmal raus mit den leeren Bierdosen, mach die Tür auf!« Er quakte: »Umweltverschmutzung!« »Dass musst du mir gerade sagen!« Scheißegal, der Müll lag draußen. Dann fragte er: »Ham wir auch was zu fressen, Chef?« Ich: »Was, auf einmal haste Hunger auf feste Nahrung?«

»Ich hab eben von 'ner fetten Schweinshaxe geträumt, Chef, mir läuft schon das Wasser im Mund zusammen!« »Du meinst das Bier im Mund. Außerdem gibt's hier kein Schweinefleisch bei den Türken.«

Wir hatten ja noch einige Fressalien im Kofferraum gebunkert.

Frühstück im Stehen, der Kofferraumdeckel ersetzte den Küchentisch. Mann, hatten wir einen Kohldampf.

Die Stullen schmeckten. Fuzzi war ganz entzückt von der Fleischwurst, die wir noch gefunden hatten. Wie hatte die sich denn eingeschlichen? »Die ist noch von Aldi aus Hamburg«, sagte ich. Fuzzi ganz entzückt: »Ach ja, die Heimat schmeckt man sofort raus, ich bin schließlich Seemann! Mann, das schmeckt ja wie nach 'ner durchgesoffenen Nacht, als ich mal im »Pik As« aufwachte und 'ne dicke Stulle fand. Langer, du kennst doch das »Pik As«, die älteste Platte in Hamburg, wennde keen Dach über'm Kopp hast und du dir draußen den Arsch abfrierst. Dann torkelste dorthin oder wirst da von de Sozialleute abgeladen, die dich im Winter unter irgendeiner Brücke aufgegabelt haben. Bis zur Kennedybrücke an de Alster hat es mich im Vollsuff schon mal verschlagen. Kannste mir glauben, Chef!« Ich schaute ihn an: »Glaub' ich dir aufs Wort. Ich hab von der Obdachlosenunterkunft »Pik As« schon gehört. Und du hast da schon gepennt?« Fuzzi: »Einmal? Du machst Witze, 20-mal bestimmt!« »Da haste auch die Sackratten gekriegt, was?« »Na, logo!« Bei diesem dummen Gedanken musste ich mich kratzen. »So, Fuzzi, nun hau ordentlich rein, das Zeug muss weg!« Er: »Wat, auffressen meinst du, Chef?« »Ja, Seemann, hau weg das Zeug!«

Ich erklärte ihm, dass der Mercedes, sobald wir unsere Jungs wieder getroffen hatten, noch einmal gründlich gereinigt und poliert werden sollte. Das Schmuckstück sollte ja wie neu aussehen. So wollten es ja die beiden Herren.

»Diese Dösbaddels, die!« »Richtig, Fuzzi!«

Dann lachte er laut auf: »Wie die hier glotzen, wir sind doch nicht vom Mond!« Er meinte die wenigen Dorfbewohner, die an uns vorbeifuhren oder gingen. Sie blieben stehen, stoppten ihre Fahrräder, Mopeds oder sogar Eselskarren und blickten uns neugierig an. So ein Schauspiel bekamen sie nur selten geboten: Wir an unsere solide Stuttgarter Luxuskarre gelehnt, Brotzeit machend. Sie schauten alle belustigt irritiert. Haben diese Herren so ein tolles Traumauto, welches wir nie fahren werden und dann übernachten sie darin, wie unsere Landsleute in ihren Ford Transits. Schon komisch diese Typen, wer so reich ist, wohnt doch im besten Hotel und lässt sein Luxusauto streng bewachen.

Fuzzi rülpste laut und griff zu seinen bekannten Musikinstrumenten: Löffel und Gabel. Er grinste mich und die paar Leute an, die jetzt im Halbkreis um uns Exoten herumstanden. Dann klimperte er los. Ich genoss es wie Fuzzi und die anderen.

Vor Kurzem wäre mir dieser Auftritt sehr peinlich gewesen, in Hamburg undenkbar. Aber hier in der Ferne, in einem fremden, viel ärmeren

Land, zeigen die Menschen doch noch spontane Lebensfreude. So irgendwie auf eine ganz natürliche, menschliche Art.

Er klimperte und klapperte, was das Besteck hergab. Schweißüberströmt gab dieser kleine Mann wieder mal alles. Sein ganzes Repertoire, alle Lieder rauf und runter. Er brüllte, lachte, wieherte und spuckte. Fuzzi schüttelte seinen Kopf wild hin und her, wie ein Rockmusiker in Ekstase: »Die dollen Jungs, besser als heute auf'm Kiez.«

»Hey Fuzzi, mach mal halblang. Du kippst gleich aus den Latschen«, schaute ich langsam etwas beunruhigt.« »Chef, schnack nicht rum, tanz' mit!«

»Schluss jetzt, hör auf«, brüllte ich, »wir müssen weiter!« »Schei …!«, fluchte er, »Ich bin fertig, ich brauch 'n Bier!« »Halt's Maul und steig ein!« »Ist ja schon gut, Chef!« »Spar dir den Chef, ok?« »Yes, Sir!« Ich sagte: »Ruhe, du alter versoffener Penner. Oh Shit, das wollte ich nicht sagen! Tschuldigung, ist mir so rausgerutscht, Fuzzi.«

Der Verschluss der Bierdose knallte und das warme Gesöff lief über seine Klamotten.

Alle schauten jetzt traurig zu uns herüber, selbst die Frauen und Mädchen, kopftuchtragend, stets ruhig im Hintergrund stehend, hatten ein paar Freudentränen in ihren ruhigen Augen. Anfangs hatten sie nur ganz verstohlen aus den Augenwinkeln zu uns schrägen Vögeln herübergeblinzelt. Diese Vorführung war doch vollkommen anders als die, die sie im Fernsehen sahen. Diesen staatlichen Einheitsbrei, ganz sittsam, wie immer, Privat–TV ist wohl auch schon im Anmarsch, wie bei uns. Dann war Fuzzi aus der Puste. Einen Hut rumgehen zu lassen, wie die Kollekte der Kirche, erübrigte sich wohl. Diese armen und einfachen Landmenschen lebten häufig von der Hand in den Mund. Spartanisch, aber vielleicht glücklicher als wir gutgenährten und gebildeten »Weltbürger« aus dem reichen Norden Europas.

»Hey, Fuzzi, zieh die versifften Klamotten aus. Deinen stinkenden Anzug brauchst du nicht mehr. Deine alten Sachen liegen im Kofferraum.

Als er gerade sein schmuddeliges Hemd zuknöpfte, startete ich den Motor. Der Achtzylinder sprang sofort an und schnurrte los.

»Tschüss, meene Jungs un' Deerns«, sagte Fuzzi etwas wehmütig und winkte zum Abschied. Es wurde heftig zurück gewunken.

Wir waren schnell auf der Hauptstraße. Die Laster donnerten wieder an uns vorbei. Ich gab erst richtig Gas, als der Motor auf Betriebstemperatur war. Ich hatte zu allem Übel noch von einem Mader geträumt, der uns nachts die Motorkabel durchgeknabbert hatte, das hätte uns echt noch gefehlt. Ich überholte eine ganze Kolonne von Lkws.

Es machte einen Höllenspaß, den Daimler ordentlich zu treten. Doch mal kurz 120 auf'm Tacho, dann wieder voll in die Eisen, Vollbremsung, Laster schert aus, überholt Mann mit Esel. So ging das noch zweimal. »Hey Fuzzi, pass mal mit auf, wenn du gerade wach bist! Wir müssen jetzt Richtung Cannakale zu einem Fluss!« »Zu den Kanaken?«, grinste er. Er saß hinten stramm aufrecht auf seinem Plätzchen. »Der Ort schreibt sich mit C«, sagte ich trocken. Ich hörte daraufhin nur noch ganz leise: »Ach, leck mich doch am A …!« Dann machte er wieder sein obligatorisches Bäuerchen und schnarchte los. Ich griff mir den versifften Straßenatlas. Ein, zwei Stunden Fahrt noch, wenn wir weiter so gut vorankommen. Ganz locker, ohne Pinkelpause so durchrauschen. Sprit haben wir genug, dann können wir uns später auf der Fähre wieder locker machen. Das Schiffssymbol war auf der Straßenkarte gut zu erkennen. Ich war mächtig stolz, wie ich in einem fremden Land, weit weg von jeglicher touristischer Infrastruktur, so ganz locker die Fährten lesen konnte. Es war eine schöne beschauliche Naturlandschaft, die uns umgab. Sehr grün bewachsen mit einigen kleinen Bergen im Hintergrund. Richtig romantisch. Ich öffnete kurz das Fenster und atmete die gute und gesunde Luft ein, als wir mal eine abgasfreie Zone ohne stinkende Laster erreicht hatten. Ich hielt aber vergeblich Ausschau nach Kilometer-Entfernungsangaben nach Cannakale. Vielleicht waren sie verdeckt, geklaut oder einfach nie vorhanden gewesen. Dann 'ne kurze Pause, sicherheitshalber mit laufendem Motor, zum Wasserlassen. Das Frühstücksbier musste raus. In die Hände gespuckt und unser goldener Benz lief wieder unter meinem strammen Gaspedaldruck. Man, machte das Spaß. Ich konnte, aber wollte ihn jetzt nicht mehr so treten wie nach der Abfahrt am Morgen.

Das Fahren hier im Süden war doch anstrengender als bei uns in Nordeuropa, bei Weitem nicht so gesittet wie bei uns mit all den Regeln und Vorschriften. Die Routine und das Reaktionsvermögen der anderen Verkehrsteilnehmer waren doch ganz anders, als wir es von uns zu Hause gewohnt waren.

Erneuter Zwangsstopp.

Es machte sich erst ganz selten und leise, dann aber schnell immer häufiger und lauter werdendes metallisches Scheppern, Kratzen oder ähnliches Geräusch bemerkbar. Ich machte das Radio aus und lauschte. Das Geräusch kam definitiv von draußen. Es waren weder ein schlechter, lautrauschender Radioempfang, noch das Zischen einer geplatzten Bierdose, die ihren Inhalt versprühte. So 'ne Scheiße, dachte ich.

»Du, Chef, da ist wohl was im Arsch«, bemerkte mein mittlerweile wieder aufgewachter Mitfahrer: »Schon lange nix mehr passiert, was?« Ich reagierte nicht. Ich machte das Autoradio wieder an, nur um meine Nerven etwas zu beruhigen. Irgendein türkisches unverständliches Gedudel.

Jetzt war es wieder da: Ein dumpfes Dröhnen war zu hören, das metallische Kratzen ließ nach. Es wurde immer lauter und übertönte inzwischen sogar das Geschrei aus der Dudelkiste. Wir rollten nur noch mit 60 km/h. Ich war in Panik, ob in den nächsten Sekunden oder Minuten irgendetwas explodiert oder abfällt. »Scheiße, jetzt ist wahrscheinlich der Auspuff im Eimer. Der war noch nicht dran. Der ist noch original, alt und nicht repariert.« »Uralt!«, meinte Fuzzi grinsend, den Kopf mit dahinter verschränkten Händen gemütlich in die Mulde zwischen Tür und Polster geklemmt. »Diese alte Scheißkarre«, brummte ich mit verzerrter Miene. »Jawohl Chef«, sagte darauf mein Kap Hoornier.

Ob das nur der Auspuff ist, der so röhrt? Den könnte man ersetzen.

»Haha, woher in dieser gottverdammten Pampa, out of nowhere, kurz vor Gelibolu, das Hinweisschild erschien gerade, einen auf die Schnelle bekommen?« Fuzzi: »Klauen!« Ich: »Ist ja 'ne gute Idee, Fuzzi, fast wie Mundraub im Falle des Verhungerns, wo sollen wir ihn denn klauen? Diese Luxus-Mercedesse gibt's hier nicht und wenn, dann gesichert und streng bewacht auf Privatparkplätzen in Izmir oder Istanbul.« »Unser ist doch auch immer bewacht!«, grinste er wieder blöd von hinten in den Rückspiegel.

Das Dröhnen wurde auf einmal so laut, dass ich erschrocken in die Bremse ging und anhielt. Der Schweiß lief mir an den Schläfen runter.

Wir standen an einem ganz schmalen Straßenrand, was wegen des starken Verkehrs ganz gefährlich war, man konnte jederzeit von dem Windsog eines vorbeikachelnden Lkws erfasst, auf die Fahrbahn geschleudert und von dem nächsten plattgemacht werden. Gar nicht dran zu denken. Weg mit dem Hintern von der Straßenseite.

Ich ließ den Motor im Leerlauf noch kurz laufen, das komische Gekratze blieb. Als ich dann den Schalthebel des Automatikgetriebes auf P wie parken schob, knirschte es auch aus diesem verdächtig.

»So'n Scheiß jetzt, Mann!« fluchte ich etwas resigniert. Fuzzi blickte aus dem Fenster nach rechts, machte ein so tierisches Bäuerchen, dass mir der Atem stockte, und drehte dann seinen verschmierten Piepenkopp nach links und blickte über den Kofferraum auf die Straße. Dann glotzte er zu mir und fragte: »Un wat mog wi nu?«

»Gor nix!«, brüllte ich genervt.

Natürlich machte ich etwas. Als allererstes schaltete ich die Warnblickanlage an, die, welch Wunder, auch prompt funktionierte. Wenigstens etwas, dachte ich.

Fuzzi dann ganz aufgeregt: »Was blinkt da vorne bei dir?« Er war in seinem Leben ja nie selbst Auto gefahren, woher sollte er das dann auch wissen.

»Mann, das ist ein Zeichen, dass die Schose funktioniert«, sagte ich und zeigte mit dem linken Zeigefinger auf das Blinkersymbol im Tacho. »So, wir müssen uns jetzt an die Straße stellen und winken, bis irgendein Schrauber anhält. Fuzzi, genau wie bei den Jugos.«

Genau so war es auch. Wir hielten Ausschau, er blickte rechts, ich links, ob sich so ein Typ, der wie ein Mechaniker oder Hobbyautobastler aussah, näherte. Autos reparieren können doch viele hier, dachte ich, die haben »beim Daimler«, wie die Schwaben sagen, bei Mercedes-Benz in Stuttgart in den letzten 20 Jahren das Reparieren gelernt.

Mensch, sieht denn niemand unsere missliche Lage, in der wir uns befinden? »Fuzzi, unsere Panne ist doch die Möglichkeit, sich ganz schnell 'n Fuffi, Hunni, oder zur Not auch mehr zu verdienen. Viel Kohle für die Jungs, die verdienen doch nichts, die paar türkischen Lire.« Klar, die brauchten hier auch nicht viel zum Leben. In der Tat die D-Mark war hier das wichtigste Zahlungsmittel zum Geldanlegen. Jeder tauschte gerne seine Lire gegen unsere harte Währung.

Nach einer Stunde, es waren Dutzende Lkws und Autos vorbeigerauscht, hupte plötzlich jemand aus einem Kleinlaster, einem Mercedes, was wir sofort am Stern sahen. Ich lachte erleichtert auf, auch mein Seemann drehte sich zu mir herum, lachte und blickte mich an: »Ali uns jetzt helfen, olle Karre heil machen. Ich brauch erstmal 'n Bier zur Belohnung!« »Gleich, Fuzzi!«, grinste ich ihn an. Der Fahrer des Lasters, ein hagerer älterer Türke, kam auf mich zu und sprach in fließendem Deutsch: »Der schöne Mercedes kaputt, was ist los?«

Ich schilderte ihm den Sachverhalt kurz. Er sagte sofort, dass wir ihm, langsam fahrend, folgen sollten, er habe eine Werkstatt, keine 10 Minuten entfernt. Er fuhr langsam vor uns her und behielt uns im Auge, er guckte dauernd in den Rückspiegel und qualmte eine nach der anderen.

Er hatte, Murat hieß er, uns vorher erst verwundert und neugierig gemustert, vor allem unseren Boss, jetzt mit einem Bier in der Hand, die Seefahrermelodie »Der Junge von Sankt Pauli hat die ganze Welt gesehen« summend.

Sie blickten sich mehrmals an, sie waren sich sofort sympathisch gewesen. Doch hatte Murat diesen fragenden Blick, was wir Gestalten wohl mit dem Daimler vorhätten. Er bot uns eine Zigarette an. Wir lehnten beide dankend ab. Er hätte zu gerne gewusst, da war ich mir sicher, wem der Wagen in Wahrheit gehörte. Als Kfz-Fachmann sah er natürlich sofort, dass der Mercedes schon länger seinen Dienst tat und auch nicht mehr den allergepflegtesten Eindruck machte. Die paar S-Klassen, die im Land fuhren, waren alle picobello gepflegt und wie aus'm Ei gepellt. Das verstand sich von selbst. Er blickte mich häufiger aus den Augenwinkeln an und dann den alten Kap Hoornier. Er suchte nach äußerlichen Ähnlichkeiten. Vater und Sohn, hm ... Fuzzi, der Senior, drei Köpfe kleiner als sein großer Sohn.

Ein sehr komisches Duo, die wollten wohl das schnelle Geld mit der verhunzten Karre machen. Fahren jetzt mit diesem zusammengeschusterten 500er die lange Strecke von Deutschland hier zu uns herunter.

Er hatte das Auto sehr aufmerksam inspiziert und wusste genau Bescheid über seinen Zustand und aktuellen Wert. Man schaute in dieser Gegend Südeuropas und Asiens immer auf das Auto, das lag an seiner Größe und seiner extrem auffälligen Farbe.

Ja, im Vorbeifahren machte er für einen Laien ordentlich was her. Wie 'ne vergnügliche Urlaubsreise sah es aus ...

Mit so einer Luxuskiste fährt man nicht in Urlaub und wenn dann gründlich kontrolliert und durchgecheckt, dass nichts klappert, dröhnt oder scheppert. Wahrscheinlich kein Geld für 'ne ordentliche Mercedes-Benz-Werkstatt gehabt, wie? Alles sieht notdürftig zusammengeflickt aus, muss einen Unfall gehabt haben und dann laut Tacho erst so wenige Kilometer gelaufen für 'nen 500 SEL, Baujahr 1981-82, Typ W126. Mensch, wollten die beiden Deutschen den Mercedes etwa verkaufen? Wir Türken sind doch auch nicht dumm und kennen uns mit den Autos aus Stuttgart aus. Sie sind die besten der Welt.

Diese schrägen Vögel machen bestimmt nur eine Überführungsfahrt für 'nen Landsmann, der den Luxuswagen nicht selbst aus Hamburg, er kannte das HH-Nummernschild, hierher fahren wollte oder konnte. Und dem ein normaler Transport, gesichert und versichert, zu teuer war. Wie lange diese Gestalten schon unterwegs sein mochten, der alte Mann mit dem Bier in der Hand sah nicht so aus, als ob er überhaupt ein Auto fahren konnte. Außerdem sah er sehr verwahrlost aus. Ob der der Besitzer war und der andere nur sein Fahrer? So musste es sein, dachte er. Keine 10 Minuten später fuhren wir hinter Murat auf einen kleinen Hof. Es roch nach Landluft und Öl. Neben einem kleinen alten, gemütlich aussehenden Haus stand eine für mich recht wackelig aussehende Hebebühne, ähnlich der in Jugoslawien auf der Hinfahrt. Sie war ganz einfach konstruiert: Zwei fünf Meter lange und zwei Meter breite Eisengestelle mit klapprigen, verrosteten, schmalen Rampen. Murat sah meinen zweifelnden Blick und auch Fuzzi schaute vergnügt zu der lustigen Konstruktion. »Stabil, stabil!«, meinte der Türke darauf und lächelte, um unsere Zweifel zu zerstreuen. »Hält Mercedes, immer«, fuhr er fort. »Einmal, ist immer das letzte Mal«, quakte Fuzzi. Ich darauf: »Klappe, Fuzzi!«

Murat stieg in unser goldenes Achtzylinder-Geschoss und fuhr ganz langsam und sehr vorsichtig auf das Gestell.

Uns stockte der Atem, als er oben ankam, das Auto verließ und dann von dem klapprigen Gestell heruntersprang. Er lachte uns an und winkte, ihm unter den Wagen zu folgen, um den Schaden zu inspizieren.

»Ich geh da nicht drunter!«, sagte ich zu Murat: »Ich schaue dir auch so gut über die Schulter.« Da grölte Fuzzi: »Dann sind wir platt, wenn die olle Karre runterkommt.« Er zeigte böse nach oben, rülpste und nahm einen großen Schluck Bier. »Auspuff hat großes Loch, ganz kaputt«, meinte Murat. »Siehst du, hier?« Ich fragte: »Quanta costa, was kostet die Reparatur?« Ich rieb Daumen und Zeigefinger, das Zeichen für Geld. Er lächelte frech und sprach: »Mein Freund, du gibst 150 Mark, ich machen schnell fertig!« Ich antwortete: »100!« Er: »130! Gut, gut 100, ihr gute Leute und Mercedes alt!« Ich hatte einen neuen Freund. Er wurde neugierig und fragte, ob ich der Besitzer des Autos war. Da ich verneinte, vermutete er den alten Mann. Ich sagte ihm, dass wir nur den Transport machen würden. Er wollte wissen wohin. Da sagte Fuzzi frech: »Nach Izmir übel, Auto geklaut!« Ich zischte meinen Seemann an, ruhig zu sein. Murat kam aus dem Staunen nicht mehr raus. Die beiden Typen sollten professionelle Autoschieber sein? Niemals! So ein alter Wagen, kaputt und ungepflegt. Und dann so tölpelige und auffällige Insassen. Die sind schon von den Sheriffs gefilzt worden. Fuzzi rülpste: »Bier alle!« »Pech gehabt, erst wenn der Wagen fertig ist, gibt's eins.« »Aye, aye, Sir«, Fuzzi schlug militärisch die Hacken zusammen, schlug die rechte Hand an die Schläfe und salutierte.

Murat kratze, bürstete und stocherte am Auspuff herum, dass es gefährlich funkte. Er war vom Fach. Er begann das Loch irgendwie zu verschließen, er hatte einen Lötkolben oder kleinen Schweißbrenner besorgt.

»Der hat wohl Saft hier in seiner Höhle«, meinte Fuzzi interessiert und zeigte auf ein geflicktes Elektrokabel. »Was hat der?«, fragte ich. »Strom, Chef!« Wir sagten nichts mehr. Nach einer Stunde schaute Murat zu uns: »Fertig, mein Freund!« Fuzzi flüsterte zu mir: »Ey, der Boss hat 'nen neuen Freund!« Murat darauf zu ihm: »Du auch mein Freund!« Fuzzi wieder zu mir gewandt: »Ein Freund nimmt aber keine Kohle von Freunden!« Unser Schrauber startete den Motor, löste die Handbremse und ließ den Wagen wieder ganz vorsichtig auf den schmalen Rampen herunterrollen.

Fuzzi und ich waren erleichtert, als der Wagen wieder auf festem Boden stand.

Das Dröhnen und Scheppern des Auspuffs waren weg, es war nur der sonore Sound des kapitalen Motors zu vernehmen.

»Der hat gezaubert«, meinte Fuzzi begeistert. Ihm war der Daimler auch schon langsam ans Herz gewachsen.

»Gut gemacht, Murat«, meinte ich etwas euphorisch: »Wie lange hält der Auspuff denn jetzt?« Er antwortete, dass er länger halte als viele andere wichtige Teile. Da sollte er Recht behalten. Der vereinbarte blaue Geldschein wechselte den Besitzer.

Er wünschte uns breit grinsend noch eine gute Fahrt. Murat hatte den Schalk im Nacken. Er wusste doch genau, dass unser Daimler es nicht mehr lange machen würde. Schade, das Geschäft mit den nächsten anfallenden Reparaturen hätte er sich gerne an Land gezogen. Jetzt hauen die verrückten Typen ab nach Izmir, wo es Hunderte von Schrauberkollegen gab.

Fuzzi hatte sich noch kurz die Füße vertreten, streckte sich behaglich und machte mal kein Bäuerchen. Wir stiegen ein. Ich gab mal wieder richtig Stoff in unserer Luxuskiste. Wir machten einen ordentlichen Satz nach vorn, der Motor heulte kurz auf, aber unter'm Auto blieb es ruhig. Der Auspuff war dicht. »Als nächstes müssen wir mit 'nem Schiff fahren«, sagte ich. Fuzzi war begeistert: »Mit 'nem richtigen Dampfer, Chef?« Ich antwortete: »Nein, nur mit einer Autofähre kurz übersetzen. Gleich kommen wir nach Canakkale, dort geht's dann rüber übers Marmara Meer, welches das Mittelmeer mit dem Schwarzen Meer verbindet und auch als Bosporus an der Millionenstadt Istanbul vorbeiführt. »Ich bin Seemann!«, meinte Fuzzi. »Ja, am Kap Hoorn, am Arsch von Südamerika.« Er böse: »Ich war überall, ich kenn alle Ozeane!« »Ok, ok, reg dich nicht auf!« »Gleich gibt's 'n Bier für den Fahrer«, ärgerte ich ihn. »Und ich?«, jaulte Fuzzi, »mir schnürt sich gerade die Kehle zu.«

Die Fähre sah alt aus, machte aber einen soliden Eindruck. Die kurze Seereise mit dem erfrischenden Fahrtwind war eine gelungene Abwechslung und erholsam und zeitsparend. Andere Passagiere beobachteten uns Exoten mal wieder vergnügt. Dabei blieb es. Für ein spontanes Geklimper gab's diesmal keine Zeit zu verlieren. Nach einer halben Stunde gaben wir wieder Gas. Schnell war ich wieder in Übung, Überholen der lahmen alten Laster und anderen dahinzuckelnden Kleinwagen. Ab und zu sah ich einen leichtsinnigen Bauern oder Hirten, der Ziegen, Schafe oder Esel führte oder vor sich her trieb, sich keiner Gefahr bewusst, falls eines seiner Tiere mal vom Straßenrand oder Randstreifen abrupt direkt auf die Fahrbahn laufen würde. Die Laster kachelten erbarmungslos in nur 10 cm Abstand zu den Viechern, mit locker 60-70 Sachen, ohne mit der Wimper zu zucken, vorbei. Bei Kollisionen mit Tieren wurde nur angehalten, wenn das Fahrzeug fahrunfähig geworden war. Bei Personenschäden ohne Zeugen wurde wahrscheinlich auch nicht lange gefackelt. Fuzzi zog manchmal abrupt seinen Kopf vom Fenster weg, wenn ich auch mal wieder ganz knapp einen Brummi überholte, der trotz mehrfachen Hupens stur auf der Straßenmitte fuhr. Auch das Aufblinken mit den Scheinwerfern, die sogenannte Lichthupe, brachte viele Jungs am Steuer der großen 40-Tonner nicht im Geringsten aus der Ruhe.

Nach Izmir waren es bestimmt noch 300 Kilometer, das hieß noch mindestens fünf Stunden Fahrt bei den Verkehrsbedingungen. Es gab bisher keine Ausbaustrecken, wo man mal an der ganzen Karawane von Lkws locker vorbeiziehen konnte. Immer wieder hart in die Eisen gehen, dann wieder Kickdown, das Gaspedal bis zum Anschlag voll durchgetreten, das Automatikgetriebe schaltete einen Gang herunter und beschleunigte bei hoher Motordrehzahl abrupt mit einem starken Ruck, bei dem man förmlich in die Sitze gedrückt wurde und mit dem Kopf gegen die Kopfstützen prallte. Man konnte davon richtig seekrank werden und kotzen müssen. Uns konnte das nicht passieren, wir hatten stabile Saumägen. Uns brachte das in den Sitz geschleudert werden, die ganzen Erschütterungen, nicht im Geringsten aus der Ruhe. Es schwappte höchstens ein bisschen Bier bei Fuzzi aus der Flasche. Hunger und vor allem bei dem Kap Hoornier der Janker auf Sprit, besonders auf ein erfrischendes Bier, waren bei uns Haudegen permanent vorhanden. Das war doch ein gutes Zeichen für unser Wohlbefinden. Genug Verpflegung. Der Achtzylinder schnurrte beruhigend kraftvoll, der Himmel war strahlend blau, die Sonne schien, das Leben war schön. Das Radio ging auch noch, was brauchten wir mehr zu unserem Glück. »Fuzzi, was sind wir doch für bescheidene Menschen«, philosophierte ich laut. »Wo, wer ist bescheiden?«, brummte Fuzzi, ein Auge weit aufgerissen, aber sonst im Rückspiegel total verpennt aussehend. »Haben wir denn genug zu saufen, Chef?« Ich ärgerte ihn: »Gleich sitzen wir auf dem Trockenen.« Er mit bedrückter Stimme: »Echt, Mann, ein Unglück, ich verdurste!« Ich machte kurz mal den Handschuhfachdeckel auf, selbst dort lagen noch 'ne Bierdose und ein steinhartes Brötchen.

Zwei Minuten später standen wir mit laufendem Motor, die Warnblinkanlage an, gefährlich nah am mehr oder weniger nicht vorhandenen Straßenrand, beide pinkelnd, ich mit 'ner Cola, er mit 'nem lauwarmen Bier in der Hand. Wir rülpsten zur Premiere im Duett, lachten uns dann wie Kinder an, grunzten wie Schweine im Dreck, spuckten in die Hände, und klatschten uns ab. Rechte gegen rechte Hand, linke gegen linke. Wir hätten nicht besser drauf sein können. Wir waren nicht übergeschnappt, sondern lediglich glücklich, diesen Tag hier gemeinsam zu verbringen. Der Wagen lag gut auf der Straße. Es machte mir sehr viel Spaß, die 245 PS der Maschine ordentlich zu fordern. Das Getriebe rutschte schon wieder etwas und schaltete die Gänge nicht mehr gleichmäßig. Aber wir konnten daran eh nichts mehr ändern. Die meiste Zeit schnurrte der große Motor ruhig bei 3000 Umdrehungen pro Minute vor sich hin. Wir trugen beide ganz cool unsere Sonnebrillen und sangen laut zu Modern Talking. Das Tape war noch ok, obwohl die Kassette auch schon nach Bier roch. Das Fahren konnte nicht schöner sein. Wir sangen, wie im Knabenchor, im Duett meine Lieblingslieder: »Cheri, Cheri, Lady« und »Brother Louie« aus der Feder von Dieter Bohlen. Fuzzi schüttelte seinen Kopf wie ein Headbanger. Und da er glücklicherweise mal kein Besteck zur Hand hatte, trommelte er wie ein Wilder auf der Lehne des Beifahrersitzes herum, erst nur mit den Zeigefingern, dann mit beiden Händen, wobei er zwischendurch noch in sie klatschte. Der einzige Wehmutstropfen an meiner Musikauswahl war der, dass er die Testpassagen: »Lui, lui, lui und Cheri, Cheri« für die nächste Zeit in sein Musik-Repertoire aufgenommen hatte. »Chef, wer ist Lui?«, fragte Fuzzi. »Weiß ich auch nicht, Fuzzi!« Ich wechselte danach häufiger die Musikkassetten, die ich im Handschuhfach gefunden hatte. Er brüllte und krächzte immer wieder: »Lui, lui, lui«. dazwischen. »Halt 's Maul!«, schrie ich dann laut. Ich musste eine Vollbremsung machen, hupte wie verrückt und ließ meine rechte Hand auf der Hupe auf dem Lenkrad fest gepresst. Wir standen! Die Bremsen rochen nach heißem verbrannten Eisen. Ich zitterte am ganzen Körper und war naßgeschwitzt. 20 Zentimeter vor unserem Auto stand ein Gemüsekarren auf der Fahrbahn. »Was macht diese Scheißkarre hier plötzlich mitten auf der Straße?«, schrie ich vor Zorn. Fuzzi war sprachlos. »Wo ist dieser blinde Idiot, der die Karre auf die Straße geschoben hat, ohne nach rechts oder links zu glotzen? Den trete ich in'n Arsch! Taub ist der auch, hat uns weder gehört noch gesehen, uns goldene Jungs.« Ich hatte die Warnblinkanlage angeschaltet, um den nachfolgenden Verkehr zu warnen. Wir waren ein gefährliches Hindernis. Vor allem diese fetten 40-Tonner-Lkws, wenn die uns zu fassen bekommen hätten. Die hätten uns ganz locker zusammen mit dem Gemüsewagen durch die Luft geschleudert. »Wir würden zusammen einen guten Salat abgeben«, meinte Fuzzi, noch ganz blass im Gesicht. »Und was für einen«, antwortete ich. Ich wollte gerade zurücksetzen, um links am Karren vorbeizufahren, da kam auf einmal ein altes, buckeliges Männchen aus dem Nirgendwo. »Chef, wo kommt Lui denn gerade her?«, meinte mein Seemann. »Ich weiß es nicht, der kam hinter irgendeinem verfluchen Busch oder Gestrüpp hervor.«

Das Männlein blieb stehen, drehte sich zu uns rüber und lächelte. Er hatte gar nicht gepeilt, dass wir seinetwegen so in die Eisen gehen mussten. Ihn musste das Gehupe aus dem Mittagsschlaf geweckt haben. »Scheiße«, brüllte ich nach einem erneuten Druck aufs Lenkrad. »Jetzt ist die Tröte auch im Arsch!« Mein Puls war nicht mehr auf 180, aber immer noch locker auf 150 Schlägen die Minute. »Chef, meine Pumpe, mein Puls«, quakte Fuzzi von hinten. »Deine olle Pumpe, Mensch. Die Hupe ist im Eimer, sie macht keinen Pieps mehr«, schimpfte ich, während ich wie wild auf die Lenkradmitte drückte.

Was soll's, ich konnte eh nichts machen, nur die Lichthupe betätigen und andere mit Fernlicht warnen. Der Alte versuchte vergeblich den Gemüsekarren von der Straße zu schieben. Quer über die Fahrbahn, was er ursprünglich vorhatte, bevor wir laut hupend aus dem Nichts auftauchten, ging nicht mehr. Es überholten uns viele Fahrzeuge, die meisten langsam. Die Fahrer schauten alle nach rechts zu uns herüber und vergaßen das Hupen, weil sie dachten, hier wäre ein schlimmer Unfall, womöglich mit Toten und Verletzten, passiert.

Alle schauten uns an, wie morgens auf dem Marktplatz. »Los, lass uns dem alten Mann helfen, seine Karre von der Straße zu schaffen, Fuzzi!« Ich hatte Erbarmen mit ihm, so einer kriegt keinen Tritt in den Arsch, wie vorhin noch geschworen. Wir stiegen aus und Fuzzi lachte ihn gleich an: »Du, wat soll der Schiet? Sei fru, dat du nich dot bis.« Der Alte sah uns mit großen Augen an, den kleinen Fuzzi und mich, den Riesen. Er lachte dann auch nur Fuzzi an und deutete ihm, indem er auf die Holzkarre zeigte, ihm zu helfen. Sie fingen an zu schieben, ich kam dazu und gab der Karre einen ordentlichen Stoß und die Straße war endlich wieder frei. Die beiden winkten einander zu und kurze Zeit später waren wir in Izmir angekommen. Kurz tanken und pinkeln, dann wieder Vollgas. »Laut Karte noch 'ne Stunde fahren, dann sind wir in Kusadasi, unserem Ziel. Da treffen wir dann die Dösbaddels wieder, Fuzzi! Da geht der Spuk dann wieder los!« Auf der Rückbank war es ruhig, nur ein leises Schnarchen war zu vernehmen und ein bestialer Gestank, der sich langsam im ganzen Innenraum unseres Goldesels ausbreitete.

Die Frage war, ob die beiden schon da waren oder nicht.

Noch 'ne Nacht mit dem Alki hier im Wagen wäre das Ende gewesen.

Also, Hauptsache das vereinbarte Treffen im Hotel Özhan, einer Bruchbude mit einem Stern, fand statt.

Wir hatten noch genau einen Fuffi, mehr nicht. Reinke und ich hatten in dem Hotel 1987 Urlaub gemacht und wussten daher genau, wo es lag.

Reinke hatte damals gleich am ersten Abend 'ne olle Engländerin abgeschleppt und mir die hübschere Freundin überlassen. Glück musste man haben im Leben! Wir hatten beim letzten Mal kein Auto und mussten daher zwischen den Kaschemmen, die Briten-Bude war noch versiffter als unsere Neckermann-Hütte, hin und her pendeln. Zimmertausch eben, das war gerecht. Unsere Bude hatte nur wenige kleine Mängel: Leitungswasser grün-gelb, leicht stinkend, Spiegel zersprungen, Betten durchgelegen und das Türschloss klemmte. Das Domizil der Mädels von der Insel war worst case, am schlimmsten: Laut, stinkend, die Toilettenspülung ging nur nach jedem zweiten Geschäft, irgendetwas krabbelte auf dem Fußboden die Wände hoch und runter. Egal, Reinke fand die Bude in dem 0-Sterne-Hotel gar nicht schlecht. Er kiffte nur und ich war den Drinks nicht abgeneigt, da war es egal, wenn wir jeweils mit unseren Mädels im Arm, schwankend, singend und lachend, dem jeweiligen Nachtlager einen Besuch abstatteten.

Wir kannten bald alle Straßen und Gassen im Umkreis. Reinke war sonst sehr faul, ging von seiner Braut kommend, jeden Tag zum Barbier und lies sich für umgerechnet zwei Mark frisieren und rasieren. Ich zog mir 'n Efes-Bier rein, Kultur und Geschichte mussten sein.

Sonst lungerten wir beiden, ohne die Mädels, die lagen irgendwo in der Sonne, in verschiedenen Cafés herum. Den Hafen mit der Fähre nach Samos in Griechenland und die Vogelinsel hatten wir schon abgehakt auf unserer Erkundungstour am zweiten Tag. Auch hatten wir uns mit allen möglichen falschen Klamotten eingedeckt. Coole Hemden mit Krokodil, die sonst nur Snobs und Franzis (Franzosen) trugen, machten aus uns tolle Typen. Reinke sah mit seinem goldenen Puma, einer goldener Halskette für 'nen Zehner, einfach umwerfend aus. Da musste die Damenwelt, vor allem die sonnenverbrannte britische, die die Mehrheit stellte, einfach schwach werden. Die schicken Türken in den Cafés grinsten wegen unserer nachgemachten Klamotten.

Wir wurden dann in einem Laden für Lederklamotten angesprochen. Reinke hatte gerade ganz stolz eine Lederjacke von 150 auf 50 Mark heruntergehandelt. Ich dachte, jetzt haben sie ihn an der Angel und drehen ihm noch weitere Plünden an und nehmen ihn aus wie 'ne Weihnachtsgans oder wie ein verliebter Trottel abends auf der Reeperbahn von einer aufgetakelten Blondine abgezogen wird. Der Typ, ein für türkische Verhältnisse groß gewachsener Mann, elegant, gepflegt und intelligent aussehend, sprach uns auf Englisch an. Er lud uns auf einen Tee ein und bat uns, auf einem gemütlichen Sofa Platz zu nehmen. Gerne willigten wir ein, neugierig, was er uns jetzt anbieten würde. Einen Designer-Ledermantel für 1.000 Mark oder ein Ledersofa für 2.000?

Wir hatten Zeit und langweilten uns doch sehr, wir hatten zwar abends unser Vergnügen mit den Briten-Ladys, aber tagsüber gingen wir zum Glück getrennte Wege. Sami, so hieß der Typ, sagte, er wäre Zahnarzt in Izmir und hätte heute frei und würde ausnahmsweise seinem Bruder Mehmet hier im Laden aushelfen. Er machte einen gebildeten Eindruck und trat sehr kultiviert auf. Sein Vater hätte eines der größten, vom Umsatz her, Lederimperien aufgebaut. »Von Kusadasi«, grinste Reinke mich mit der Teetasse in der Hand blöd an. »Von der Türkei, sogar von ganz Europa. Von der ganzen Welt.«, flüsterte ich. Der Tee schmeckte aber gut.

Na, das konnte noch ein lustiger Nachmittag werden, der Tag war gerettet. Weshalb erzählt uns so ein schlauer Zahnarzt so'n Zeug? Macho-Angebergehabe, dachte ich und grinste meinen Urlaubsbegleiter kurz an. Wieder wurden Getränke gereicht, diesmal wollten wir aber einen starken türkischen Mokka.

Sami saß uns gegenüber, lächelte uns an und fragte, von wo aus Deutschland wir wären. Er wäre mehrmals in unserer Heimat gewesen, um Business zu machen. Aha, Business, dachte ich. Jetzt wurde es spannend! Er lobte uns in den höchsten Tönen, dass wir Deutsche so fleißige Leute wären, gute Ideen und gute Maschinen hätten und natürlich die besten Autos der Welt aus Stuttgart kämen. Wir fühlten uns geschmeichelt, waren dann aber mit der Geduld am Ende. Dieses Gesülze nervte doch langsam. Ich sah in Reinkes Blick, dass ihm das Gelaber auf den Geist ging. Eine halbe Stunde war vergangen. Mein Kumpel erklärte, dass wir aus Hamburg seien. »Aus Hamburg«, fragte unser türkischer Zahnarzt schelmisch: »Super, dann können wir Geschäfte machen.« Er sprach auf einmal fließend deutsch. So, so dachte ich, gleich zitiert er Goethe, dann mach ich mich nass vor Lachen.

Weshalb sprach er vorher nur englisch mit uns? Keine Ahnung, um vor uns vielleicht ganz wichtig auf Business zu machen, wer weiß.

»Mit Lederjacken von guter Qualität kennt ihr euch aus, oder nicht?«, fragte er. »Na, ja«, meinte Reinke bescheiden, »im Detail nicht, aber insgesamt ja!« Sami fuhr fort: »Ich brauch in Hamburg noch gute Leute, um meine, äh, unsere Top-Produkte zu verkaufen.« Aha, dachte ich, der Herr Zahnarzt ist im Lederjacken-Business aktiv, neben- oder hauptberuflich? Er kannte schon die richtigen deutschen Geschäftswörter, dachte ich und blickte meinen Urlaubskollegen an. Dieser nickte mir zu.

Es wurde automatisch der nächste Mokka gereicht. Reinke wurde nun richtig spitz. Er war ungeduldig und neugierig. Er duzte ihn gleich: »Warum erzählst du uns das, Mann? Du suchst Leute für den Job, ok, aber was haben wir damit zu tun?« Sami antwortete darauf: »Ihr macht guten Eindruck auf mich!« »Wir kennen uns doch gar nicht!« Der Zahnarzt aus Izmir: »Ihr könnt mit mir viel Geld verdienen, viele, viele D-Mark, richtig Kohle, Menge Zaster!« Wir mussten grinsen. Er kannte jedenfalls alle geläufigen Ausdrücke für Geldverdienen auf Deutsch.

Reinke schaute mich kurz an und fragte dann: »Ok, was sollen wir machen, Sami, deine Jacken verticken?« »Ok, verticken!«, Sami kannte diesen Ausdruck noch nicht, er hatte ihn noch nie gehört.

»Verticken, verkaufen, was bleibt pro Jacke für uns übrig, was verdienen wir?«

»Ich verkaufe euch Jacke für 50 DM, du verkaufst für 100 DM«, sprach der türkische Businessman. Reinke dreht sich zu mir um: »Hey, Olli, die Teile verkloppen wir doch locker in einer Woche. Dein Alter ist doch bei Ka …« »Halt die Fresse!«, zischte ich ihn an. Er sollte die Türken nicht auf die Idee mit der großen Firma bringen. Reinke nickte schnell und erleichtert, er begriff schnell, dass wir doch jetzt nicht den ersten potenziellen Kunden preisgeben konnten. Ich war sauer auf ihn, immer rumschnacken, einen auf wichtig machen und dann sowas. Wen kannten wir schon in der Einzelhandelsbranche, wir beiden Textil-Experten?

Das Gespräch wurde auf den nächsten Tag vertagt. Wir bedankten uns artig für die Getränke und verschwanden ins nächste Café, um etwas zu essen und uns ganz fachmännisch zu beraten. Wir gingen in Klausur, machten eine Klausurtagung wie die ganz Wichtigen dieser Welt, all die Politiker und Wirtschaftsbosse immer oberwichtig verlauten ließen.

»Pass auf, Alter«, sprach ich zuerst, »wenn wir zurück in Hamburg sind, spreche ich mit meinem Vater, der kennt ein paar Leute bei der Firma, die du eben meintest. Ich check das ab.«

»Das ist überhaupt die Geschäftsidee«, sagte er grinsend. Er hatte jetzt eine fiese Pernod-Cola in der Hand und freute sich wie ein kleiner Junge. Ich trank ein Bier. Es war ein lustiger Nachmittag gewesen.

In den verbleibenden Urlaubstagen besuchten wir Sami, unseren Zahnarzt aus Izmir, der angeblich nur kurz seinem Bruder im Laden aushalf, täglich. Wir schnorrten dann einen Kaffee und wurden ganz langsam, besonders Reinke, der Möchtegern-Weltmännische, in seinen Bann gezogen.

Tagsüber Lederjacken-Business, abends die Mädels, so verging unser Urlaub im Sommer '87.

Reinke und Sami, der Zahnklempner mit steinreichem Vater und riesigem Lederimperium im Nacken, waren richtige Busenfreunde geworden.

Ich hatte mich hin und wieder aus der Dreier-Runde ausgeklinkt. Müde und genervt von des Kumpels Wichtigtuerei und des Türken Bauernfängerei. Reinke, der Fisch, hatte den Köder, den Sami auslegt hatte, geschluckt. Er hing nun zappelnd an seiner Leine.

Wie ging's weiter? Zurück in unserer schönen Hansestadt ging Reinke sofort Klinken putzen, telefonierte wichtig herum und war viel geschäftlich unterwegs.

Mein Vater konnte uns mit seinen Kontakten nicht weiterhelfen, war aber dann auch nicht abgeneigt, mir etwas Startkapital vorzustrecken.

Die erste Kollektion an Lederjacken wurde bei Reinkes Busenfreund Sami bestellt, bezahlt natürlich per Vorkasse, in die Türkei überwiesen.

Dann lernte ich durch Zufall an Weihnachten 1987 beim Skiurlaub in Sankt Christoph am Arlberg in Österreich den Chef eines mittlerweile stark angeschlagenen, großen Warenhauskonzerns kennen. Ich hatte im Clubhotel, in dem ich mit meinem Bruder wohnte, den Sohn kennengelernt. Ein paar Tage später wurden mein Bruder und ich in das berühmte und vornehme Hotel gegenüber zum Abendessen eingeladen.

Zu vorgerückter Stunde, alle waren vom teuren Rotwein schon stark angeheitert, sagte ich dem mächtigen Mann mutig, dass ich jetzt mit einem guten Freund im großen Stile exklusive Lederjacken günstig aus der Türkei importiere. Ich fragte ihn, mein Bruder blickte mich mit großen Augen an, ob er vielleicht eine Idee hätte, dass wir in seinem Konzern irgendwie ins Geschäft kommen könnten.

»Gute Idee, mal sehen, ob wir da was machen können«, meinte unser Gastgeber, der erst seine Frau, dann seinen Sohn und dann mich milde anlächelte.

Zwei Wochen später, Anfang Januar '88, war der Lederjacken-Handel geplatzt.

Wir hatten im Hamburger Freihafen unsere kostbare Ware inspiziert und fielen aus allen Wolken: Sami hatte uns Jacken geliefert, von denen einige nur einen Ärmel hatten, schief zusammengenäht und aus billig aussehendem, dünnem Leder waren.

Selbst der uns stichprobenartig kontrollierende Zöllner konnte sich ein Grinsen nicht verkneifen, als er in einen der Kartons blickte und die Papiere überprüfte. Wir beiden Voll-Profis mussten so dumm und naiv dreingeschaut haben, dass ein kurzer mitleidsvoller Blick über sein Gesicht huschte.

So'n fehlerhaftes Zeug bekam er auch nicht jeden Tag zu sehen. Die Jungs müssen ja einen Top-Lieferanten in der Türkei haben, den Absender konnte er ja den Lieferpapieren entnehmen. Dafür, dass sie so'n Schrott – einarmige Lederjacken hatte er in seinem ganzen Leben noch nicht gesehen – geliefert bekommen hatten, blieben die beiden doch relativ cool, die wollten sich wohl nicht anmerken lassen, dass sie total verarscht worden waren.

Aus der Traum mit dem Vertrieb über den Warenhauskonzern. Exklusiv waren die Stücke, wie ich dem Boss von den Warenhäusern, ja in Österreich zugesagt hatte. »Exklusive Scheiße«, sagte ich völlig genervt und entmutigt zu Reinke. Der sagte diesmal kein Wort, was nur ganz selten vorkam.

Er überlegte, es knirschte richtig laut in seinem Oberstübchen. Ich sprach weiter: »Jetzt können wir den Plunder selbst einzeln verscheuern, toll was?« »Die kriegen wir schon weg, warte ab, versuchte er mich kleinlaut zu beruhigen. Da sind doch ein paar tolle Stücke, die den Verlust ausgleichen, damit wir wenigstens plus minus null aus dem Geschäft rauskommen.« »Hör auf, du Arsch, mit deiner geschwollenen Bankersprache, die du letzte Woche in der Berufsschule gelernt hast.«

Wie auch immer, durch seine massive Akquisition, wie er es in Wirtschaftssprache oberwichtig nannte, das Feilbieten unserer Schmuckstücke zu Ramschpreisen, für einige Exemplare hatte er sogar mehr als die geplanten 100 Mark bekommen, kamen wir noch einmal mit einem blauen Auge davon. Auch ich konnte im Bekanntenkreis einige halbwegs intakte Exemplare absetzen. Zwei oder drei wurden mir sogar aus Mitleid für'n Fünfziger abgenommen. Eine sehe ich heute immer noch im Freundeskreis, die meine Mutter damals verkauft hat.

Ende gut, alles gut!

Mitte April '88 war das Kapitel Lederjacken endgültig abgeschlossen.

Reinke gab mir den noch ausstehenden Anteil meines eingebrachten Startkapitals dann auch bar zurück. Vielleicht hatte er die Kohle auch von seinem türkischen Busenfreund, der an Folgegeschäften interessiert war, zurückbekommen, wer weiß.

Ok, war 'ne neue Lebenserfahrung.

Ich hatte also recht behalten, mein Kumpel hatte den Kontakt zu unserem Lederjacken-Zahnarzt aus Izmir nicht abgebrochen.

Sami, der uns so verarscht und betrogen hatte, hatte nur mit Reinke die Branche gewechselt.

Keine einarmigen Lederklamotten mehr, immerhin konnten wir noch Jacken, an denen beide Ärmel fehlten, als Luxuswesten verkloppen.

Ab jetzt sollten Luxusautos verschoben werden.

Zurück in Kusadasi im Mai 1988.

Fuzzi und ich hatten beide die Schnauze voll vom Autofahren und waren heilfroh, überhaupt heil am Ziel angekommen zu sein.

Jetzt noch schnell die Bleibe, das Hotel vom letzten Jahr, wiederfinden und dann den letzten Fuffi versaufen, dachte ich laut. »Saufen, Chef, ich bin dabei, hab schon wieder 'nen tierischen Brand«, sprach Fuzzi, der sein Zauberwort saufen gehört hatte.

Wir parkten den Daimler am Straßenrand der Hauptstraße. Ich erkannte die Gegend sofort wieder, hatte im Vorjahr schließlich alles abgeklappert, meist romantisch mit Liz, der Engländerin. Mit dem meistens zugedröhnten Reinke war's nie so entspannt.

Ich sagte zu meinem Alki: »Gleich haben wir uns ein Efes verdient!« Fuzzi antwortete: »Eins? Du machst wohl Witze.« »Ja, ja Fuzzi!« Wir hatten die Hauptstraße verlassen und waren in den Seitenstraßen unterwegs. Überall standen, wie im Vorjahr, die fliegenden Händler mit ihren nachgemachten Polo-Hemden mit dem Krokodil drauf, die schick verpackt auf dem Boden lagen. Ich erinnerte mich an die nachgemachten T-Shirts, die schon nach der ersten Wäsche eingelaufen waren. Ich sagte meinem Seemann, dass wir uns am nächsten Tag ein paar neue Klamotten genehmigen werden. Er meinte nur: »Wofür, es ist doch warm hier!« Ich antwortete ihm: »Ich will hier doch nicht mit 'nem nackten Arsch rumlaufen, Mann! Die versifften Sachen kommen weg!« Fünf Minuten später, nachdem wir noch zweimal links und rechts abgebogen waren, standen wir plötzlich vor unserem vereinbarten Treffpunkt, dem Hotel Özhan. Erleichtert lachte ich meinen Begleiter an: »Mann, wir sind da!« Er antwortete: »Echt? Ich brauch 'n Bier zur Belohnung, Chef!« »Gleich, Fuzzi«, sagte ich, »wir müssen erst mal schauen, ob Reinke und Steinberg schon da sind!« »Du meinst die Dösbaddels, die brauch ich nicht, Chef!« »Die uns aber, und lass mal den blöden Chef weg!« »Aye, aye Sir«, salutierte er militärisch und schlug grinsend die Hacken zusammen. »Fuzzi!«

Es war vereinbart worden, wer zuerst da ist, hinterlässt den anderen eine Nachricht. Wahrscheinlich waren die Jungs, allen Widrigkeiten zum Trotz, da und schmiedeten schon große Pläne für den nächsten Tag.

Unser Stuttgarter Schmuckstück würde sich bestimmt wie von selbst verkaufen. Es wird ihnen förmlich aus der Hand gerissen werden.

So hatte Reinke jedenfalls den naiven Steinberg ganz heiß gemacht. Die Interessenten werden Schlange stehen für so ein tolles Auto und sich preislich gegenseitig überbieten. Hahaha, dachte ich. Hauptsache, es gibt genug Kohle für die nächsten Tage, falls es doch etwas schleppender mit der Veräußerung unserer Nobelkarosse vorangeht. Könnte doch sein, dass wir hier schon zum Urlaubmachen verdammt waren.

Es war schon was los in Kusadasi, aber natürlich nicht so viel wie in der Hauptsaison im Juli und August. Alles war schon geöffnet: Cafés, Bars, Ledergeschäfte, Ramschläden und so weiter. Die Sonne schien schon mit 25 Grad im Schatten. Was wollte man mehr.

Als ich dann an der kleinen Rezeption des Hotels meinen Namen nannte, sagte der Mann freundlich, dass zwei Männer da waren. Er gab mir einen Zettel, auf dem stand: »Sind schon da, schauen jede volle Stunde vorbei, R.+ S.«

»Aha«, sagte ich, »die beiden sind natürlich schon da, schön bequem mit Flieger und Taxi hierher! Jetzt geht die Arbeit wieder los, Fuzzi! Es ist jetzt 17:30. Noch 'ne halbe Stunde Zeit für ein Erholungsbier hier in der Nähe der Karre. Um sechs treffen wir sie hier.«

Nachdem wir zwei kalte Efes heruntergekippt hatten, ging's uns gleich besser. Der Staub war die Kehle heruntergespült und wir streckten uns auf den Plastikstühlen des Cafés aus, die Beine endlich mal wieder ausgestreckt und die Arme dem wolkenlosen Himmel entgegen.

Fuzzi schielte dann schon etwas übermütig zu dem Besteck auf dem Nachbartisch herüber und machte mit seiner rechten Hand schon seine typische rhythmische Handbewegung. Er kam langsam wieder in Fahrt.

Jetzt Besteck zum Klimpern, vier weitere Biere auf'm Tisch und die Party konnte beginnen. So konnte man sich ganz schnell aklimatisieren.

»Fuzzi, wir müssen erstmal rüber zu den Dösbaddels«, sprach ich mit leicht vorgehaltener Hand, falls unsere beiden Anführer zufälligerweise gerade um die Ecke kommen würden.

Ich löhnte und bekam Unmengen an Türkisch-Lira-Scheinen zurück.

»Fuzzi, wir sind jetzt Millionäre«, sprach ich und blickte auf das Geldbündel an alten, versifften Banknoten.

Ich tippte ordentlich. Am Anfang großzügig Trinkgeld geben, kann vielleicht noch mal nützlich sein, wer weiß, ob wir bei unserer Mission nicht doch noch irgendwo anschreiben müssen, man würde sich dann an uns erinnern.

»Olli, ich mach Musik und wir kriegen was zu trinken aufs Haus. In dieser Bude klappt's«, sagte er und lachte frech den Kellner an. Der lachte zurück.

Die Jungs sind zurück!

Reinke und Steinberg standen schon vorm Hotel, als wir zurückkamen. Sie inspizierten ihr Auto. Diesmal keine Begrüßungszeremonie wie in Thessaloniki. Steinberg, der Boss, wieder fachmännisch wichtigtuend mit seinem heißgeliebten Aktenköfferchen, schaute ins Wageninnere. Er rief mir zu: »Gib mal den Autoschlüssel!« Er stieg ein und startete den 500er. Ich wandte mich an Reinke: »Der Auspuff war kaputt, hatte Löcher, ich hab ihn flicken lassen. War tierisch laut das Ding, oben bei Canakkale am Bosporus.«

Dann doch noch, ganz unerwartet, ein Lob vom Chef: »Mensch Jungs, habt ihr meinen tollen Mercedes doch heil hier runtergebracht, Glückwunsch!«

Ich wollte erst cool lachen, als ob wir, Fuzzi und ich, das nicht mit Leichtigkeit geschafft hätten.

Ich entschied mich erst einmal fürs Dramatische: »Mensch, das war häufig ein Nervenkitzel, vor allem an der Grenze oben, als wir nachts Griechenland verließen und über Niemandsland, welches von Griechen und Türken observiert wurde, fuhren. Wir kamen über klapprige Wege, die teilweise nur aus schmalen Pisten bestanden, ganz vorsichtig rüber zu den Alis, man, hatte ich Schiss«, sagte ich ernst. »Ich auch«, brüllte Fuzzi dazwischen. »Halt's Maul«, warf Steinberg dazwischen. Er wollte bei meinem spannenden Bericht nicht gestört werden. Ich sprach weiter: »Dann ruckelte der Mercedes etwas, ich dachte jetzt verreckt uns gerade hier das Getriebe, später ein helles Zischen, wie ein Plattfuß, dann hätte ich mir in die Hose gemacht bei den ganzen Jungs mit ihren Knarren im Dunkeln um uns herum. Fuzzi behielt immer die Nerven, ganz profimäßig, von mir als Boss eingekleidet, saß er hinten wie Graf Koks. Er flößte den Grenzern doch irgendwie Furcht ein. Seiner Coolness ist es auch zu verdanken, dass wir so reibungslos rüberkamen. Die Grenzer auf beiden Seiten wollten uns erst routinemäßig filzen, vor allem weil wir so betont unauffällig mit dem Daimler nachts einfach so daher kamen. Ihr hättet als Grenzjungs das doch auch gemacht: Allein, um mal 'nen Blick in so 'ne Luxuskiste werfen zu können. Doch mal 'ne Abwechslung zu den Lkws oder klapprigen Murat-Kleinlastern.«

Reinke grinste mit 'ner Kippe im Mund erst zu mir, dann zu Steinberg, der mit ernster Miene meinen Worten lauschte.

Dann blickte er wieder überheblich cool zu unserem Seemann. Ich wunderte mich schon die ganze Zeit, dass er mich nicht unterbrochen hatte, lachend und kopfschüttelnd, wie es sonst seine Art war.

Fuzzi und ich checkten ein, er ins kleinste 4-qm-Mansardenzimmer für umgerechnet fünf Mark pro Nacht. Ich wie immer zum Sportsfreund ohne Lappen, um Kosten zu sparen, wie Buchhalter Steinberg meinte. Egal!

Larsi, wie Reinke von seiner Ex-Tussi immer verliebt genannt wurde, würde bestimmt wieder auf Pirsch gehen wollen, um irgendeine willige Engländerin mit Wackelzahn abzuschleppen. Eine von der Insel, die in der Vorsaison billig Urlaub machte und auch was aufreißen wollte und in einer genauso kleinen Herberge, wie wir, ein Wohnklo bewohnte.

Das Abendessen nahmen wir in Fuzzis und meinem neuen Stammcafé ein. Wir hauten alle ordentlich rein, aßen wie die Ausgehungerten in einer Wüste. Keiner von uns spuckte an diesem Wiedersehensabend ins Glas. Selbst der Boss mit dem Ledertäschchen machte sich diesmal ganz locker: Er kippte mehrere Efes auf ex runter, was sonst nicht seine Art war, und hatte schon gut einen im Tee. Reinke, der Bierhasser, hatte auch schon drei Pernod-Cola, dieses Puffgebräu, intus. Der Kellner hatte ihn extra für ihn in einer anderen Kneipe besorgt. So ein Service steht einem so wichtigen Organisator auch zu und unterstreicht seine Wichtigkeit bei diesem Projekt.

Wir wurden jetzt wie Stammkunden behandelt, die viel Umsatz machten, laut und lustig waren und noch andere unschlüssige Gäste animierten, in unsere Lokalität zu kommen. Fuzzi war nach dem fünften Gerstensaft ganz auf Raki umgestiegen, um nicht dauernd schiffen gehen zu müssen.

Unser Kellner Ahmed, seinen Namen kannten wir nach der zweiten Runde natürlich, füllte Fuzzis Glas schneller nach, als dieser gucken konnte.

Die beiden hatten sich gesucht und gefunden und verstanden sich prächtig. Während Fuzzi mit ihm schnackte, zeigte er ab und zu auf Steinberg und Reinke, dann krümmten sich beide vor lachen. Mich grinste er auch vergnügt an.

Ich hatte auch mindestens vier Bier weggeputzt und sprach dann übermütig und laut lachend: »Hey, Jungs, war doch toll, wie wir beide den Goldschatz heil hierhergebracht haben, nicht wahr? Prost, meine Herren!«»Ja, ja, Prost zurück!« Fuzzi rülpste laut. An den Nachbartischen bei uns, wie auch an den Tischen der anderen Cafés, waren einige Leute bei dem Wort Goldschatz hellhörig geworden. Es wurde deutlich ruhiger um uns herum. Keiner wollte ein Detail eines vermeintlichen Goldschatzes und dessen Versteck verpassen. Überall Gemurmel unter den Gästen und dem Personal. Naja, wie professionelle Schatzräuber sahen wir ja nicht aus, aber wer weiß. Vielleicht war der kleine alte Mann, unser Fuzzi, ein ganz übler, abgebrühter Gangsterboss mit seinen Räubersklaven, die den großen Coup feierten.

Steinberg fand das alles gar nicht mehr lustig und knurrte mürrisch, was sich wie Taubengegurre anhörte.

Derweil glotzte Reinke schon wieder über die Nachbartische zu zwei Mädels rüber, die diesmal gar nicht so übel aussahen. Genau wie im letzten Jahr, dachte ich, denkt er auch an mich wie mit den Engländerinnen.

Ich freute mich über die Abwechslung und wie unser Casanova langsam an die Damen ranrobbte. »Genau wie die Dirnen an der Davidstraße sich an die Kerle ranmachen, so macht der Dösbaddel das jetzt auch«, flüsterte Fuzzi mir zu und rülpse laut über alle Tische hörbar. »Hoppla, der musste raus!«

Die Mädels drehten angewidert ihre Köpfe von uns weg.

»Die ganze Balzerei, die Anmache war für'n Arsch, was Alter?« lachte ich Reinke an. »Hahaha witzig, Olli!«, meinte unser Hirsch enttäuscht. Es war ein herrlicher sternenklarer Abend, vom Wasser kam kein Lüftchen, man konnte sogar die Burg auf der Vogelinsel etwas sehen. Was sollte man sich da rumärgern …

Währenddessen war Steinberg, der schon völlig breit war, auf Kaffee umgestiegen. Er hatte sich mit zitternder Hand sein Köfferchen geangelt und hatte dieses nun wichtigtuerisch geöffnet auf seinem Schoß liegen und wühlte darin rum. Viel konnte er bei dem schummrigen Laternenlicht aber wohl nicht sehen. Dann hob er den Kopf: »Hört zu, morgen wird's ernst! Dann wird Kasse gemacht.« »Genau«, sagte sein Stellvertreter heuchlerisch, jetzt abrupt seinen Kopf von neuer Beute wegdrehend, »Morgen früh fahren wir nach Izmir zu Samis Kollegen, der schon alles eingefädelt hat. Ihr werdet sehen, der Deal geht schnell über die Bühne. Fuzzi neigte seinen Kopf zu mir und flüsterte: »Einfädeln tut man doch mit 'ner Nähnadel, oder Chef?« »Sei mal bitte ruhig, Fuzzi!« »Aye, aye, Sir«, lallte er jetzt wie bei der Grenzüberfahrt.

»Ahmed, zahlen!«, sagte Steinberg ganz cool und laut. Er hielt sein Köfferchen fest an sich gedrückt, als ob es ihm jetzt hier ein brutaler Räuber wegreißen könnte. Er wollte, wohl vom Kaffee aufgeputscht, einen auf cool machen. Reinke dann auch ganz wichtig, er musste eben auf'm Klo was zum Aufputschen genommen haben, gekifft hatte er jedenfalls nicht: »Wir sind morgen um 12 Uhr in Izmir im Efes-Hotel mit ihm verabredet. Länger als eine Stunde dauert die Fahrt doch nicht, oder was hast du gebraucht?«, fragte er. »Wir haben eine Stunde gebraucht!« Ich sprach extra im Plural, ich konnte meinen guten Beifahrer doch nicht vergessen. »Wir sind aber nicht geheizt, um den Wagen, besonders das Getriebe, zu schonen«, sagte ich, um mich jetzt bei Steinberg etwas beliebt zu machen. Reinke grinste und starrte wieder zu den Mädels, die ihrerseits, von uns bunter Truppe belustigt, lachend die ganze Zeit zu unserem Tisch herübersahen. Jetzt rülpste Fuzzi natürlich nicht. So eine lustige Truppe wie uns Autoverkäufer hatten sie auch noch nicht so häufig getroffen, als da waren ein Businessman, Steinberg, ein durchgeknallter Spritti, Fuzzi, der schon locker zehn Rakis weggeputzt hatte, dann ein verliebt rüberschauender großer Blonder, Reinke und noch so'n Riese, ich! Als Ahmed uns sagte, was er für das Abendessen mit den 50 Drinks bekomme, grinste Reinke, der frisch geprüfte Bankkaufmann, wie er sagte. Er, der zwar gut rechnen konnte, hatte die Prüfung vergeigt. Er war mit Pauken und Trompeten durchgefallen, wie ich mir schon anhand seines sehr mäßigen Lerneifers gedacht hatte. Offiziell erfuhr ich es ja erst 10 Jahre später von seinem Vater Gustav.

Reinke (Larsi), der Banker.

Ich gab damals Kumpel Reinkes fast wöchentlichen gelben Schein beim Pförtner am Personaleingang einer renommierten Bank an der vornehmen Hamburger Binnenalster ab. Der Mann grüßte mich schon lächelnd und wusste, dass ich nur im Auftrag handelte. Derweil saß der so Kranke, der auch angeblich, hahaha, vom Gynäkologen seiner Mutter krankgeschrieben worden war, wie er mal vor mir cool angab, oben in meinem mit laufenden Motor wartenden, alten Fiat Ritmo. Der Motor blieb immer an für den Fall der Fälle, dass ein Bankkollege zufällig vorbeikommt und ihn, den Schwänzer, erkennen würde, dann hätte er schnell abhauen können. Er hatte einfach keinen Mumm, den Schein selbst abzugeben und dachte statt an die Arbeit lieber an die vorbeigehenden Mädels. Er konnte gut rechnen, das hatte er schon häufiger bewiesen. Nur mit dem Geldausgeben war er recht zügellos, er zockte beim Glückspiel, warf in jeder Kneipe alle Münzen in den Daddelautomaten, wie er sie nannte. Einmal verspielte er 5000 Mark, gewann dann aber ein andermal in meinem Beisein 7000. Danach zitterte er den ganzen Abend und konnte kein Pernodglas mehr halten. Er hatte auch versucht mich in dieses, wie er sagte, bekannte und traditionelle Hamburger Kreditinstitut, welches an eines der besten Hotels der Welt angrenzte, einzuschleusen. Kumpel Larsi meinte, dass wir später dann als gelernte Bankkaufleute in der Welt herumkommen würden und Karriere machen. Das Bankhaus verfügte über Filialen in vielen latein- und südamerikanischen Ländern. Er meinte mal zu mir: »Etwas spanisch haben wir doch an unserer letzten Schule (dem Wirtschaftsgymnasium St. Pauli, welches für unsere anderen Unternehmungen strategisch bestens an der Reeperbahn in der Budapester Straße gelegen war) gelernt! Noch einen Crashkurs in Spanisch und Praxis im Ausland, wir sind doch sehr schlaue Jungs«, versuchte er mich zu überzeugen, »dann geht die Post ab!« Ich antwortete: »Ja, ja, WG St. Pauli, tolle Zeit damals, Unterricht geschwänzt und manchmal sogar frühmorgens ins Top-Ten, die legendäre Disco auf'm Kiez, wo man auch Neger-Kalle sah, der seine Visitenkarten mit der Aufschrift: >We take care of your business!< immer bei sich hatte.« Das waren noch Zeiten …

Ich strich aber nach dem Eignungstest, noch vor dem ersten Vorstellungsgespräch, die Segel. Ich bin kein Banktyp, ich werde nie im Vorstandsbüro mit einmaligem Alsterblick meine Bankkarriere mit 65 Jahren beenden. Jeden Tag mit dem besten Essen aus dem Vier Jahreszeiten versorgt, wie Azubi Reinke meinte. Seine Erfolgsgeschichte in der Deutsch-Südamerikanischen Bank endete dann mit der vermasselten Abschlussprüfung, zu der Zeit, als ich in Saloniki auf Fuzzi aufpasste und Steinberg neue Kohle ranschaffte.

Bevor wir uns an diesem feucht-fröhlichen Abend aufs Ohr hauten, gab es noch Anweisungen vom Big Boss: »Morgen um 12 Uhr ist Treffen.« Das wussten wir schon. Ja, ja um 12 Uhr an der Rezeption im Efes-Hotel treffen wir die Käufer. Man, hatten wir alle einen Schädel vom Saufen.

»Vorher machen wir den Wagen noch einmal sauber«, meinte Steinberg und sprach weiter: »Auf beiden Seiten auf Hochglanz polieren! Mein Goldstück! By the way, wie sieht der Motor noch mal aus?«

Die Interessenten, die ja schon Schlange standen, dachte ich mir und Fuzzi grinste mich an, er konnte wohl meine Gedanken lesen, die werden die Karre erst einmal sofort auf Herz und Nieren überprüfen wollen. »Der erste Eindruck, der zählt«, sagte uns der Boss belehrend. Das war seine Gute-Nacht-Predigt.

Die Nacht war kurz. Um 10:00 Uhr saßen wir im Auto. Die Bosse genossen die Aufmerksamkeit, die wir sogleich wieder mit der in der Morgensonne glänzenden Luxuslimousine erregten. Steinberg erwähnte noch beiläufig, wir sollten den Mercedes ab jetzt in der Öffentlichkeit Limousine nennen, das klingt vornehmer bei den Türken, die wir noch treffen sollten, die verstehen alle deutsch.«

»Wenn die das Wort ›Karre‹ oder ›die alte Kiste‹ hören, wäre das sehr negativ, das würde den Verkaufspreis nur mindern, handeln würden die Türken sowieso, wie auf'm Basar.« »Davon kannste ausgehen, die Alis hier unten schachern immer wie die Teufel«, entgegnete Reinke vom Beifahrersitz. »Das Wort ›Ali‹ vergisst du am besten sofort«, ermahnte ihn der Oberboss: »Da stehen die gar nicht drauf!«

Was sahen wir jetzt wieder elegant aus: alle mit Jackett und Krawatte. Das war Steinbergs Idee gewesen, Reinke und er hatten für uns noch ein paar schlechtsitzende Klamotten besorgt. Von mir aus. Seriöser sahen wir dadurch nicht wirklich aus, vor allem rochen wir nicht so, dachte ich. Unser Kap Hoornier hatte natürlich auch schon wieder 'ne Fahne, er hatte sich noch schnell zwei Efes reingezogen, war wahrscheinlich unbemerkt in unser neues Stammlokal geflitzt und hat anschreiben lassen, Unterhalter und Musiker können das häufig.

»Fuzzi, du frisst gleich noch ein paar Fischerman's Friends, die Mentholbonbons gegen schlechten Atem und Mundgeruch, damit du wieder normal riechst!«, herrschte Reinke ihn an. »Aye, aye, Sir«, lächelte dieser den Zweitboss an. Dann grinste er mich an. Er war guter Dinge, neugierig, was an diesem Tag in der Großstadt noch alles passieren würde.

Das erste Verkaufsgespräch.

Das elegante Efes-Hotel, laut Werbeprospekt eines der besten der Stadt, beeindruckte uns alle sehr. Uns, die nur in billigen Pensionen und Hotels hausten. »Männer, eben noch die Absteige in Kusadasi, jetzt in so einen Luxusschuppen eintreten«, meinte Reinke.

Steinberg hatte den 500er direkt am Haupteingang vorgefahren, wohl um die Interessenten schon mal zu beeindrucken.

»Fahr mal besser an die Seite«, meinte sein Stellvertreter, »das ist ja kein Neuwagen mehr!« Ach nee, dachte ich. Fuzzi schaute mit ungewohnt frischem Atem neugierig auf das Kommen und Gehen der Leute.

Nachdem wir doch etwas abseits, doch gut sichtbar geparkt hatten, stürmten wir in die Lobby. Wir waren pünktlich auf die Minute. Der Seemann musste aufs Klo. »Geh mit ihm«, befahl mir Steinberg.

»Diese Dösbaddels, die«, meinte Fuzzi beim Gehen. »Vornehme Bude, was?«, fuhr er fort, sichtlich froh, mit mir mal wieder allein zu sein.

Von der schicken Toilette ganz begeistert, meinte er dann: »Du, hier rasier ich mich nächstes Mal, das sach ich dir.« Ich lachte: »Und wenn die Jungs die Karre jetzt gleich verhämmern, wird daraus nichts. Schau'n wir mal, wie Kaiser Franz Beckenbauer seit 30 Jahren zu sagen pflegt.« »Und wie alt ist der Kaiser?«, grinste Fuzzi. »Man, wat wees ich.« Unten in dem großen Eingangsbereich angekommen, gingen wir zu den anderen. Dort warteten wir noch kurz, als zwei Männer auf uns zukamen: »Mercedes aus Hamburg?«, sprach der eine uns an. Sie blickten Steinberg an, der schon wieder sein Köfferchen ganz wichtig in der Hand hielt. Reinke stand einen Meter links neben ihnen. Fuzzi und ich gut zwei Meter hinter ihnen.

Steinberg nickte auf einmal freundlich lächelnd zu den beiden Türken hinüber und streckte ihnen die Hand hin: »Ja, guten Tag, ich bin Steinberg, das ist Reinke und das sind unsere Begleiter.« Er zeigte auf uns. Sie musterten uns kurz. Wie durchtrainierte und furchteinflößende Bodyguards sahen Fuzzi und ich nicht gerade aus.

»Können wir Auto sehen?«, fragte der größere und älter aussehende Typ. Wir gingen zusammen zum Mercedes. Reinke und vor allem der Oberboss waren sichtlich aufgeregt. Wir Hiwis nicht.

Cool bleiben, war jetzt die Devise. Das hatte Reinke uns auf der Fahrt nach Izmir noch eingebleut. Wir sollten nicht laut sprechen und lachen und Fuzzi auf keinen Fall laut rülpsen.

Die Männer schritten langsam um unser Goldstück herum.

Es wurde endlich spannend. Erst das Codewort ›Mercedes aus Hamburg‹ ganz geheimnisvoll vereinbart, wohl Steinbergs clevere Idee und bei James Bond abgeschaut, dann die Überprüfung, ob es sich tatsächlich um einen S-Klasse-500er handelt und nicht um einen alten verrosteten Eselskarren, einen alten Typ 123er- oder 124er-Mittelklasse-Mercedes, oder um den Vorgänger unseres Models, einen alten 116er aus den 70er Jahren.

»Alles klar!«, sagte der Türke, nachdem er ein zweites Mal um den Daimler schritt und kurz ins Wageninnere geblickt hatte: »Wir fahren Werkstatt und Büro, Sie uns bitte verfolgen!«

»Der sagt sogar bitte, gute Manieren«, grinste ich Fuzzi und Reinke leise an. »Jetzt werden die den Daimler erstmal auf Herz und Nieren prüfen«, meinte Reinke zum Oberboss, als wir hinter ihnen durch den Stadtverkehr der Millionenstadt fuhren. Ich steuerte den Achtzylinder. Die beiden Drahtzieher des ganzen Deals flüsterten wieder mal ganz geheimnisvoll über die Schulter hinweg. Verkaufstaktik der beiden Experten in Sachen Pkw-Verkauf.

»Schlaue Jungs, die beiden vor uns«, warf ich lächelnd dazwischen und nickte mit meinem Kopf nach vorne. »Wir sind schlauer!«, entgegnete mir Reinke trotzig. Fuzzis Grinsen, welches ich im Rückspiegel vernahm, schien das nicht zu bestätigen. Ich dachte genauso.

Wir fuhren in eine modern aussehende Werkstatt, in der auch andere Mercedesse zum Verkauf angeboten wurden. Man führte uns ins Büro und begrüßte uns. Steinberg deutete mir nach fünf Minuten, mit Fuzzi wieder zu gehen. Ok, ich bin nur der dumme Fahrer. Mein Kap Hoornier grinste mal wieder blöd in die Gegend. Ganz geheimnisvoll war die Situation jetzt, wie bei James Bond. Reinke ist Geheimagent 007, der einzige Agent ohne Führerschein im Gegensatz zum echten 007. Steinberg war 008, etwas schusseliger, aber auch gefährlich.

Ich hätte zu gerne gewusst, was unsere Jungs im Vorwege schon ausgeheckt hatten, immer nur diese vagen Andeutungen: Ja, ja, Fuzzi mit 'ner alten zahnlosen Türkin verheiraten ... er bringt die Karre in die Familie mit ein ... Oh, gut, dass ich Karre nur gedacht und nicht laut ausgesprochen habe auf Steinbergs ausdrücklichen Wunsch.

Fuzzi hielt seinen Eierkopp schief und grinste mich an. »Gibt's hier 'ne Kneipe? Ich hab Durst!« Ich knurrte, musste dann aber lachen bei dem Gedanken, dass er mit 'ner alten Zahnlosen verkuppelt werden sollte: »Mann, du hast vor drei Stunden dein letztes Bier gehabt!« »Nur ein Efes! Ich hab so'n Brand, Chef!«

Ich sagte ihm, dass die Bosse wohl jede Minute rauskommen könnten und wir dann alle wieder gemeinsam losfahren würden. Wenn die uns hier nicht mehr antreffen würden, wären sie sehr sauer. »Steinberg und Reinke sind schon richtig in Fahrt und riechen schon die ganz dicke Kohle«, dachte ich laut. »Was riechen die schon?«, fragte Fuzzi, »ich schnupper nur 'n Bier!« »Ach, die sind nur heiß auf die Mörderknete, wenn die die Kiste verticken.«

Ach, ich würde jetzt doch gerne wissen, ob die tatsächlich schon 'nen Batzen Scheine in der Hand halten und einen Kaufvertrag oder Ähnliches klargemacht hatten. Dann könnten wir heute Abend noch richtig einen draufmachen, feiern bis der Arzt kommt, saufen, die Puppen tanzen lassen, Reinke und Steinberg mit 'ner dicken Limo in den teuersten Puff der Stadt, Fuzzi und ich in irgendeiner Spelunke das Besteck laut klimpern lassen. Dann unseren Rausch in der besten Luxussuite im Efes-Hotel ausschlafen und im ersten Flieger Business-Class, standesgemäß wie in 'nem nagelneuen S-Klasse-500er, in die Heimat zurück.

Fuzzi hatte es sich, während ich so vor mich hin grübelte, inzwischen auf einem Karton gemütlich gemacht und war eingepennt.

Ja ja, die ganzen Strapazen der letzten Zeit raubten einem doch die Kräfte.

Plötzlich ging die Tür auf und die Dösbaddels winkten uns zu kommen. »Fuzzi, aufwachen«, sprach ich ihn an. »Aye, aye, Sir, wo sind wir?« »Komm!«

Ich ging voran, er trottete noch total verschlafen hinter mir her.

Reinke sprach: »Los, wir gehen in die Werkstatt, die wollen den Wagen durchchecken.« Fuzzi rieb sich die Äuglein: »Von mir aus«.

»Seid leise, die sprechen Deutsch«, flüsterte Reinke uns zu. Jetzt kommt's drauf an. Die Spannung war nicht mehr auszuhalten. Fuzzi grinste mich schon wieder, den Kopf schief, an. Er hatte sein Efes wohl vergessen. Mensch, ohne ihn wär der ganze Trip nur halb so lustig, wenn überhaupt.

Einer stieg dann in unseren Daimler, startete den Motor und gab ordentlich Gas, so dass ein mächtiges Brummen zu hören war.

»Achtzylinder, fünf Liter Hubraum«, meinte Reinke jetzt fachmännisch grinsend. Naja, dachte ich, hau nicht so auf die Pauke, das wissen die Leute hier besser als du Heini ohne Lappen.

Steinberg schaute mit offenem Mund, sein Kunstlederköfferchen, auch schon wieder wichtigtuerisch in der linken Hand, um die Leute geschäftsmäßig zu beeindrucken. So sah es zumindest aus.

Der Mechaniker am Steuer nahm kurz Gas weg und trat dann das Gaspedal wieder voll durch. Das Aggregat machte ein lautes und ohrenbetäubendes Geheul. Er nahm wieder Gas weg und ließ dann den Motor im Leerlauf weiter an, ein vertrautes Blubbern war zu hören. Deutsche Wertarbeit und das mit 200.000 auf der Uhr. Die Türken waren jetzt schon zu dritt, plus der im Auto.

Es wurde immer interessanter. Der Fahrer deutete jetzt, den Wagen auf die Hebebühne zu fahren und hochzubocken, um darunter zu schauen und alles von unten zu inspizieren. Unsere Bosse und ich dachten das Gleiche: Wie sieht's mit dem Ölverlust, dem Rost, den Bremsen und so weiter aus?

Jetzt kam die Stunde der Wahrheit, jetzt mussten die Jungs die Hose runterlassen. Wir ließen die Männer machen. Sie standen nun zu viert unter dem Wagen. Jetzt müsste die Hebebühne ihren Geist aufgeben, runterknallen und die Leute unter sich begraben, zerquetschen, dachten wir alle.

Ich blickte meine Kompagnons an, sie verfolgten wie ich jede Handbewegung sprachlos und mit offenem Mund. Die Schrauber drückten und pressten wie wild. Sie unterhielten sich natürlich in ihrer Landessprache. Unser Boss sprach dann zum Stellvertreter und mir, seinem Fahrer: »Nur ganz cool bleiben, das ist ein Top-Auto, ich sag's euch!« »Ja, ja«, sagte ich gleichzeitig mit Reinke in normaler Lautstärke. Fuzzi schaute uns an. Er dachte, wir hätten ihn gemeint. Ich grinste ihn an und erklärte ihm, dass der Boss nur Scheiße erzählt hatte. Er nickte zustimmend. Die Männer waren an der Hinterachse angekommen. Sie hatten alles kontrolliert. Einer zeigte noch auf den notdürftig reparierten Auspuff und alle anderen nickten. Der Daimler wurde heruntergelassen, man ging wieder zurück ins Büro. Fuzzi und ich, das Gesindel, blieben wieder draußen vor der Tür.

Auf einmal konnte ich ein Wort aufschnappen: »Tacho!«, sagte eine mir fremde Stimme. »Aha!«, sagte ich leise zu Fuzzi, »Die Alis sind doch nicht doof, die riechen den Braten mit dem getürkten Tacho.« »Hier ist alles getürkt«, meinte der Seemann ernst. Ich konnte mir das Lachen nicht verkneifen.

Keine fünf Minuten später ging die Bürotür wieder auf und unsere Jungs traten heraus. Reinke drehte sich noch zu dem Chef, dem einzigen Mann mit Jackett, um und sagte doof lächelnd: »Gruß an Sami!« »Ok«, sagte der Mann. Das war bestimmt eine geheime Botschaft an den Organisator des Geschäfts.

So so, ein Gruß an den lieben Sami, der diesen Deal eingefädelt hat.

Es ging zurück nach Kusadasi, die Strecke lud jetzt sehr zum Rasen ein. Unsere Bosse schauten entspannt und vergnügt aus dem Fenster.

Ich fuhr. Die holprige Fahrbahn hatte auf der Heimfahrt einen erholsamen und einschläfernden Einfluss auf mich.

Neugierig wie ich war, fragte ich die Herren, wie's gelaufen sei und ob der Handel schon in trockenen Tüchern sei und die Türken auch was gelöhnt hätten. Steinberg antwortete, sich verpennt die Augen reibend: »Man werde morgen früh telefonieren, die anderen müssten noch kalkulieren.«

»So, so, kalkulieren«, brummte ich genervt.

Meine drei Mitfahrer schnarchten dann laut bis in unsere neue Wahlheimat Kusadasi. Ich hatte meine Ruhe am Steuer und rauschte flott mit 130-140 Sachen, überholte manchmal vier, fünf Laster auf einmal und hatte einfach meine Freude an der ganzen Tour, die nun auch schon fast zwei Wochen dauerte. Urlaub mit viel Action, Sonne und Strand kann ja jeder Neckermann-Pauschaltourist haben, dachte ich verächtlich. Wir Halunken aber erleben jeden Tag was Neues. Kein Tag glich dem anderen. Die Idee mit dem Autoverkauf in der Türkei Mitte Mai bei 28 °C im Schatten hatte schon was. In Hamburg regnete es bei 15 °C. Nach'm Frischmachen in unserem Billighotel gingen wir erst einmal was essen. Fuzzi und ich waren vorher noch einmal in unserer Stammkneipe gewesen, hatten die Leute begrüßt und einen Drink aufs Haus ausgegeben bekommen. Er schnell zwei Raki und ich einen Mokka.

Das gemeinsame Mahl war ruhig heute. Steinberg machte einen entspannten Eindruck und sein Stellvertreter lachte auch mal und wurde langsam aber sicher schon etwas rattig, glotzte wieder dauernd allen Frauen hinterher, besonders die schönen Einheimischen hatten es ihm schwer angetan. Er stand im Augenblick, wie er mir zwischendurch mal sagte, nicht so sehr auf die ordinären, sonnenverbrannten und häufig angesoffenen und immer willigen Engländerinnen, die er ja jeden Abend abschleppen konnte. Nein die schicken und hübschen lokalen Schönheiten waren schon eine besondere Herausforderung für unseren Möchtegern-Casanova vom Kiez.

»Man, die Türken fanden den Benz richtig gut, konnte man gleich sehen«, meinte Steinberg dann wieder ganz in Gedanken an das große Geld versunken. Er war ein herrlicher Anblick, er streckte sich behaglich aus, ohne einen Blick auf sein Köfferchen verschwenden zu müssen. Er hielt sein Hotelzimmer für einen sicheren Ort und hatte ihn dort gelassen, unter dem Bett versteckt. Er gönnte sich heute Abend noch ein Efes, damit er ruhig einschlummern könnte. Währenddessen wurde schon das 10. Bier auf den Tisch gestellt. Wer hatte wieder so einen Durst? »Reinke trinkt nur Pernod-Cola, dieser Bierverächter und Kiffer«, lachte ich laut, »Ein Mann, der kein Bier mag …«

»Morgen nach dem Papierkram, der Preis wird schon stimmen«, lallte Steinberg nach seinem vierten Bier und rieb sich die Hände, »Das Leben ist schön und meint es gut mit mir!« Fuzzi blickte mich verblödet an, grinste breit und rülpste so laut, dass sich einige Leute umdrehten. »Hey Penner, halt's Maul«, brüllte der Oberboss mutig. Darauf stieß Reinke ihn an: »Mach dich mal locker, gut, dass wir ihn dabei haben und seinen Aufpasser Olli!« Es sprach es mit vorgehaltener Hand, doch konnte man alles hören.

Der Stellvertreter-Boss stand auf: »Ich muss jetzt mal nach dem Rechten sehen, die Mädels hier …« Er war weg.

Steinberg legte wieder mal ganz cool 'n Fuffi auf'n Tisch und freute sich, dass andere Gäste dumm guckten. Wir gingen zu unserer Bleibe zurück. Steinberg schaute noch einmal, ob sein Goldstück noch da war.

Der erste offizielle Arbeitstag, sagte er uns noch, war nun vorüber.

»Alles läuft wie am Schnürchen, morgen wird der Deal perfekt gemacht.« Ich hörte gar nicht mehr hin.

Irgendwann nachts kam Reinke putzmunter ins Zimmer gelatscht. Ich hatte die Tür extra aufgelassen, in der Annahme, dass ihn keine Prinzessin heute Nacht bei sich haben wollte. »War lustig«, meinte er stolz grinsend, »hättest auch deinen Spaß gehabt.« »Ja, ja«, antwortete ich, »bin nächstes Mal dabei, denn für Steinberg ist der Handel schon in trockenen Tüchern. Er träumt jetzt bestimmt von dem ganzen Zaster. Dann geht's ja bald nach Hause, wie langweilig.«

»Egal«, sagte er dann frech, »Hauptsache Sonne, Weiber und Fun, Olli.« Ich antwortete: »Das müsste der Chef jetzt mal hören!« »Ach, scheiß drauf, morgen ist die Karre weg und er schwimmt im Geld. Reinke war ordentlich zugekifft. Steinberg ist doch der Größte.« Ich gähnte laut: »Halt's Maul und penn jetzt! Die Nacht ist kurz!«

Um acht Uhr am nächsten Morgen, mein Zimmergenosse laberte im Schlaf noch von irgendeiner Alten, war die Nacht vorbei.

Der Stellvertreter musste beim Oberboss zum Rapport antreten. »Hahaha«, grinste ich noch ganz verpennt, »Vielleicht bekommt er jetzt 'nen Anschiss von Steinberg.« Aber nein, es wurde wieder geheimnisvoll getuschelt. Ich konnte es durch die Zimmertür, die noch halb offen war, hören. Dann sah ich sie verschwinden. Steinberg hatte eine Telefonkarte in der Hand.

Zur Überraschung kam Fuzzi auf einmal mit 'nem Glas Wasser in der Hand zu mir ins Zimmer. »Nanu, Seemann, noch kein Bier gehabt?«»Nee, die Klabautermänner haben keins unten!«»Alter, du musst ja 'nen Brand haben, wenn du schon Wasser schluckst.« Fuzzi darauf lachend: »He, da ist auch schon Raki drin, haha!« Wir gingen frühstücken.

Kurz darauf kamen die Bosse zu uns. Steinberg meinte: »Hey, ihr beiden, beeilt euch, wir hauen in 10 Minuten ab!« Es wurde wieder spannend, neuer Tag, neues Glück. Ich schnappte mir noch schnell ein Fladenbrot, man wusste ja nie.

Unser Finanzier fuhr den Daimler selbst. Erst rollten wir vorsichtig an den auf dem Boden ausgelegten falschen Lacostehemden der Straßenhändler vorbei, doch dann gab Steinberg oben auf der Hauptstraße ordentlich Gummi. Ihm machte sein Stuttgarter Meisterstück, wie er den Mercedes am Vorabend nach dem fünften Bier genannt hatte, jetzt sichtlich Freude. Bei Meisterstück musste ich an die teuren Füller mit dem weißen Stern denken, nicht jedoch an einen alten, fast durchgebrochenen, goldfarbigen Kuli aus Stuttgart.

Wir übrigen Insassen waren höchst angespannt, wenn wir viel zu schnell an anderen Fahrzeugen vorbeischossen. Überholen war nicht sein Ding. Selbst unser sturmerprobter Kap Hoornier saß, wenn er gerade wach war, bei jedem Ausscheren senkrecht auf'm Sitz und hielt sich wie wir anderen krampfhaft an den Haltegriffen über unseren Köpfen fest. Fuzzis bisher so kuschelig-versiffte Sitzecke hinten rechts war nun von den leeren Bier- und Rakiflaschen und dem sonstigen Müll der letzten Zeit befreit und wieder begehbar.

Steinberg prügelte den 500er per Kickdown bis zum geht-nicht-mehr hoch. Er kitzelte jede der fast 250 Pferdestärken aus der alten Achtzylindermaschine, die uns in die Sitze pressten, und ging dann wieder so abrupt in die Eisen, dass einem der Mageninhalt wieder den Hals hochkam. Einmal beobachtete ich unseren abgebrühten Seemann, den Mann ohne Nerven, dabei, wie er sich nach einem Beinahefrontalzusammenstoß bekreuzigte. Wir hatten bei einem von vielen waghalsigen Überholmanövern doch noch in letzter Sekunde eine Lücke zwischen zwei Lkws gefunden, in die wir schnell hineinhuschten, was ein ohrenbetäubendes Gehupe zur Folge hatte. Schweißgebadet mit roten Köpfen atmeten wir langsam aus, der Puls raste noch, die Adrenalinstöße hämmerten noch schubweise. Stress pur!

Als sich unsere Herzschläge wieder normalisiert hatten, fragte ich die Jungs vorne neugierig, was nun in Izmir wieder auf dem Programm stände, was geplant war. Steinberg antworte kurz und knapp: »Wir sind auf`m Weg in's Efes Hotel und sehen dann weiter!« Reinke ergänzte: »Wir treffen den alten Türken von gestern wieder!« »Ok!« Wieder wurde der Daimler an prominenter Stelle geparkt. Fuzzi hatte dann beim Aussteigen übermütig grinsend, die Kopfstütze des Beifahrersitzes mit Schwung aus der Rückenlehne herausgerissen und auf den Boden geschmissen, was ihm einen ordentlichen Tadel von Steinberg, der nun wieder sichtlich angespannt war, einbrachte. Jetzt, am zweiten Tag erschien uns allen dieses Luxushotel schon etwas vertraut. Die Lobby, die Rezeption und das sehr freundliche Personal, von dem uns wieder einige verstohlen anblickten. Wegen unseres bandenmäßigen Auftretens? Die zwei ernst dreinblickenden Herren, Steinberg wieder mit Köfferchen und Reinke auch arrogant und überheblich schauend. Dann Fuzzi, gelangweilt in die Gegend glotzend, da es weder ein Bier noch was zum Klimpern gab. Und ich als sein Aufpasser. Es dauerte länger als am Vortag bis der Mann, den wir schon kannten, diesmal allein auftauchte. Er sagte nur kurz: »Der Chef muss noch arbeiten am Preis!« Fuzzi und ich spitzten die Ohren. Vielleicht wird jetzt mal ein Kaufpreis oder ein Gebot genannt. Aber keine Summe wurde erwähnt, weder von dem Ali noch von unseren Jungs. Toll!

Fünf Minuten später saßen wir im Auto und waren auf dem Weg in unsere neue Wahlheimat Kusadasi. Steinberg fuhr auch diesmal wieder, aber viel entspannter und langsamer. Das Abendessen fiel deutlich ruhiger aus als am letzten Abend. Unser Oberboss und auch Reinke sprachen kaum ein Wort, man merkte ihnen die Enttäuschung sehr an. Es mussten auch nur sechs Efes bezahlt werden, einer von uns drei Biertrinkern musste abstinent gewesen sein. Reinke schwor auf Cola, zur Not auch zum Frühstück, wie bereits erwähnt mit zwei Snickers. Ungesund, aber viel Energie! Als Steinberg Reinke dann beim Verlassen unseres Stammlokals, zornig blickend, laut ermahnte: »Und heute Abend keine Weiber!« fielen wir alle in schallendes Gelächter ein, dem sich Steinberg zum Schluss schließlich wenn auch erst etwas zaghaft wie es seine Art war, anschloss.

Arbeitstag drei: Fuzzi, Reinke und ich saßen beim Frühstück und warteten wieder auf Steinbergs hektisches Kommando zum Aufbruch. Wohin, das war klar, nach Izmir ins beste Hotel am Platz, wie wir mittlerweile vom Hotel Efes gehört hatten. Fuzzi fand's blöd, ein Hotel mit 'nem Biernamen, wo es kein Bier gab. Wir kannten ja auch nur die Lobby mit Rezeption und den Herrenlokus.

Steinberg erschien, seine Telefonkarte in der rechten Hand schwenkend, und bat Reinke, kurz mit ihm zu kommen. Fuzzi und ich konnten erst einmal durchatmen und genussvoll weiter frühstücken. Es war schon bemerkenswert, wie unser alter Spritti sich langsam wieder an feste Nahrung gewöhnte. Er griff ordentlich nach Fladenbrot und Kaffee, fürs erste kein Wort von Bierdurst. Reinke kam zurück und setzte sich an unseren Tisch: »Wir bleiben heute erstmal hier vor Ort. Ich muss mit Steinberg noch organisatorische Dinge klären, damit es endlich weiter geht!« »Um welche wichtigen Dinge geht's denn?«, fragte ich neugierig. Fuzzi spielte derweilen mit 'ner kleinen Katze. Reinke erwiderte: »Kann ich dir im Detail noch nicht sagen, er will es so. Es geht um irgendwelche gesetzlichen Formalitäten«, sagte er nun, den Kopf etwas gesenkt, im Flüsterton und deutete mit seinem rechten Daumen auf unseren Seemann. »Aha, nur um Formalitäten, um den Kaufpreis geht's nicht. Hat der Türke unserem Boss denn schon einen guten Preis gemacht?« Reinke wusste es nicht. Steinberg erschien: »Wir bleiben heute hier. Ich mache gerade einen Termin für heute Abend.« Reinke grinste mich und auch Fuzzi überrascht an und lächelte dann den Oberboss dumm an. Der sprach weiter: »Wir treffen uns in einer Stunde wieder hier, bis dahin habe ich alles organisiert!« Und weg war er. Eine Stunde war nicht mal genug Zeit, um zur Promenade zu gehen und etwas Luft zu schnappen. Wir bestellten noch drei Mokkas und einen Raki und gingen dann zu dritt Richtung Kalawanserei. Die Gegend gefiel uns. Hier war was los und auch mal etwas schickere Leute, nicht nur die ganzen Fakesläden mit ihren nachgemachten Luxusklamotten. Die Kalawanserei ist ein sehr altes und beeindruckendes Gebäude, ein geschichtsträchtiges Gemäuer. Apropos Geschichte und Kultur: Wir schafften es auf der ganzen Reise nicht einmal, dem antiken Ephesus einen Besuch abzustatten. Insgesamt sind wir bestimmt 20 Mal an diesem antiken Bauwunder vorbeigerauscht. Immer nur das Kommando: Nach Izmir oder nach Kusadasi. Nicht einmal hatten wir Zeit und Muße gefunden, uns das alte Amphitheater und die einmalige Quelle der Jesus-Mutter Maria anzuschauen und uns so ein wenig weiterzubilden. Eine Studienreise war unsere Tour schon, aber es ging bei unserer Reise nicht so sehr um Altertümer und Geschichte, sondern nur um den Verbleib einer alten goldenen und nicht besonders wertvollen Karre. Wir waren ja junge, Fuzzi war junggeblieben, und dynamische Kerle, Steinberg war schon zu dynamisch, und hielten uns für erfolgreiche Typen. Reinke voran mit Steinwegs Kohle im Schlepptau. Es ging dann doch wie vorausgesagt wieder wohin? Natürlich nach Izmir. Nun zum dritten Mal. Diesmal allerdings direkt ins Büro zu dem Boss unserer bekannten Mechaniker. Ich verstand. Der Kontakt war über Reinkes tollen Freund und Geschäftspartner Sami zustande gekommen. Der war vom gleichen Kaliber wie sein Landsmann. Der Typ grinste breit, roch tierisch nach frischem Knoblauch und stand da. Breitbeinig, 1,60 m groß, in wichtiger Politikerpose mit 'ner Kippe in der Hand. Er meinte zu uns, die geschäftsmäßige Geheimnistuerei vor Fuzzi und mir fahrlässig oder auch ganz bewusst außer Acht lassend: »14.900 Deutschmark bar, hier und jetzt!« Er schnippte Asche von seiner Zigarette. »Alles klar, die Herren?«, Steinberg machte mit hochrotem Kopf Reinke an: »Was soll das heißen, Reinke?« Der befreite sich von ihm und wandte sich mit versteinerter Miene an den Türken: »Das sollte wohl 'n Witz sein, aber ein ganz doofer?« Er blickte dann auch hilflos mich an, mich den Autofachmann, als den er mich ja bei Steinberg vorgestellt hatte. Sein Blick verriet: Olli tu was! Der Ali ergriff wieder das Wort: »Mein Preis, Mercedes nicht mehr als 14.900 ... ok, letztes Angebot: 15.000 Mark! Auto alt und ganz viele Kilometer, Tacho ist falsch!« Unsere beiden Bosse waren blass und perplex. Fuzzi glotzte derweil nach irgendetwas Trinkbarem, seine Augen wanderten hin und her. Doch kein Sprit weit und breit, nichts Flüssiges, was lustig macht und er so die Runde aufheitern könnte. Ihn ließ die ganze Nummer diesmal völlig kalt, er verstand sie sowieso nicht richtig. Die Situation war aussichtslos, mit dem war nicht zu schachern, das leuchtete unseren Jungs dann ein. Steinberg brüllte dann laut, fast cholerisch: »Alle Mann, raus hier aus der Bude!« Den Entschluss hatte er gefällt, nachdem er Reinkes Schulterzucken, welches mir auch nicht verborgen geblieben war, vernommen hatte. Als wir dann draußen vor unserem 500er standen, schrie er hysterisch mit bebender Stimme: »Dein Scheiß-Sami! Du Arschloch, hast mich die ganze Zeit hingehalten und verarscht!« Er zitterte vor Zorn. »Meine ganze Kohle, die ich in dieses Geschäft investiert habe, was soll das, Reinke, was soll das?« Reinke blickte mich und Fuzzi hilflos an, was er nur sehr selten tat. Dann gewann er die Fassung zurück: »Diese Scheißtypen wollten doch nur zocken!« »Hahaha, nur zocken!«, wiederholte Steinberg und schwieg von da an. Auf der Rückfahrt nach Kusadasi herrschte eisiges Schweigen. Ich fuhr, weil Steinberg noch in Rage und es in dieser Situation einfach zu gefährlich war, ihn ans Lenkrad zu lassen. Er hatte mir kommentarlos den Schlüssel gegeben und sich zu Fuzzi nach hinten gesetzt. Jeder schaute aus seinem Fenster in eine andere Richtung. Fuzzi pennte diesmal auch nicht, obwohl er bei meinem Fahrstil gerne die Äuglein zumachte. Er kratzte den Dreck unter seinen Fingernägeln hervor. Steinberg kaute nervös, ganz in Gedanken versunken, auf seinen Nägeln herum. Ich beobachtete ihn die ganze Zeit im Rückspiegel. Reinke hatte seinen Kopf ans Fenster gelehnt und kratzte sich im Schritt. Nach 'ner guten halben Stunde blickte er mich verstohlen aus den Augenwinkeln an. Er suchte meinen Blick, grinste kaum merkbar und schwieg. Der Fünf-Liter-Achtzylinder schnurrte kraftvoll und gleichmäßig vor sich hin. Die bekannte Landschaft raste draußen vorbei. Ein beruhigender Anblick nach der Enttäuschung. Doch es sollte noch schlimmer kommen: Denn kurz bevor wir in unserem Touriort wieder ankamen, wir fuhren gerade die Hauptstraße runter Richtung Zentrum und Hafen, wurde ein komisches, neues Geräusch hörbar. Das sonore Brummen des Motors und das Säuseln des Fahrtwindes wurden durch ein jähes helles Kreischen unterbrochen. Wir fuhren alle erschrocken hoch. Es machte heftig »rumms« im Fond des Wagens. Steinberg hatte sich den Kopf heftig am Dachpfosten gestoßen und fluchte leise mit schmerzverzerrtem Gesicht. Reinke nutzte die Gelegenheit zu einem kurzen schadenfrohen Grinsen, was aber sofort wieder von seinen Lippen verschwand. Er hielt inne: »Scheiße, was war das?« Es kreischte draußen weiter. »Was ist das? Mach keinen Ärger, bloß jetzt nicht noch das Getriebe …« »Scheißtag!«, war von Steinberg leise zu vernehmen. Ich hatte ein bisschen Mitleid mit ihm. Ich fuhr ganz behutsam und so langsam, so dass die Leute sich fragten, ob wir etwas oder jemanden suchten. Die fliegenden Händler mit ihren in Folie verpackten und auf dem Boden liegenden T-Shirts blickten in Erwartung eines kleinen Geschäftes auf. Sie kamen immer wieder an die Autofenster. Ich fuhr Slalom um die angepriesene Ware und lauschte auf jedes Geräusch. Das Radio war aus. Es war ein helles metallisches Kratzen vernehmbar, leise, weil wir langsam fuhren. Kurz bevor wir an unserer Herberge ankamen, hörte es dann auf … Der Oberboss war mit seinen Nerven am Ende und verschwand sofort wortlos in sein Zimmer. »So 'ne Scheiße!«, fluchte Reinke beim anschließendem kurzen Imbiss, »Wenn jetzt auch noch wieder das Getriebe seinen Geist aufgibt, dann gute Nacht, dann hängen wir hier noch länger rum.« »Na und?«, meinte ich lakonisch, ihn und unseren, laut Kfz-Papieren Autoinhaber von der Reeperbahn, anblickend. »Lenk dich doch ab von diesem Schlamassel.« Reinke sprach resigniert weiter: »So 'ne Scheiße …« »Du wiederholst Dich, Alter!«, unterbrach ich ihn. »Echt, wollen uns diese bescheuerten Kanak…« »Das sagt man nicht!« »Wollen uns diese Affen nur 15 Mille geben. Sami trete ich in'n Arsch, wenn ich ihn wiedersehe!« Ich lachte: »Und für die Lederjacken vom letzten Jahr auch noch 'nen ordentlichen Tritt von mir!« Reinke sprach monoton weiter: »Was der für 'ne Scheiße erzählt hat, auch wegen der Steuer!« Es wurde spannend: »Welcher Steuer?« »Der Luxussteuer …« Er hielt inne: » Ach, egal, der ganze Job besteht darin, ich soll's dir eigentlich nicht sagen, unseren Mitfahrer Fuzzi (er war gerade auf'm Klo) hier zu verheiraten.« »Mann, das weiß ich doch!« »Ja, aber das Gesetz, dass du die Karre …« »Das darfst du doch nicht sagen!«, sagte ich kumpelhaft lachend. »Ach, leck mich mal!«, grinste er, aber sich schnell umschauend, ob der Oberboss nicht gerade zufällig neben uns stand. »Das Gesetz«, wiederholte er, »dass wir vom Finanzamt hier, wie Sami sagte, einen Großteil der zu bezahlenden Luxussteuer bei der offiziellen Einfuhr und Anmeldung des Daimlers erstattet bekommen würden. Die Luxussteuer auf Pkws dieser Art ist astronomisch hoch, ein paar Hundert Prozent werden an Zoll und Steuern aufgeschlagen. Deshalb kostet unser 500er hier neu 500.000 Mark.« »Na ja, so ganz taufrisch ist unser vergoldetes Schmuckstück ja auch nicht mehr! Die ganze Nummer wird ja immer abenteuerlicher! Gesetz, Luxussteuer, Penner mit Türkin verheiraten. Ich tat naiv. Jetzt war der große Erklärer und Verkaufsstratege Reinke gefordert. Schade, was wär ich gerne bei dem Deal in Bremen dabei gewesen, als Reinke den Mercedes erbeutete. Da Fuzzi immer noch nicht zurück war und sich ja mittlerweile in seinem Revier auch schon ganz gut auskannte, hatte ich auch keine Angst, dass er verschütt gehen würde. Sicher hatte er schon ein Bier vor sich stehen, Besteck in der Hand und belustigte irgendwo die Leute. So hatte ich Zeit, Reinke weiter auszufragen und zu piesacken. »Fuzzi bringt die Karre ordnungsgemäß als Ehemann mit in die neue Familie«, unterbrach er mich barsch. So kannte ich ihn nur bei Stress in Gegenwart Steinbergs. »Schönes Hochzeitsgeschenk und wenn auch nur vergoldet, hahaha! Hoffentlich kann seine zahnlose Ehefrau, die Sami, der Arsch, unser Supergeschäftsmann irgendwo aufgetakelt hatte, Auto fahren. Ja, aber, dass Steinberg dann das hier in der Türkei angemeldete und somit versteuerte Auto mit deiner fachmännischen Hilfe hier verticken wollte? Der türkische Mercedes, der neu angeblich 500 Mille hier kostet, soll dann hier umgerechnet 100-150 Tausend Mark bringen.« »Oder sogar 200 Mille, hahaha, ich fass mich an Kopf!« Reinke sprach ernst weiter: »Jetzt haben die Finanzbehörden hier das Gesetz gekippt, man kriegt die Luxussteuer bei Eheschließung nicht automatisch wieder.« »Wann haben die das komische Gesetz geändert?« »Im Februar«, flüsterte er. »Vor drei Monaten also schon. Mann, hast du das nicht gewusst oder hast du's Steinberg einfach verschwiegen? Hey, Reinke, die ganze Geschichte, die Idee ist so geil, da muss man, wenn der Deal doch noch klappt, ein Buch drüber schreiben. Wenn die Behörden pennen und das neue Gesetz noch nicht anwenden, hahaha, bekommt ihr unseren tollen 500er bestimmt noch für richtig viel Zaster los!«

Wir schnappten uns Fuzzi in unserem Stammlokal. Er hielt ein Efes in der Hand und grinste. Wenn der gewusst hätte, dachte ich. Ach, scheißegal. Ich brauchte nun auch 'n Bier. Reinke orderte 'ne Cola und linste zu zwei Mädels am Nachbartisch rüber. Das Bier tat gut. Fuzzi prostete mir zu. Dann drehte Reinke sich wieder zu mir um: »Das Getriebe ist im Arsch! Morgen geht's nach Izmir in 'ne Werkstatt, keine Alternative! Und dann gleich direkt zur richtigen Mercedes-Benz-Werkstatt, nicht wieder zu so einem billigen Hinterhofschrauber in irgendeine schäbige Garage!« Er verschwand zu Steinberg, der in seinem Zimmer war, klärte ihn über sein Vorhaben auf und überzeugte ihn. Beide kamen dann nach 'ner halben Stunde zu uns zurück. Ich lag auf der Lauer und sah sie schon von Weitem antraben. Ich brüllte zu meinem Kap Hoornier: »Fuzzi, pack die Löffel hin, die Dösbaddels kommen!« Ich hörte nur Geschepper und ein »Aye, aye, Sir«. Ein paar Touris klatschten spontan etwas Beifall: »Zugabe, go on!« Sie dachten, er gehörte wohl zu dem Lokal, zur Unterhaltung der Gäste. Es fielen sogar ein paar Münzen auf die Tische, die der Kellner sofort einsackte, damit Fuzzi wenigstens einige Freibiere abstotterte. »Einmal noch nach Bombay«, das kannten dann auch alle rauf und runter. Steinberg kam gleich zur Sache: »Für heute bleibt der Daimler hier. Morgen früh geht's nach Izmir direkt ›zum Daimler‹«, wie er weltmännisch auf schwäbisch sagte. Fuzzi war entzückt, nach den ganzen Bieren und Klimpern: »Nach Izmir-übel, da waren wir schon lange nicht mehr, zum Daimler in 'ne Kneipe, haha wie lustig!« »Halt's Maul, nicht in'ne Kneipe, sondern direkt zu Mercedes in die Werkstatt, verstanden?« »Ok, ok, Chef!«, sprach Fuzzi nun kleinlaut, musste dann aber laut rülpsen. »Schwein!«, brüllte Steinberg. Steinberg ging angewidert weg von uns. »Fuzzi, wenn der Wagen morgen in der Werkstatt ist, gehen wir beide mal wieder in eine richtige Großstadtkneipe!«, sprach ich zu unserem Jung vom Kiez. »Der Vize kann nachde Weiber glotzen und du lernst mal neue Saufkumpane kennen und spielst denen mal Bombay vor. Hier kennste ja schon deine Pappenheimer! In ein bis zwei Tagen ist der Mercedes wieder ganz heil, wir sind morgen ja bei den richtigen Mercedesschraubern. Das sind Profis, nicht so wie die Holzköppe bei den Griechen. Die haben 'ne ganze Woche gebraucht, die Banausen!« »Und du, Olli, hast Sackratten …« »Hör auf, Fuzzi, erinner' mich nicht an das Scheißgejucke! Mann, Fuzzi, wat mut dat Scheißjetriebe auch ganz in' Arsch gehen? Macht die Karre heil und dann endlich weg damit. Steinberg braucht bestimmt langsam Kohle …« Reinke kam zu mir: »So, Olli, Steinberg hat schon wieder neue Kontakte geknüpft«, sagte er. »Aber hoffentlich nicht über Sami, den Affen!« Dann gingen wir drei los Richtung Kalavanserei und wollten uns von dem 500er ablenken und was erleben. Mal raus aus unserem Stammlokal. Reinke war schon wieder ganz fickerig. Er glotzte wieder jedem Rock hinterher. »Steinberg will uns erst um 9.00 Uhr zum Frühstück wiedersehen«, meinte er dann grinsend. Wir waren dann schon an der Promenade angekommen und bogen dann nach links Richtung Vogelinsel ab. »Da gibt's bestimmt was zum Vögeln«, meinte er lustig und zeigte auf ein Hinweisschild zur Insel. »Hahaha, witzig!«, Fuzzi grinste nur und rülpste mal wieder so laut er konnte. Einige Leute, die uns entgegen kamen, lachten laut, grüßten und zeigten auf Fuzzi und dann auf uns große Jungs. Einen hörten wir lachend zu seinen Kumpels sagen: »Mensch, den kennen wir, den Hafensänger mit dem Klapperbesteck!« Langsam wurde es uns hier in Kusadasi heimelig, wenn nur Steinberg mit dem Daimler nicht gewesen wäre, dachte ich schon etwas wehmütig. Auf der Vogelinsel stand ein altes Gemäuer, eine alte Festung mit atemberaubenden Blick über die Bucht. Wir waren begeistert trotz des für unseren alten Seebären ungewohnt anstrengenden Aufstiegs. Reinke schnaufte auch und schaute sich schon nach einem Lokal um. Es latschten schon etliche Touris hier umher. Wir waren schließlich ja auf geschäftlicher Mission unterwegs und unterschieden uns deshalb von diesem Pöbel, wie Steinberg einmal meinte. Arroganter Affe, dachte ich. Er war der Chef mit der Kohle für unsere Geschäftsreise und der bestimmte, wo es lang ging. Mal seh'n, was die Reparatur des Getriebes wieder kostet. Wenn die echte Eigentümerin des Mercedes, der Reinke ja die Karre abgeluchst hatte, wüsste, was noch alles in ihre alte Karre reingesteckt wurde, hätte die sich wohl 'nen Ast gelacht. Der Wirt unserer Stammkneipe freute sich dann auch noch über unseren kurzen Besuch. Um 23:00 Uhr wurde geschlafen. Mein Mitbewohner war auch zu fertig für'n »Girl«, wie er mir anvertraute, außerdem hatte er bestimmt Schiss vor dem Gebrüll des Oberbosses beim Frühstück. Und unser Fuzzi war, welch Wunder, an diesem Abend nach dem dritten Raki auch schon platt. Der lange Tag und der Frust am Morgen gingen an uns allen nicht spurlos vorbei. 10:30 saß die ganze Mannschaft wieder im Daimler. Alle waren ausgeschlafen, hatten mit großem Hunger gefrühstückt und waren gut drauf. Die Sonne schien und die Vögel zwitscherten. Alles war friedlich. Auch das laute morgendliche Gebet vom Muezzin hatte uns endlich mal nicht aus den Träumen gerissen, so fertig waren wir noch vom Vortag gewesen. Natürlich waren wir alle sehr gespannt, ob uns unser 500er noch sanft und ohne Murren in die Werkstatt schaukeln würde. Unsere schwere S-Klasse kratzte beim Beschleunigen und Hochschalten der Gänge immer stärker. Steinberg bemühte sich deshalb, so gleichmäßig wie möglich zu fahren, damit die Gänge nicht noch zusätzlich hoch- und runterschalten mussten, was sofort mit fürchterlichem Kratzen quittiert wurde. Dies fiel ihm sichtlich schwer. Er schwitzte und starrte mit offenem Mund und weit aufgerissenen Augen nach vorne auf die Straße. Kerzengrade wie ein Kutscher auf seinem Bock saß unser Oberboss verkrampft da. Diesen Fahrstil kannte er noch nicht. Aber die Angst ums Getriebe, die Kosten und die ganze Verzögerung nahmen ihm die Kraft zum Heizen. Kickdown war passé! »Hauptsache wir schaffen's noch zur Werkstatt«, meinte Reinke auf einmal. Er witterte seine Chance, auch noch mal ans Lenkrad zu dürfen. »Vor drei Wochen bei den Jugos auf'm Autoput bin ich doch auch am gleichmäßigsten, mit dem ruhigsten Fuß von uns allen gefahren.« Was würde er wohl dafür geben, den Daimler noch einmal fahren zu dürfen? Fuzzi hielt den Kopf schief und grinste schief: »Und dann liegen wir wieder alle im Graben!« Kein böser Kommentar oder 'ne Ermahnung folgten. Allen steckte die tolle Nacht- und Nebelaktion, der Unfall, noch zu tief in den Knochen. Fuzzi grinste mich auf der Rückbank an. Er hielt die Hand auf seinen roten sonnenverbrannten Kopf und blickte dann auf den Wagenboden und schüttelte seinen Kopf und dachte womöglich mal nicht ans Saufen. Wir waren dann schon auf der Stadtautobahn Richtung Zentrum unterwegs. Überall Hinweisschilder auf Kfz-Reparaturwerkstätten, die gab's in Izmir zuhauf. Reinke fragte fünfmal vergeblich nach unserem Ziel. Wir fuhren dann, es war meine spontane Idee gewesen, zum Efes-Hotel, um nach dem Weg zur Mercedes-Benz-Niederlassung zu fragen. Die mussten es wissen. Deren Kundschaft fuhr mehrheitlich Autos mit dem Stern. Uns konnte schnell geholfen werden. Als wir dann bei der Mercedes-Werkstatt ankamen, nahm sich sofort der Werkstattleiter, ein stämmiger, mittfünfziger Saarländer, uns unserer an. So 'ne bunte Truppe, wie wir es waren, fiel mal wieder gleich auf. So verwegen wie wir Vierer-Bande ausschauten, waren wir vier Hamburger Jungs doch auch mal gelungene Abwechslung zur sonst tristen und wohlhabenden Klientel. Unsere Vermutung bestätigte sich kurze Zeit später. Herr Meyer, so hieß der Mann, erklärte kurz und knapp, dass das Getriebe total im Eimer ist. Es musste ein neues, ein sogenanntes AT-Getriebe, ein Austauschgetriebe eingebaut werden. »Wird ein Getriebe ausgetauscht?«, stotterte Steinberg. »Nein, Herr Steinberg, es wird ein neues eingebaut.« sprach Herr Meyer. »Ein neues, was kostet das … denn?«, stotterte unser Oberboss schockiert weiter. Es war ein jämmerlicher Anblick, wie er das so sagte. »6.000 Mark ungefähr«, antwortete Herr Meyer. Steinberg war fassungslos und wandte sich an Reinke: »Das kann doch nicht wahr sein, Lars?« Fuzzi und ich spitzten die Ohren. Wir fanden es spannend. Die Bosse machten sich vor Herrn Meyer und uns ins Hemd. So kannte unser Lars Reinke seinen Boss und Zampano auch noch nicht. Er versuchte, unseren Geldgeber zu beruhigen: »Michael, der Wagen wird durch das neue Getriebe wertvoller. Es steigert immer den Wert eines Gebrauchtwagens und ist daher auch gut angelegt, eine Wertsteigerung. Nicht wie Aktien«, oh, jetzt sprach der

Bankkaufmann persönlich, »Aktien können schnell in den Keller gehen. Hier ist jeder Pfennig gut investiert, stimmt's, Herr Meyer?« »Auf jeden Fall, Herr ... äh?« »Reinke«, sagte Lars freundlich. Reinke nahm Steinberg beiseite: »Das holen wir locker wieder rein!« Ich senkte meinen Kopf und suchte Fuzzis Blick. Dieser stand stramm mit erhobenen Augenbrauen da und wartete gespannt auf Steinbergs Reaktion. Er wunderte sich über nichts mehr. »Großes Kino, die ganze Reise«, hatte er mir vor ein paar Tagen mal geflüstert, als er sich einmal kurz über die Jungs ärgerte. Mir fiel es nun wieder ein. Steinberg sprach dann wieder gefasst: »Geht es nicht günstiger, können wir Ihnen irgendwie helfen und dadurch den Betrag senken?« Er bat uns, ihm in sein Büro zu folgen und Platz zu nehmen. »Die einzige Möglichkeit, die ich sehe, wäre die, wenn einer von ihnen die benötigten Ersatzteile in Istanbul direkt bei Otomarsan, unserem Lizenzhersteller abholt und schnell hierherbringt. Das würde uns helfen, sagen wir mal, den Preis zu drücken! Das wäre das Beste und die einzige Möglichkeit, am Gesamtpreis was zu machen!« Reinke lächelte uns hoffnungsvoll an: »Na, also, es gibt doch für alles eine Lösung.« Steinberg war nun durch die Worte von Herrn Meyer etwas beruhigt worden und sprach: »So machen wir's, Herr Meyer! Wir holen die Sachen ab!« Der bullige Saarländer antwortete darauf: »Ich würde die Teile dann sofort bei den Kollegen in Istanbul bestellen. Otomarsan vertreibt alle Mercedes-Teile in der Türkei, mit Garantie selbstverständlich. Ich würde Ihnen gleich eine detaillierte Teileliste mitgeben, die bei der Abholung kurz auf Vollständigkeit kontrolliert werden sollte. Man weiß ja nie.«, fügte er dann lachend hinzu, »So ein Automatikgetriebe besteht aus ganz vielen kleinen Teilen.« Er war sich seines Reparaturauftrags schon sicher. Reinke sprach darauf: »Es bleibt uns wohl nichts anderes übrig. Sonst müssten wir doch wieder zu so 'nem Hinterhofbastler gehen und ob der es für die Hälfte macht? Und wir kriegen dann keine Garantie auf die Teile und die Arbeit.« »Ok«, sagte Steinberg: »Wo muss ich unterschreiben?« Herr Meyer bat dann noch um die Fahrzeugpapiere, wegen der Typnummern. »Die müsste er doch als Mercedes-Spezialist im Kopf haben. Die schrauben doch keine anderen Autos«, meinte Steinberg schon wieder frech, als wir auf'm Weg ins nächste Café waren. Wir mussten uns auf diesen Preisschock hin erst einmal erfrischen. Dann dachte Steinberg laut: »Herr Meyer müsste nun die erwähnten Teile bestellen, damit sie ab morgen verfügbar wären, wie er sagte und wir sie abholen können!« Ich beruhigte ihn: »Die sind morgen abholbereit! Das ist das Zentrallager für die ganze Türkei, Mann!« Er nickte stumm mit dem Kopf, Reinke tat's auch. Wir fanden gleich ein Lokal. Kaffee und Bier taten gut. Unter blauem Himmel und genervt saßen wir da und blickten in unsere Getränke. Keiner sagte was. Fuzzi freute sich auf sein erstes Bier. Zwanzig Minuten, sechs Mokkas und drei Bier später unterbrach der Oberboss das Schweigen: »Herr Meyer besorgt uns noch einen Leihwagen und dann geht's zurück nach Kusadasi. Scheiße, ich hatte heute noch einen Besichtigungstermin im Hotel Imbat, dem schicksten Kasten im Ort. Da wohnt ein potenzieller Käufer für den 500er. Das wird dann ja nichts! Wir können uns den Laden heute Abend trotzdem mal anschauen. Mal sehen, was da sonst für Typen sind. Den Interessent benachrichtige ich gleich, dass es heute aus organisatorischen Gründen nicht klappt.« Steinberg hatte seinen Monolog beendet. Keiner hatte ihn diesmal, des Frustes und des Friedens Willen, unterbrochen. Zwei Stunden später saßen wir vier frisch geduscht in der Nobelherberge. Auch Fuzzi hatte seinen Alabasterkörper mal wieder mit etwas Wasser benetzt und auch der Seife, wie sonst, nicht abgeschworen. Reinke war am meisten beeindruckt von dem Ambiente und den Gästen. Einige flotte, aber leider verheiratete Ladys waren darunter. Er glotzte immer ganz fachmännisch auf die Finger der Damen nach Eheringen. Den Tipp gab er mir auch mal irgendwann in Hamburg. Ich sah seinen suchenden Detektivblick: »Na, keine vornehmen Solomiezen hier unterwegs?« »Noch zu früh«, klang es leise. »Wie im Café Keese auf der Reeperbahn um diese Tiet«, meinte Fuzzi und dachte wehmütig blickend an sein geliebtes Heimatrevier. Es war noch früh am Abend, erst 19:00 Uhr. Wir saßen am Rande der schicken Bar, um nicht weiter aufzufallen. Doch tuschelten schon wieder vereinzelt Leute und zeigten verstohlen auf uns. Fuzzi war wieder gut drauf, er liebte es einfach, unter Leuten zu sein, die lustig waren und die er erheitern konnte. Nach seinem dritten Efes hatte er wieder ein tierisches Bäuerchen von sich gegeben und fühlte sich sichtlich wohl. Er suchte nach Besteck. Es gab nur die Plastikstangen aus den Cocktailgläsern, mit denen man nicht klimpern konnte. Sie hatten keinen Klang und brachen meistens nach'm ersten Einsatz sofort ab. Die Bosse rückten etwas weg von Fuzzi und mir und tuschelten wieder, sich diesmal nach möglichen Kaufinteressenten umschauend, da passten wir Autoschmuggler nicht so Recht ins Bild. Es war lustig, unsere Jungs zu beobachten. Hin und wieder zeigte einer von beiden versteckt auf jemanden, dann nickten sie einvernehmlich mit den Köpfen oder schüttelten diese. Ich war nach dem dritten Mokka auch auf Bier umgestiegen und stieß mit unserem beinahe verheirateten Reeperbahnexperten mehrmals an. Ich war sehr gespannt, wer von uns drei anderen am nächsten Tag im Flieger nach Istanbul sitzen würde. Einer der Big-Bosse oder ich, der nur Chauffeur und Fuzzis Aufpasser und Schatten war. Nach der Rückkehr in unsere bescheidene Pension und anschließendem Abendessen in unserem Stammlokal, der Kellner hatte uns und vor allem Fuzzi schon vermisst, überlegten wir bei lauschigen Temperaturen und Sternenhimmel, wer nun fliegen würde. Wir hatten das noble Imbat-Hotel nach zwei Stunden verlassen. Steinberg hatte schon an der Bar eine imposante Zeche begleichen müssen, das Bier und der Raki kosteten halt das Dreifache von unserem Stammlokal. Steinberg hatte zwar vorgehabt, dort zu speisen, um noch weiter die Gäste zu beobachten, aber die Preise auf der Speisekarte waren doch für unsere Verhältnisse arg happig. Außerdem fühlten wir uns nach der langen Zeit in der Luxusbude fehlplaziert. Die anderen Gäste hatten uns zunehmend genervt angeschaut, denn sie sahen, dass wir vier alle zusammen gehörten und Fuzzi auch kein engagierter Künstler war. Er hatte längst Besteck aufgetrieben, bei einem versehentlichen Restaurantbesuch auf dem Weg zum Lokus hatte er es einfach eingesackt. Er klimperte leise rhythmisch vor sich hin, lächelte die anderen Leute an und stimmte hin und wieder ein Seemannslied an. »Rolling home to dear old Hamburg« und »Junge, komm bald wieder« kamen ganz gut an.

So, wer fliegt, war dann die spannendste Frage des Tages. »Du fliegst natürlich nicht, Fuzzi!«, meinte Steinberg ganz professionell. »Ach, nee!«, grinste Reinke und hatte aber Schiss, dass er los müsste. Fuzzi schaute nach dem achten Bier und fünften Raki, die waren aufs Haus, wie sein Kellnerkumpel sagte, romantisch angeheitert in den Sternenhimmel und zählte diese laut. Als er seinen Namen hörte, nickte er nur mit'm Kopf und rülpste. Ihm ging der ganze Tag am Arsch vorbei, wie er mir vorher im Imbat gesteckt hatte.

Wir losten. Ich verlor. Scheiße, dachte ich. Ich musste mit Turkish Airlines, dem Türkenexpress, nach Istanbul kacheln. Echt Mist! Die Jungs waren sichtlich froh, nicht in'n Flieger zu müssen. Reinke grinste mich blöd an: »Verloren ist verloren.« »Hahaha.« Ich killte mit Fuzzi zwei Pullen Raki und wir machten die Nacht durch. Ich hatte die Liste und 3.000 Mark am Mann. Um fünf Uhr saß ich in einem dieser Murat-Taxis, so 'nem großen Fiatnachbau. Ich saß vorne und fühlte die Rolle Geldscheine lose zusammengerollt in meiner rechten vorderen Hosetasche. Die Liste hatte ich, auch zusammengerollt, in die linke Hemdtasche gesteckt. Der Taxifahrer, ein kleiner, freundlicher, älterer Mann mit einem ledernen Gesicht machte auf mich auch nicht den fittesten Eindruck. Selbst ich mit meinem dicken Saufkopp merkte, dass der Alte irgendwie high war. Er ist wahrscheinlich eben erst von seiner Wasserpfeife abkommandiert worden. So'ne tierische Fahne wie ich hatte er nicht. Ich lehnte mich dann gemütlich zurück, der türkischen Musik aus'm Autoradio lauschend mit meinem Brummschädel ans Fenster und war kurz vorm Einpennen. Wir sprachen ja kein Wort miteinander, er konnte kein Deutsch oder Englisch, ich nur »su« und »egmek« auf Türkisch, Wasser und Brot. Plötzlich fiel der Kopf des Türken aufs Lenkrad. Geistesgegenwärtig griff ich ihm reflexartig ins Lenkrad. Eben noch völlig verpennt und duselig, war ich nun schlagartig hellwach und schrie den Alten an: »Hey, du Arsch, wach auf, sonst sind wir tot!« Ich war wieder mal nassgeschwitzt. Mir war klar, dass ich einen womöglich tödlichen Unfall gerade noch in letzter Sekunde verhindert hatte. Zwei oder drei Laster kamen uns gerade entgegen und sausten mit hohem Tempo an uns vorbei. Die hätten nicht bremsen können. Wir wären Matsche gewesen. An der rechten Straßenseite standen auch noch Bäume. Ich machte ein Kreuzzeichen, was ich sonst nie tue. Mein Fahrer zitterte wie wild und stammelte irgendwas in seiner Muttersprache. Ihm kamen die Tränen. Er war völlig fertig mit den Nerven, so wie ich. Scheiße, das war echt knapp, Alter, dachte ich. Dann kamen wir doch noch ohne einen weiteren Zwischenfall zum Adnan-Menderes-Flughafen von Izmir, so einer Art Militärflughafen mit ein paar Zivilflugzeugen. Der Taxifahrer lächelte devot, als ich ihm die Kohle für die Höllenfahrt gab. Ich zahlte für das Hin- und Rückflugticket nach Istanbul umgerechnet 'nen Hunni, ein Witz im Gegensatz zu deutschen Inlandsflugpreisen beim hiesigen Lufthansapreismonopol. Die Taxifahrt hatte die Hälfte gekostet. Die Boeing von Turkish Airlines war rappelvoll, fast nur Geschäftsleute um diese frühe Zeit. Es war sieben Uhr. Mein Kopf hämmerte wie zwei Uhr morgens. Beim Ticketkauf am Schalter hatte ich, verpennt und noch immer angesoffen wie ich war, das ganze Geldbündel aus der Hosentasche herausgezogen, was natürlich sofort einige neugierige Blicke der anderen Mitreisenden auf mich zog. Ich sah ja nicht wirklich business-like und seriös aus, noch roch ich so, und dann so viel Kohle in der Tasche. Es tuschelten einige leise. Im Flieger hielt ich auch die ganze Zeit meine rechte Hand fest auf die rechte Hosentasche gepresst. In der linken Hand hielt ich die Teileliste und den Pass fest auf meinen Bauch gedrückt. Ich trug leider ein T-Shirt ohne Brusttasche und an so einen spießigen Brustbeutel hatte ich natürlich überhaupt nicht gedacht. Ob mir Steinberg sein Köfferchen geliehen hätte, dachte ich und grinste mir einen. Nun, falls ich eingeschlafen wäre, hätte ich vielleicht gerade noch gemerkt, dass mir die Sachen runtergefallen wären oder mir sie jemand aus der Hand rausgezogen hätte. Als der Pilot dann die Mühle auf dem Atatürk-Flughafen von Istanbul hammerhart aufsetzte, eine sogenannte sichere Landung vollzogen hatte, wurde ich schlagartig wieder wach. Mir kam der Flug, der eine Stunde dauerte, wie fünf Minuten vor. Man, hatte ich noch einen Brummschädel von dem Raki und dem bekloppten Taxifahrer, alter Schwede. Scheiße, mein Gleichgewichtssinn setzte beim Aufstehen aus dieser engen Sitzmulde auch erstmal aus. Tief Luft holen und dann mit beiden Ellenbogen hochstemmen. Der Raki muss gepanscht gewesen sein. Nun galt es, ganz cool mit viel Schwung an den Sicherheitsfuzzis vorbei durch die

Ankunftshalle zum nächsten Taxistand zu gelangen. Ich holte wieder tief Luft. Doch vergebens. Ich muss wohl dummerweise jemanden versehentlich mit Schmackes brutal angerempelt haben, denn es stellte sich mir plötzlich ein Sicherheitsbeamter genauso breitbeinig wie John Wayne im Westernfilm »12 Uhr mittags« in den Weg. Oder war es ein Polizist, ich wusste es nicht so genau. Er deutete mir, ihm in sein Büro zu folgen, was ich mehr wankend als gehend tat. Dann wollte er meinen Pass sehen. Dabei fiel mir die Liste hin. Ich bückte mich, um sie aufzuheben und da rutschte mir auch noch das Geldbündel etwas aus meiner Hosentasche. Der Mann konnte die Scheine sehen und machte große Augen. Ich bemerkte meinen Fehler gottseidank sofort und errötete. Scheiße, dachte ich, der denkt wahrscheinlich, dass ich ein Dogenkurier auf Einkaufstour bin. Ich stammelte nur: »Ich zu Otomasan fahren, Teile kaufen, Mercedes kaputt in Werkstatt in Izmir! Hier Liste!« Ich gab ihm die Liste. Er warf nur einen kurzen Blick drauf und gab sie mir wieder zurück. Er hatte nur Otomarsan, Mercedes und Izmir verstanden, so war mein Eindruck. »Ich Taxi Otomarsan«, stotterte ich weiter und musste dummerweise ein so heftiges Bäuerchen machen, wie es sonst nur Fuzzi tat. Er blickte mich angewidert an und hatte ein Einsehen und zeigte mir die Richtung zu den Taxis. Ich war wieder klitschnass und die Ärsche saßen fein in Kusadasi und schaukelten sich die Eier. So ist das Leben! So ein Land, da kannste was erleben. Der Taxifahrer war ein sportlicher Mittdreißiger mit cooler Ray Ban auf der Nase, aus der lange Nasenhaare heraushingen, Schnauzbart, rotem Filahemd und weißer Hose. Cool hatte er mir auf Deutsch den besten Preis gemacht. Er gab Gas Richtung Otomarsan-Fabrik. Ich bin immer für Festpreise beim Taxifahren, sonst kommen die bösen Überraschungen später beim Löhnen. Ich sah nicht viel von der Stadt auf den zwei Kontinenten. Ich musste an die Hinfahrt mit Fuzzi denken, als er sagte: »Wir fahren von Europa nach Afrika.« Ich wusste nur, dass ich mir diese mich auf Anhieb faszinierende Metropole mal in Ruhe reinziehen müsste. Im Top Kapi den größten Diamanten der Welt bestaunen, der von Wächtern mit Maschinenpistolen bewacht wurde und den wir, wenn geraubt, eher losschlagen würden als unseren Diamanten aus Stuttgart.

Die eindrucksvolle Blaue Moschee hätte ich besichtigt und wäre dann auf dem lebhaften Taxim-Platz flaniert und hätte mir die ganzen Gaukler und sonstigen Freaks gerne reingezogen. Stattdessen saß ich nur verträumt im Taxi. Nach einer guten Stunde Fahrzeit waren wir dann endlich bei dem Lager angekommen. Ich war fast taub von dem Gedudel im Autoradio. Der Taxikutscher hatte auf seinem Zickzackkurs durch die Stadt kein Wort gesprochen. Er hatte mitgesungen und rhythmisch auf seinem teppichbezogenen Lenkrad mitgetrommelt. Na, wenigstens fiel sein Kopf nicht auf einmal nach vorne. Diese türkischen Droschken mit ihren im Fahrtwind wackelnden Fähnchen und Wimpeln der Nationalflagge waren ein lustiger Anblick. Auch ein Rosenkranz lag immer griffbereit. Wirklich sehr schade, dass ich nicht noch länger bleiben konnte … Dann bei Otomarsan angekommen ging alles ganz professionell und schnell. Ich wurde schon erwartet. Die Sachen lagen gut verpackt bereit. Doch bevor ich die Kohle zückte, kontrollierte und zählte ich die Teile anhand meines Bestellzettels aus Izmir. Ich verwarf die Idee, noch kurz bei Mercedes Benz in Izmir anzurufen und zu fragen, ob zwischenzeitig irgendwas Zusätzliches mitgebracht werden müsste. Scheißegal! Bloß zurück! Ich legte zwei große Braune und fünf Hunnis auf den Verkaufstresen. Ich ließ sie mir quittieren. Ich fühlte mich gleich besser ohne den Zaster in der Tasche. Der Taxichauffeur wartete mit laufendem Motor vor der Fabrik. Dann saß ich mit meinem Karton auf'm Schoß auf dem Beifahrersitz. Bei den Alis würde ich nie wieder allein im Font sitzen. Er heizte los. Im Nu waren wir zurück am Airport. Ich gab ihm noch 'n Zehner Tipp obendrauf, weil ich trotz seines flotten Fahrstils diesmal keinen Schiss hatte. War ja nicht meine Kohle. Er bedankte sich artig, hielt seinen Kopf schräg und lächelte auf einmal ganz verliebt. Scheiße, war der auch noch schwul? Bloß raus aus der Karre, dachte ich. Dann noch schnell drei Rakis auf Ex wegen Turkish Airlines, die mich fast ins Grab gebracht hatte. Die Engländer nennen die Fluggesellschaft nur zynisch T.H.Y., They Hate You«. Hatten die nicht schon ein paar Crashs mit vielen Toten hingelegt? Außerdem war ich völlig fertig: übermüdet, durchgeschwitzt und leider auch schon wieder nüchtern. Fuzzi hätte jetzt seinen Spaß gehabt. Die Rakis machten mich schnell wieder locker. Noch einen Mokka hinterher und schnell eingecheckt. Es war keine Rush Hour wie am Morgen. Es war 19:00 Uhr und der letzte Flug des Tages. Im Flieger war's dann auch gleich richtig gemütlich. Die Mühle war nicht mal halbvoll. Ich hatte links eine Dreierreihe für mich ganz allein. Die Stewardess, eine hübsche großgewachsene junge Türkin in ihrer schicken Uniform, lächelte freundlich und dachte sich bei meinem Anblick ihren Teil dazu. Sie roch gut. Ich nicht. Auf dem Hinflug hatte ich das flotte Personal gar nicht wahrgenommen. Aber nun mit dem teuren Paket auf'm Schoß und ohne die ganze Knete in der Büx konnte ich mich auf die schönen Dinge im Leben konzentrieren. Das Licht in der Kabine wurde zum Start gedimmt. Ich zog den Gurt stramm, presste das Paket unter den rechten Arm, legte den Kopf auf die Seite und schloss die müden Äuglein. Beim Betreten der Maschine hatte ich durch's Cockpitfenster den graumelierten Captain und seinen jüngeren Copiloten gesehen. Beide sahen in ihren Uniformen sehr vertrauensvoll aus. Ich dachte wieder an den Taxifahrer am Morgen. Dann schob der »Pilot in Command« die Gashebel der Triebwerke nach vorne auf Vollschub. Sie heulten auf und wir hoben dann bei 280 Stundenkilometern ab. Mir gingen die Rakis beim Abheben turbomäßig in den Schädel. Jetzt hatte ich sechs in der Birne, wegen des Drucks im Flieger wirkten sie doppelt. War das schön! Ich blinzelte noch kurz nach links aus dem kleinen Fenster und zog 'ne Fratze. Ich konnte nichts mehr erkennen. Scheiß auf den Diamanten, dachte ich. Den und die olle Blaue Moschee tue ich mir beim nächsten Mal an. Ich zog die Gardine vor'm Fenster zu und schloss die Augen. Doch dann nach 'ner knappen Stunde, wir waren wohl schon beim Landeanflug auf Izmir, knallte ich auf einmal knüppelhart mit'm Kopf gegen die Rückenlehne des Vordersitzes und wachte auf. Ich spürte einen Schmerz, als ob mir jemand mit 'nem Vorschlaghammer vor die Schläfe gekloppt hätte. Ich dachte, mir zerspringt der Schädel. Ich sah Sterne. Laute Schreie waren auf einmal zu hören und auch Wimmern und Gegenstände sausten durch die Gegend. Ich hatte keinen Kontakt mehr zum Sitz, sondern hing zappelnd wie ein Fisch an der Angel in der Luft im Sicherheitsgurt fest. Er lag mir stramm um die Taille und hielt mich mit meinen 80 Kilogramm Körpergewicht fest am Sitz. Wie gut, dass er geschlossen geblieben war. Er hatte mir womöglich das Leben gerettet. Wäre ich nach oben geschossen und an die Kabinendecke geknallt, hätte ich mir womöglich das Genick gebrochen. Das war bei solchen turbulenten Zwischenfällen leider schon passiert. Was hatte ich für Schwein gehabt, ich war völlig fertig mit den Nerven. Ich dankte meinem Schutzengel. Schemenhaft hatte ich Menschen herumwirbeln gesehen. Waren wir in ein sogenanntes Luftloch gefallen? Es hatte uns fast verschlungen. Die Maschine war ohne Vorwarnung auf einmal ganz plötzlich abgesackt. Wie im freien Fall aus 10.000 Metern schossen wir der Erde entgegen. Welch ein Horrorszenario. Ich dachte kurz, oh scheiße, jetzt stürzen wir ab. Ich legte intuitiv den Kopf auf die Knie. Meine Arme schwang ich auf die Rückenlehne des Vordersitzes. Wie gut, dass ich so viel gesoffen hatte. Den Aufprall hätte ich glücklicherweise gar nicht mehr so stark gespürt. Andere Passagiere schrien sich die Kehle aus dem Leib. Ich sah welche jammernd auf dem Kabinenboden liegen, wohl Verletzte. Es herrschte Panik im Flieger. Ich hielt die Luft an. Erst dachte ich, die Triebwerke wären ausgefallen. Beide gleichzeitig, was laut Statistik sehr selten, aber doch vorkam. Es folgten weitere Erschütterungen. Alle warteten auf ein erneutes Abschmieren des Vogels. Manche starrten gebannt nach oben. Ein paar Christen bekreuzigten sich und beteten. Dann nahmen die Turbulenzen etwas ab. Wir hoppelten mit unserer Kiste noch ungefähr zehn Minuten so weiter. Der Sitznachbar auf der anderen Gangseite starrte mit offenem Mund perplex ins Leere. Ich sah ihn in Gedanken schon einen Herz- oder epileptischen Anfall bekommen und dann links in meine Richtung aus seinem Sitz in den Gang fallen. Ich wollte schon meine Arme ruckartig nach rechts rüberreißen, um ihn aufzufangen. Er fiel mir aber nicht entgegen. Scheiße, das waren Halluzinationen, die ich niemandem wünschte. Ich sah kurz aus dem Fenster und dort unten bunte Lichter tanzen. Am Raki konnte das nicht gelegen haben. Ich hielt mir die Ohren zu wegen der Schmerzensschreie und des Drucks in den Ohren. Nie wieder in 'nen Flieger, nüchtern schon gar nicht. Dann konnte man schemenhaft die Berge sehen. Vor Izmirs Flughafen befindet sich eine Gebirgskette, der Jahre später eine Condormaschine mit 20 Personen an Bord zum Verhängnis werden sollte. Sie kam aus Stuttgart wie unser geliebter Schwaben-Mercedes. Die Piloten verloren angeblich wegen eines verwechselten Funkfeuers im Dunkeln die Orientierung und zerschellten an einem Berg kurz vor Izmir. Pilotenfehler, wie fast immer. Dann fielen wir stark links ab, machten eine kurze enge Linkskurve und setzten dann brutal auf. Eine sichere Landung auf Türkisch. Alter Schwede, war ich froh! Mann, oh Mann, war das ein Monsterluftloch gewesen. Naja, das konnte halt passieren. Die Jungs vorne im Cockpit sind auch überrascht worden. Ich steig nie wieder in 'nen Flieger, Turkish Airlines schon mal gar nicht und auch nüchtern sowieso nicht mehr.»Wat jut, dass ich so viel jesoffen hab«, würde 'n Berliner jetzt wohl sagen. Berliner hab ich zum Fressen gern. Den kreier ich neu, mit Raki-Füllung. »Yeni Raki: Mein Flugangst-Elixier!« Genug der Schleichwerbung. »Und völlig breit hat man einen Schutzengel«, um Harald Juhnke zu zitieren. Ha, und mein kleiner Bruder Philipp, ein Jahr jünger als ich, will Pilot werden. Na, da sind wie ja dann das Dreamteam im Flieger. Aber zuerst soll er bei Lufthansa mal den Eignungstest bestehen. Ok, die Bahn sucht immer Lokführer. Dann stand die Boeing. Man, hatte ich 'nen Brummschädel, als ich dann durch die Maschine torkelte und mir die Birne hielt. Mein geschwollener Schädel glühte förmlich und machte mir Licht, leuchtete mir den Weg, bildete ich mir ein. Bloß nicht nach unten schauen und auf jeden Fall die Ohren zuhalten. Er stank überall nach Kotze, Nase zuhalten ging ja nicht. Ich erinnerte mich später im Taxi nach Kusadasi, dass mir Sanitäter und andere Helfer im Gang entgegen kamen und ich Platz machen musste, was meinen arg strapazierten Gleichgewichtssinn herausforderte und ich ein paar Mal mit meinem Paket irgendwo aneckte. Ich war an Verletzten vorbei gekommen und über irgendwelche Plünden am Boden getrampelt. Ich ließ dummerweise einmal kurz das Paket fallen. Doch bevor mir noch jemand den Karton mit der heißen Ware plattgetreten oder gezockt hätte, konnte ich ihn gerade noch schnappen. Oh Mann, wenn ich ohne die Teile wieder bei meinen beiden ganz gefährlichen Jungs Steinberg und Reinke aufgetaucht wäre. Die hätten mir die Sache mit dem Beinahecrash eh nicht geglaubt, überlegte ich. Den hätte ich dann einen brutalen Überfall aufgetischt. So mit gefährlicher Bande in Istanbul und Polente und gerade noch mal entkommen, oder so. Ach, die Dösbaddels können mich mal! Hauptsache, Fuzzi lebte noch. Dann bin ich irgendwie im Taxi gelandet. Ich musste durchs Terminal geflogen sein. Ich hatte auf einmal Riesenflügel bekommen und landete dann hart auf 'nem Taxisitz und brüllte laut: »Kutscher, kennt er den Weg? Auf nach Kusadasi! Gib ihm die Sporen!« Ich hielt meinen nach Erbrochenem stinkenden Karton fest unter den Arm geklemmt. Jetzt war ich auf der Zielgeraden in das abgefuckte Kusadasi. Dann war ich weggetreten. Der Fahrer weckte mich erst mit sanfter Stimme, was ich zwar hörte, aber wohl als Engel in 'nem Traum deutete, dann als das nichts half, wurde er gröber, indem er mich wachrüttelte. Oh Mann, ich hatte dann gerade, das musste ich Fuzzi gleich erzählen, von einem Baum geträumt, an dem Raki wuchs. Es war echt gemütlich in seinem Murat-Taxi gewesen. Wir standen vor der Pension, in der wir momentan logierten. Ich musste ihm den Namen der Herberge irgendwie bruchstückhaft vorgestottert haben. Ich entlohnte ihn großzügig. Es war noch lauschig warm draußen. Ein zerzauster Straßenköter schlich mir um die Beine und bettelte mich an. »Ich hab nichts für dich, ich hatte nur Raki zum Abendbrot, du armer Wicht«, grunzte ich wie ein Ferkel und musste diesmal auch ein heftiges Bäuerchen machen. Oh, jetzt habe ich wohl den Seemann aufgeweckt, der gerade den Äquator überquert, oh Mann! »Fuzzi, ich segel mit nach Afrika!« »Halt die Fresse«, vernahm ich Steinwegs um diese Zeit süßes Stimmchen. Er stand, seine Pfeife rauchend, im gestreiften Schlafanzug am Fenster und konnte nicht schlafen. Die ganze Aufregung ... Mensch, das war doch jetzt erst zwei Uhr morgens. Ich war dann in meine Bude getrampelt. Als ich in unsere muffige Bude, Reinke rauchte gerne bei geschlossenem Fenster, reinkam, grinste er hämisch mit 'ner Marlboro in der Hand und kratzte sich am Hintern: »Na, haste die Scheißteile bekommen, du stinkst mächtig nach Kotze, Olli! Noch ordentlich einen gesoffen und dann abgereiert, hahaha?« »Ne, du Arsch, ich bin eben fast abgestürzt.« »In 'ner Kneipe, dann üb mal mir Fuzzi, du Anfänger!« »Halt's Maul, mit 'nem Flieger, du Idiot!«

Reinke war völlig zugekifft und lachte vor sich hin. Und wenn dann noch die Bude abgebrannt wäre, mir wär's scheißegal gewesen. Hauptsache, ich hatte die Teile, damit's mal endlich weiterging.

Während ich am Vortag Action hatte, hatten sich die Jungs 'nen schönen Lenz gemacht. Reinke hatte nach 'm Rasieren und Frisieren beim Barbier seine Olle angerufen. »Schatzi, ich bin so gut wie zu Hause«, hatte er ihr heuchlerisch vorgeseuselt. »Larsi«, hatte sie laut Fuzzi verliebt zu ihm gesagt: »ich freue mich schon, wenn du mit viel Geld zurückkommst, kaufst du mir dann was Schönes? Ich weiß schon was, mein Larsi!« Fuzzi hatte mit 'nem Bier in der Hand hinter Larsi Reinke gestanden. »Mann, hab ich mich beölt über sein Geschwafel, Langer!« »Ich kann's mir vorstellen!«, meinte ich zu ihm. Dann hatte Reinke sich Rei-in-der-Tube besorgt und Wäsche gemacht. »Immer gut riechen bei den Mädels«, klärte er mich auf. »Und putz mal dein Pferdegebiss, da stehen die Weiber auch drauf«, gab ich ihm den Tipp. Steinberg war alleine im Hotel Imbat gewesen, um wieder einen potenziellen Käufer zu treffen, wie er meinte. Er und Fuzzi waren bis zum Mittag in verschiedenen Spelunken gewesen und hatten die Zeit totgeschlagen. »Mal 'n paar andere Kaschemmen besucht, die wir noch nicht kannten und wo sie unseren Hafensänger noch nicht erlebt hatten. In einer hatte er dann doch wieder einen spontanen Liveauftritt mit der altbekannten Bombaynummer. Bald müssen wir für Fuzzi Autogrammkarten drucken lassen. Da saßen aber nur alte Nebelkrähen, keine flotten Tussis, haste nichts verpasst.« »Ach, wie schade, hättest mir dann eine mitgebracht?«, fragte ich. Fuzzi grinste: »Das Besteck hab ich eingesackt, jetzt hab ich immer was in Reserve am Mann!« Nachmittags waren sie dann zu dritt zu einem Treffen in der Kalawanserei gewesen.

Nach dem Frühstück war ich, die ganze Nacht hatten mich Albträume von Flugzeugabstürzen geplagt, beim Anblick unseres Kap Hoorniers wieder guter Dinge. »Beim nächsten Mal flieg ich mit ihm mit, dann geben wir uns beide richtig die Kante, so 'ne Turbodröhnung im Flieger, das wär's, dann hat der Lange garantiert keinen Schiss mehr!«, sagte er zu unserem Koordinator Reinke. Dann zu mir gewandt: »Hast die Büx ordentlich voll gehabt, was?« Er musste grinsen bei meiner Schilderung des turbulenten Fluges. Dann saßen wir zu viert im Taxi, nicht nach Paris, wie Fuzzi das bekannte Lied anstimmte, als Steinberg dem Fahrer unser Ziel Izmir mitteilte. Steinbergs Köfferchen ruhte auf seinem Schoß. Reinke hielt das Paket in eine Decke eingehüllt, so weit wie möglich von sich entfernt. Das waren keine 20 Zentimeter und es roch immer noch erbärmlich. Steinberg hatte es so angeordnet. Es sollte aus Sicherheitsgründen, wie er sagte, nicht in dem Kofferraum verstaut werden. Er hatte dem Chauffeur gleich einen Zwanni vorab in die Hand gedrückt. Dafür müsste der sich später wohl auch viel Duftspray besorgen, um den brutalen Hecht aus dem Wagen zu bekommen. Der Mann am Lenkrad heizte, was die Karre hergab, nicht so lahmarschig und total übermüdet wie mein Fahrer am Vortag auf dem Weg zum Airport. Er wollte uns natürlich mit unserer Fracht so schnell wie möglich loswerden. Hätte er gleich an dem Karton gerochen, hätte er uns wohl vor unserer Pension stehengelassen. Bei Mercedes angekommen, gingen die Mechaniker sofort ans Werk. Herr Meyer, der Werkstattleiter, sagte uns zu, dass wir am nächsten Tag so gegen Mittag den Mercedes wieder abholen könnten. Man werde selbstverständlich vorher eine Probefahrt mit dem neuen Getriebe gemacht haben. Wir fuhren zum Hotel Efes, mal wieder, wir hätten doch eigentlich gleich ein Verkaufsbüro dort aufmachen können. In der Lobby und in anderen öffentlichen Räumen waren viele Leute unterwegs. Doch einige Angestellte nahmen uns sofort wieder wahr. Es tuschelten welche hinter vorgehaltener Hand und zeigten dann verstohlen oder direkt auf Fuzzi. Er war hier gewiss ein Unikum, vielleicht ein prominenter Künstler mit seinem Gefolge. Alle waren zu ihm immer sehr höflich. Er schaute niemals grimmig drein wie Reinke und vor allem Steinberg und ich natürlich manchmal auch. Wir, das Traumquartett, die vier von der Tankstelle, könnten in der Heimat bald irgendwo auftreten. Im Lehmitz auf'm Kiez würden wir als Gage mindestens Freibier bekommen. Jeder beherrschte seine Rolle sehr gut und verkleiden hätte sich auch keiner von uns gemusst. Steinberg nahm Reinke, der sich gerade 'ne Kippe angemacht hatte, beiseite, schnackte kurz mit ihm und verschwand dann um die Ecke. Der Jongleur von der Reeperbahn und ich, Adjutant Olli, waren darüber nicht sonderlich überrascht. Wir hockten uns breitbeinig auf ein bequemes Sofa und schauten die anderen Menschen an. »Bestimmt kommt gleich jemand mit 'nem Koffer voll Geld hereingeschneit und will auf der Stelle das Auto haben, hier und jetzt, ganz bestimmt, Fuzzi!«, sprach ich zu ihm. Er hatte mir gar nicht zugehört, sondern summte »La Paloma« vor sich hin. Einer auf dem Nachbarsitz brummte die Melodie sogar mit. Es kam keiner mehr mit 'nem Geldkoffer zur Tür herein. Am nächsten Vormittag war der Mercedes wie vereinbart fertig. Ich bekam leider nicht mit, wie viele Tausender über den Tisch geschoben wurden. Wir waren nun alle froh, nicht mehr Taxi fahren zu müssen. Die Taxifahrer rochen meistens nach Knoblauch und standen nicht auf Fuzzis Geklimper. Wir mussten nicht mehr zu dritt hinten auf der Rücksitzbank zusammengequetscht Arsch an Arsch in so einem engen Murat-Taxi sitzen. Außer Steinberg benutze von uns nämlich keiner ein Deodorant. »Wofür auch, einmal im Monat Kernseife in'n Schritt und sonst Katzenwäsche, war auf'm Dampfer auch nicht anners!«, hatte mir Fuzzi mal gesteckt. Jeder konnte längst seinen Nebenmann am Geruch erkennen. Steinberg drehte manchmal angewidert seinen Eierkopf weg und deckte sich dann mit seinem heißgeliebten Wildlederjäckchen zu und machte sich sein Pfeifchen an. So bekam er nicht immer mit, wenn Fuzzi gähnte und sein sehr lückenhaftes Pferdegebiss zeigte, ab und zu auf den Fußbodenteppich rotzte und Reinke in Gedanken versunken seine eklige Zunge blitzschnell wie ein Chamäleon aus seinem Mund herausschoss. Reinke hatte einen neuen Interessenten aufgetan. »Es ist ein US-Soldat, der in Izmir stationiert ist und bald in seine Heimat zurückgeht. Er will in cash und in Dollar zahlen, ein schneller Deal also.«, sagte Larsi nicht ohne Stolz. Ein sehr schneller, dachte ich. Abwarten! Wir trafen diesen US-Soldaten dann wie verabredet vor dem Gebäude der NATO-Landstreitkräfte, denen er angehörte, wie er betonte. Er kam sofort auf uns zu gerannt und war sichtlich begeistert von unserem goldenen Limousinchen aus Stuttgart. Spontan ließen unsere Bosse den Amerikaner ans Steuer und machten eine Probefahrt mit ihm. Sie zwängten sie ihm richtig auf. In ihren Äuglein funkelte derweil George Washingtons

Konterfei auf den prächtigen Dollarscheinen. »Der Umtauschkurs D-Mark zu US-Dollar steht zur Zeit sehr gut für uns«, hatte mir unser Ex-Banker zugeflüstert. Ein weiteres Argument für den freundlichen Soldaten, wie er bauernschlau meinte. »Jungs, macht euch mal locker, in 'ner halben Stunde sind wir zurück. Es war 13:30 Uhr. Fuzzi und ich mussten uns wieder die Zeit vertreiben. Wir gingen erst mal auf den vornehmen Herrenlokus und machten ausgibig Toilette. Wir rasierten uns ordentlich. Erst ich, dann er. Er ließ mir den Vortritt mit der neuen Rasierklinge. Sie war nach unseren beiden Bärten stumpf. Die Klinge hatte ich mal Steinberg gezockt und ein kleines Fläschchen Old Spice hatte ich auch am Mann. Dann ein bisschen Wasser unter die Arme und den Zehnfingerkamm. Danach sahen wir richtig gut aus und rochen auch gleich gut. Wie ein schniekes Herrenpärchen. Darin hatten wir nun sehr viel Übung und es bereitete uns mittlerweile auch sehr viel Freude. Schönen Frauen hinterherpfeifen, hätte mit ihm ja Spaß gemacht, aber es kamen keine und Besteck zum Bezirzen hatten wir auch keines. Ein Kaffee und ein Bier ließen sich dann aber doch noch auftreiben, bevor die Jungs nach 'ner Stunde mit dem Ami zurückkamen. Reinke kam freudestrahlend auf uns zugelaufen: »50.000 Dollar will er löhnen für so ein Top-Auto, wie er sagte. Zuhause in den Staaten ist es das Doppelte wert. Meint er!« »Mann«, sagte ich anerkennend, »Mann, 50.0000 Dollar sind zur Zeit 100 Mille, alter Schwede!« Aha, Deal perfekt, alles geritzt, die Karre ist weg, es geht nach Hause, dachte ich. Steinberg lachte laut aus dem Daimler raus. Reinke ging wieder zu ihm und Tom, dem Soldaten. Freundliches Gesicht, offener Blick, Mitte dreißig, ein Bulle vom Typ Bud Spencer junior. Hände wie Klobrillen und Deutschlandfan. Mercedes, Heidelberg und Oktoberfest. Er kannte sich ja schon gut aus im Land seiner Vorfahren. Ich grinste zu Fuzzi: »So glatt kann das gehen. Jetzt habense so'nen harmlosen Amisoldaten aufgetan, kannste mal sehen. Na ja, warten wir mal, bis die Kohle aufm Tisch liegt.« »Und die Mäuse echt sind«, lachte mein Seemann und schlug sich auf die Schenkel. Ich musste mich bücken und am Bein kratzen, wahrscheinlich hatte mich irgendein Scheißviech gestochen, Malariamücken gab's ja hier Gott sei Dank nicht. »Na, Fuzzi, woll'n wir wetten, dass da noch was passiert?«»Um was?«, fragte er munter und fuhr fort: »Ne Pulle Raki!« Ich sprach etwas überrascht: »Wo haste die denn her?«»Egal!« brummte Fuzzi. Ich weiter: »Ob der Ami unsere Dösbaddels über'n Tisch zieht oder die ihn?« »Die beiden?«, schüttelte er den Kopf und rülpste laut. Es blickten einige zu uns rüber. Ein paar Angestellte lachten neugierig. Schon ein komischer Künstler, dieser kleine Mann. Musiker oder Akrobat mit seinem Aufpasser und Hiwi, also mir. Fuzzi stand auf und blickte um sich: »Tschuldigung, wir sind in bester Gesellschaft und bei einem wichtigem Termin!« Er verneigte sich höflich lächelnd mit der rechten Hand auf der Brust, setzte sich wieder und rülpste noch einmal richtig laut auf! Es folgten böse, angewiderte Blicke überall, auch unter den Mitarbeitern. Ich schüttelte den Kopf: »Wann kommen die Idioten? Fuzzi ist gleich nicht mehr zu bändigen.« Fuzzi legte sich quer auf das schicke Sofa, streckte die Beine von sich und lachte: »Gleich krieg ich die Rakipulle, Langer!« Dann hielt der Daimler vor der Hoteltür und Steinberg kam wutschnaubend mit rotem Kopf auf uns zu gerannt: »Scheiße, die Karre hat keinen Kat!« »Keinen was?«, fragte ich ihn, obwohl ich wusste, was er meinte. »Einen Katalysator, der vermindert die Abgase aus'm Auspuff, den haben alle Amiautos!«, sagte er mit verzweifeltem Gesichtsausdruck. Er war schwer enttäuscht, sonst hätte er auch nicht Karre gesagt, was er uns ja verboten hatte. Alles scheiterte an einem fehlenden Scheißkatalysator. Dann tauchte Reinke auf. Er hatte Tom verabschiedet. »Das ganze Geschäft ist geplatzt«, sagte Reinke, »100 Mille weg, durch die Lappen gegangen und nur wegen der Scheißamis mit ihren Kats! Sie sind selbst die größten Umweltverschmutzer der Welt und scheißen sich wegen eines lächerlichen fehlenden Katalysator in'nen Frack!« »Und haste ihn wegen einer Nachrüstung oder eines Umbaus gefragt und ihm einen Preisrabatt angeboten? Du sprichst doch gut Englisch! In den Staaten fahren doch Tausende von unseren S-Klasse-Schlitten, die haben doch auch alle 'n Kat, so'n Abgasreiniger.« »Ja, hab ich, aber als er hörte, dass das Teil fehlte, war Sense! Von Nachrüstung wollte er nichts wissen. Er schüttelte nur den Kopf und sagte »No!«.« Wir sahen den Ami noch in ein Taxi steigen. »Aus und vorbei! Mensch, vier

Wochen sind wir nun schon zugange!«, sprach Steinberg resigniert: »Wegen so einer technischen Scheiße, oh Mann ey, ich sah die 50.000 Dollar schon vor mir in meiner Hand liegen und damit das ersehnte Ende der Geschichte ...« »Zu früh gefreut!«, hörte ich Fuzzi leise hinter mir sagen. »Steigt ein, ich fahre zurück!«, sagte ich. Wir hielten noch kurz. Steinberg besorgte noch 'ne Flasche Yeni Raki die er dann gemeinsam mit Fuzzi hinten auf der Rücksitzbank austrank. Reinke, der vorne neben mir saß, drehte sich nach hinten zu den neuen Saufkumpanen um und fragte Steinberg: »Und was ist mit dem Typ aus dem Imbat los?« Der antwortete: »Ach lass mich jetzt in Ruhe!« und drehte sich nach rechts zu Fuzzi: »Prost, mein Penner!« Fuzzi war sauer, alles lag eben so nah, die Kohle, feiern und dann schnell zurück nach Hamburg aufn Kiez zu den Kumpels, die ganze Story vertellen. Die ganze Abenteuergeschichte. Die Kumpels hätten sich 'n Ast gelacht. Fuzzi mit 'nem dicken goldenen Mercedes. Steinberg lief der Raki schon über sein schickes hellblau gestreiftes Hemd. Er stieß mir unserem Kap Hoornier an, der etwas irritiert schien, jetzt mit dem Oberboss zu saufen. Er drehte sich dabei so heftig zurück, dass er mit seinem Brummschädel mit voller Wucht vors Seitenfenster knallte. Oh, das tat verdammt weh. Er hielt sich mit schmerzverzerrtem Gesicht seine Birne und verkündete: »Gute deutsche Wertarbeit eben, Scheißamis!« Er nickte ein und schlief, wie die anderen, die nächsten 20 Minuten bis zum Hotel. Reinke wurde als erster wach, als ich bremste, weil einer über die Straße hüpfte. »Ich brauch' jetzt 'ne Alte!«, flüsterte er mir ins rechte Ohr. Es war 18:00 Uhr. Ich ärgerte ihn: »Jetzt schon? Mach aber nicht so 'n Krach, wenn du wiederkommst. Dauert ja doch wieder länger bei dir. Hahaha! Oder penn gleich bei ihr, dann hab ich auch mal Ruhe!« Steinberg verschwand, ohne noch was zu sagen, auf sein Zimmer. Kaum hatten Fuzzi und ich unser Feierabendbier getrunken, stand Reinke schon wieder auf der Matte. Wir mussten beide grinsen. Fuzzi haute ihn gleich an: »Na, alle Weiber weg, hähähä?« Er setzte sich wortlos zu uns, baute sich erstmal einen Joint und steckte ihn sich an. Das tat ihm sichtlich gut, er streckte sich aus und wurde ganz ruhig. Ich drehte meinen Kopf und flüsterte zu Fuzzi: »Er ist schon weggetreten und meditiert jetzt. Gleich setzt er sich im Schneidersitz auf den Boden und macht Yoga!« »Was macht er?«, fragte unser Seemann interessiert. »Der ist total high! Und Steinberg liegt in seinem Bett und kotzt sich die Seele aus dem Leib, hahaha.« »Oller Affe«, meinte Fuzzi, »der verträgt aber auch gar nichts!« Ich wandte mich dann an Reinke: »Hat er denn eigentlich noch genug Taler für die nächsten Tage und Wochen?« Reinke drehte den Kopf zu mir hoch kratzte sich hinter 'm rechten Ohr und sagte mit ausdrucksloser Miene: »Keine Ahnung, Olli, was er in seinem Köfferchen und seinem Brustbeutel, den er immer um Hals hat, noch hortet. Heute bei Mercedes in Izmir hat er jedenfalls ordentlich abgedrückt. Ich sah, wie er Herrn Meyer leichenblass und kommentarlos 3.000 Mäuse in die Hand drückte.« Ich war platt: »Mann, dann hat ihn das Scheißgetriebe 6 Mille gekostet, alter Schwede!« Larsi war völlig breit und grinsend nuschelte er weiter: »Morgen fahren wir bestimmt nicht nach Fucking-Izmir, weil er so'n Schädel hat.« Er machte eine kreisförmige Bewegung mit seinem vollgekifften Eierkopf und rotzte auf den Boden. Er sah flott aus mit dem scharfen roten Lacostehemd auf seiner Plauze. »Wir machen heute hier 'nen Ruhigen. Morgen um 12:00 Uhr treffe ich noch einmal in der Kalawanserei einen von Samis Interessenten. Ach übrigens, mein Vater schickt mir 'nen Riesen an das deutsche Konsulat in Izmir!« »Das geht?«, fragte ich überrascht. Er antwortete: »Ab morgen kann ich die 1.000 Mark beim Konsulat abholen. Nur für alle Fälle, falls wir demnächst alle blank sind.« »Wieso wir alle, Steinberg löhnt doch bisher alles!«, musste ich lachen. Reinke wollte noch lallend was sagen, aber da kam Fuzzi mit 'ner leeren Efes-Flasche vorbei, grinste und zeigte auf Larsi und mich: »Sieh an, Captain High-fly und Leutnant Stoned.« »Ich bin nicht stoned, Captain Fuzzi!«, sagte ich. Er dann wieder: »Ach, schnack nicht dumm rum! Der Oberboss hat jedenfalls seine ganze Bude vollgereiert, es mufft durch die Türspalten in den Flur raus!« »Oh, wie lecker!«, grinste Larsi und spuckte wieder aufn Boden. Dann tastete er nach 'ner Kippe. Ich ließ die beiden Helden allein und latschte erst zur Promenade und dann zum Hafen. Ich atmete tief ein. Die salzige Meerluft tat gut nach Reinkes Kifferhöhle. Die Sonne schien am strahlend blauen Himmel. Ich kaufte mir beim nächsten Straßenhändler 'ne falsche Ray-Ban-Sonnenbrille für zweifuffzig. Meine letzte hatte ich im Flieger verloren. Die Möwen kreischten laut. Es roch nach Diesel und Abgasen und es herrschte ein reges kunterbuntes Treiben. Die Leute waren einfach gut drauf. Touris mit Sonnenbrand und geschäftige einheimische Händler, die alles Mögliche anboten. Fuzzi würde schon nicht türmen. Ich brauchte Ruhe und wollte mal allein sein. Ich ließ mich einfach etwas treiben … Meditation für Anfänger. Mann, Yoga könnte ich auch mal ausprobieren, dachte ich. Aber als Aufpasser unseres immer aktiven und lebenslustigen Seemanns fand ich bisher nie die Ruhe. Später fragte ich an der kleinen Rezeption unserer Herberge, ob eine Nachricht für Phil Decker angekommen wäre. Das war mein Pseudonym. Phil Decker war der Kollege von Jerry Cotton, dem Meisterdetektiv aus der gleichnamigen US-Krimiserie. Das war ein cooler Typ, der mit 'nem roten Jaguar durch New York heizte. Der Jaguar war richtig flott, nicht so wie unser goldener Mercedes. Aber Jerry Cotton wollte ich mich nicht nennen. Der Name wäre doch leicht dem Kriminaldetektiv zuzuordnen gewesen. Außerdem heißt mein Bruder Philipp. Ich wollte auf keinen Fall unter meinem richtigen Namen hier irgendwo residieren. Wir hatten uns alle fast immer mit falschem Namen angemeldet. Sogar »Fuzzi« hatten die bei der Anmeldung meistens akzeptiert. Das war damals der Vorteil von so kleinen billigen Herbergen: Keiner wollte einen Ausweis sehen. Nur die Kohle zählte. Ich gab Steinberg am Anfang den Rat, an der Rezeption immer einen kleinen Schein, 'nen Fünfer oder Zehner, je nach Quartier, dem Nachtportier in die Hand zu drücken. Für alle Fälle. Da mindestens einer von uns nicht nüchtern, leise oder sogar mit Damenbegleitung zu später Stunde nach Hause kam, war diese kleine Geste immer sehr hilfreich. Kleine Geschenke erhalten nun mal die Freundschaft. Ich hatte kurz vor der Abreise aus Hamburg in meiner zweiten Heimat, der Hamburger Disko »Madhouse«, 'n nettes Mädel namens Maike kennengelernt. Diese 1,80 Meter große blonde echte Hamburger Deern stand nun in Verbindung zu meiner Mutter und Larsis Vater. Die Damen machten sich langsam Sorgen, teilte meine Mutter, Spitzname Leila, mir nun mit: »Leila versteht das alles nicht!« Ich rief meine Mutter kurz zu

Hause in Bremen zurück und erwiderte, dass wir eine schöne unbeschwerte Urlaubsreise machten und jeden Tag bei dem tollen Sommerwetter nette Menschen kennenlernen würden. Wenn die drei wirklich gewusst hätten, wie lustig es hier mittlerweile zuging. Nur Larsis Alter konnte sich wegen der Geldüberweisung schon langsam einen Reim drauf machen, was hier unten wirklich vor sich ging. Langsam machte sich echt Frust unter uns breit. Vier Wochen waren nun schon ins Land gegangen, ohne die große Mörderkohle, wie Reinke sich auch mal ausdrückte, gescheffelt zu haben. Ja, wo waren denn die 100 bis 150 Tausend Mark, die so einfach zu verdienen waren? Einzig Steinberg glaubte wohl noch an den ganz großen Reibach. Reinke war doch ziemlich kleinlaut mit seinen Beschwichtigungen geworden. Er sagte, er hätte die Kowalski in Bremen noch mal angerufen und gesagt, dass ihr Mercedes verkauft sei und dass das Geld schon unterwegs sei. Was immer das auch bei ihm heißen mochte. Die hatten den 500er doch längst bei Interpol für geklaut erklärt. Nach beiden, der Karre und ihm, wenn er bei Übernahme seine wahren Personalien anhand seines Persos genannt hatte, würde gefahndet. Hahaha, so langsam ging ihm wohl der Arsch auf Grundeis. Beim Frühstück am nächsten Morgen teilte uns dann der Oberboss Steinberg flüsternd mit, dass wir gleich unser Domizil möglichst unauffällig und geräuschlos verlassen müssten. Die finanzielle Lage, wie er es ausdrückte, und nicht seine, hätten sich sehr verschlechtert. »Aha, kein Cashflow mehr, was Steinberg?«, wie Bankkaufmann in spe Larsi mal wieder wichtig und frech in seiner Bankersprache von sich gab. Er hätte nicht mehr genügend Knete, um die Zeche für die Unterkunft der vergangenen Tage zu begleichen, um die ihn der Typ an der Rezeption jetzt mal gebeten hatte. Da waren auch schon 700 Märker aufgelaufen. Die Kosten der letzten Tage waren ins Unermessliche angestiegen, denn der Verkauf des Daimlers hatte sich schwieriger als erwartet herausgestellt, wie er sagte. Gerade wo sich das Gesetz mit der Hochzeit, dem Auto und der Luxussteuerrückerstattung bei Heirat als Verarschung herausgestellt hatte. Bei dem Wort Heirat mussten Reinke und ich unwillkürlich unseren zukünftigen Ehemann Herrn Konrad-Dieter Frankenbusch alias Fuzzi anschauen. Der starrte uns ungläubig an und lechzte nach 'nem Bier. »Was glotzt ihr Dösbaddels mich denn so doof an?«, meinte er sehr aufgeregt, wie wir alle es von ihm nicht kannten. Steinberg wollte ihn beruhigen: »Fuzzi, kriegst gleich 'n Bier!« Er drehte den Kopf weg und flüsterte: »Ihr Idioten, ich brauch 'ne Pulle Raki auf den Schreck.« Er blickte schelmisch zu mir rüber. »Sollst du haben!«, meinte der Oberboss versöhnlich, »Aber lasst uns erst aus dieser Bude verpissen!« Mensch, so ordinär kannten wir unseren vornehmen und spießigen Pfeiferaucher noch gar nicht. Echt cool, wie er jetzt da stand: Köfferchenlos und ohne einen auf dicke Lippe zu machen. Sonst immer schick und wichtigtuend und jetzt? Büchse voll! Wir gingen dann – dumdidum – nach oben in unsere jeweiligen Zimmerchen, griffen unsere wenigen Habseligkeiten, die wir noch hatten und trafen uns wie verabredet in unserer gemeinsamen Bude. Reinke, Fuzzi und ich hatten zu dritt 'ne Plastiktüte voller Krimskrams, Steinberg sein Aktenköfferchen, 'ne Reisetasche für seine ganzen Klamotten und sein blaues heißgeliebtes Wildlederjäckchen. Unser Zimmer lag nach vorne raus und direkt unter unserem kleinem Balkon hatte Reinke den Daimler geparkt. Er hatte ihn ganz nah an der Wand geparkt, weil die Gasse, in der unsere Pension lag, sehr schmal war. Es konnten zwei Wagen vorsichtig aneinander vorbeifahren. Reinke hatte den linken Außenspiegel ganz eingeklappt, weil ihn sonst schon jemand abgefahren hätte oder mit seinem schnellen Moped dran hängen geblieben wär. Wie gut, dass das Zimmer nur im ersten Stock lag. Es mochten knapp zwei Meter fünfzig vom Balkongeländer bis zum Boden gewesen sein. Ich überlegte und sprach zu Reinke: »Spring du zuerst runter neben die Karre, ich reiche dir dann Fuzzi am langen Arm runter, der ist nicht so schwer wie wir!« Ich wandte mich zum Oberboss: »Dann springst du am besten, ich reiche dir dann die Sachen runter und spring dann als Letzter. Reinke soll fahren, er kennt sich in dem ganzen Wirrwarr von Gängen und Gassen am besten aus!« Reinke nickte stolz bei meinem Vorschlag. Steinberg war einverstanden. Fuzzi hatte schon die halbe Flasche Raki weggeputzt und blickte stammelnd und zeigte mit 'm Finger nach unten: »Da soll ich ...?« »Klar, Mann, du bist doch Seemann und hast das wilde Kap Hoorn mehrfach bezwungen!«, lächelte ich ihn an. Steinberg fügte hinzu: »Du bist doch kein Weichei, oder?« Fuzzi sagte nichts und leerte die Pulle in zwei Zügen. Und so klappte es. Reinke fiel zwar auf alle Viere, beide Beine und Hände, und brülle kurz vor Schmerz auf, rappelte sich dann aber schnell auf. Er durfte ja wieder fahren. Steinberg und als Letzter ich lernten aus seinem Missgeschick. Ich hatte Fuzzi vorher ganz leicht heruntergelassen. Es hatte geklappt und Steinberg hatte einige Hunnis gespart. Unsere doch nicht ganz so wertvolle goldene Luxuskarosse sprang auch sofort an. Einige Einheimische und ein paar zufällig vorbeikommende Touristen waren stehen geblieben, um sich das Spektakel nicht entgehen zu lassen. Einige klatschten sogar Beifall und hielten Ausschau nach 'ner versteckten Kamera. Es kam wahrscheinlich selten vor, dass sich irgendwelche Zechpreller auf diese Art und mit so 'ner Luxuskarre aus dem Staub machten. Die Sonne schien am wolkenlosen Mittagshimmel. Es war 12:30 Uhr. Um 12:45 checkten wir in der nächsten Herberge wieder ein. Wieder ein kleines niedliches Hotel, der 500er stand keine 20 Meter entfernt in Sichtweite. Wir verhielten uns betont unauffällig, so gut es halt ging und hofften diesmal doch alle nicht durch das Auto sofort aufzufallen. In der letzten Zeit waren wir, besonders Reinke, durch nahezu alle irgendwie befahrbaren Gassen und Gänge gefahren. Etliche Leute, vor allem die fliegenden Händler, mussten schon eine teuflische Hasskappe auf uns und den Daimler haben. Reinkes Visage hatten sich sicherlich schon viele eingeprägt. Früher oder später hätte es hier dann ganz plötzlich von den ansonsten sehr freundlichen Einheimischen, von irgendeinem kräftigen Jungtürken eins aufs Maul gegeben. Es lag was in der Luft. Obwohl wir in kürzester Zeit wieder in unserer Stammkneipe gelandet wären, unterließen wir es dort wieder aufzutauchen. Wir saßen, nachdem wir unsere neuen Zimmer, wieder mit Balkon im ersten Stock, die alte Nummer, bezogen hatten, in einem kleinen gemütlichen Café, von dem wir den im Schatten geparkten Daimler in weniger als 100 Metern Entfernung beobachten konnten. Wie eine junge Mutter ihr Baby im Kinderwagen. Nur hier passten vier Mann mehr oder weniger stark aufs goldene Baby auf. Als 'ne goldene Gans hatte es sich jedoch noch nicht erwiesen. Steinberg legte sein zu Ende gerauchtes Pfeifchen zur Seite und kratzte sich am Kopf. Er hatte eine Idee und sprach zu Reinke: »Lass mal überlegen, ich will morgen mit diesem Sami schnacken und ihm ordentlich auf die Füße treten, oder besser in den Arsch, weil er keinen einzigen Typen, wie er dir ja immer sagt, auftreibt, der einen ordentlichen Preis für den Mercedes zahlt. Mensch, der Mercedes ist im Top-Zustand, jetzt sogar mit neuem Automatikgetriebe!« Reinke und ich blickten uns verstohlen aus den Augenwinkeln an. Wir hatten den gleichen Gedanken: Wen interessiert das so genau? Reinke steckte sich 'ne Kippe an, machte einen ordentlichen Zug und sprach zu Steinberg: »Ok, du sprichst morgen mit Sami. Du machst bestimmt was klar mit ihm. Mann, ich hätte schon eher auf die Idee kommen können, oh Shit!« »Viel eher!«, knurrte Steinberg und zündete sich seine elegante Pfeife an, so'n 300-Mark-Teil wie er mal angab. Hier gab's welche für 'nen Heiermann. Fuzzi kam gelangweilt vorbeigeschlendert. Er hatte sich vor 'ner halben Stunde abgeseilt, weil ihm die Dösbaddels mächtig auf die Eier gegangen waren, wie er mit später steckte. Ich ging ihm entgegen, da er ganz gut schwankte und wir doch nicht auffallen wollten. Noch waren wir inkognito, meinte Larsi. »Ich war in unserer Stammkneipe, die war ganz einfach zu finden gewesen. Dort hab ich erstmal ein paar Halbe gezischt, um mich von der Hitze kurz zu erfrischen. Mein Freund, der Kellner, war ganz aus dem Häuschen, als er mich sah. Er kam sofort mit Besteck wieder. Ich hatte dann schnell zwei Strophen gesungen und Musik gemacht, hahaha. Als ich mit'm Klimpern fertig war, gab's noch 'n paar Rakis. Ging alles auf's Haus! Aber als ich dann schiffen ging, kam mir so'n Ali entgegen, den ich kannte. Das war der Bruder vom Chef an der Rezeption. Hatte er mir mal vertellt. Ich dann die Beine in die Hand und zickzack wie 'n Karnickel hierher und das mit off'ner Büx, wie ich eben merkte. Hab ihn locker abgehängt. Das hab ich tausendmal auf'm Kiez gemacht, wenn so Scheißluden hinter mir her waren. Die haben mich nie an'n Arsch gekriegt. Ich bin flink wie ein Wiesel« Er wischte sich den Mund am rechten Ärmel ab. Ich sprach: »So, nun ist das Wiesel wieder da! Aber sag den Dösbaddels nicht, dass du dich in unsere Stammkneipe verpisst hast, da stehen die jetzt gerade gar nicht drauf, verstehste, du alter Halunke, du?« »Aye, aye, Sir Captain!« »Fuzzi, halt 'n Rand!«, lachte ich leise. Es war 20:30 Uhr. Wir hörten Steinberg zu Reinke sagen: »Ich hau mich jetzt aufs Ohr! Dreh du noch unauffällig 'ne Runde, ob die den Mercedes hier schon entdeckt haben. Die klappern wahrscheinlich die Hotels nach uns ab! Danach schick Olli noch mal auf Streife und passt auf Fuzzi auf, damit der heute Abend nicht noch mal türmt!« »Geht klar!«, brummte Reinke genervt und steckte sich wieder eine an. Wir drehten nacheinander unsere befohlenen Runden. Einer von uns warf immer ein Auge auf Fuzzi. Es war so um 23:00 Uhr und mit 20 Grad immer noch angenehm warm draußen und man hörte noch angeheiterte Britentouris und auch einsame Mopeds stinkend herumknattern. Wir saßen zu dritt mit Fuzzi in unserer Bude und relaxten. Die Balkontür stand offen und Mücken und andere Viecher schwirrten um uns herum. Larsi kiffte. Unser Seemann und ich genossen jeder ein kaltes Bier. Fuzzi locker das fünfte. Ich war erst beim zweiten. Spontan haute ich Reinke an, nachdem der schon relativ high war und erzählt hatte, dass Steinberg doch keinen Plan hatte und dann auch noch Sami treffen wollte. »Jungs, lasst uns von hier verpissen! Alter, ab nach Hause, dass wird hier nichts mehr!« Reinke nickte mit dem Kopf: »Olli, hast Recht, das machen wir jetzt. Wir zocken die Karre und sind weg!« Fuzzi wackelte blöd und breit grinsend mit seinem Eierkopp und rülpste so laut, dass man es unten auf der Straße hören musste. »Scheiße, jetzt haste den Oberdösbaddel aufgeweckt, Fuzzi!« Reinke rieb sich seine kleine Äuglein und meinte: »Lasst uns Steinbergs Köfferchen mit den Wagenpapieren und Fuzzis Pass schnappen!« »Genau, ohne seinen Pass kriegen wir die Karre nicht außer Landes.«, ergänzte ich. Reinke wurde munter: »Los, lasst uns runtergehen. Unsere Klamotten lassen wir hier!« Fuzzi lallte: »Ohne Fuzzi kriegste die olle Karre nicht raus, hä?« Er wusste genau, dass er dringend gebraucht wurde. »Erklär ich dir später, Fuzzi!«, meinte Reinke. Dann schlichen Reinke und ich ganz leise in Steinbergs Zimmer. Fuzzi stand Schmiere, dass keiner gerade dann vorbei gekommen wäre. Als Warnzeichen hatte er den Kuckuckslaut vorgeschlagen. Steinberg lag schnarchend und lächelnd auf seinem Bett und träumte wohl immer noch von der großen Kohle und davon, die Puppen tanzen zu lassen. Wir schnappten uns leise seine Aktentasche und wühlten sie durch. Alles war da: Wagenpapiere, Fuzzis Reisepass und der Autoschlüssel. Seinen Pass hielt er wahrscheinlich mit den letzten Talern zusammen um seinen Hals im Brustbeutel versteckt. Egal wir hatten ja die 1000 Mark von Reinkes altem Herrn. Er brauchte sie nur beim Konsulat abzuholen. Das müsste bis Hamburg reichen, wenn die Scheißkarre nicht noch mal den Geist aufgibt. Wir waren aber Optimisten, wie schon die ganze Reise lang. Wir lauschten an der Tür. Es war kein Kuckuck zu hören. Wir liefen die Treppe mit dem Köfferchen runter, trafen Fuzzi an der leeren Rezeption, schlossen die Haustür auf und rannten raus. Offensichtlich hatte uns keiner bemerkt und Steinberg noch keinen Alarm gegeben. Wir rissen die Türen vom Daimler auf. Larsi saß wie vereinbart am Steuer und startete den Motor. Ein Glück, der sprang auch sofort an. Während wir zurücksetzen und wenden mussten, beobachteten Fuzzi und ich aufgeregt den Eingang unserer Herberge, ob unser Oberboss nicht doch noch in Unterhose rausgerannt kommen würde und sich geistesgegenwärtig vor den Wagen schmeißen oder versuchen würde, 'n Türe aufzureißen oder sogar auf die Motorhaube springen würde. Im Affekt war ihm alles zuzutrauen. Reinke gab Gas. Wir kachelten hupend durch das Gassenlabyrinth, ein paar Leute mussten noch zur Seite springen. Irgend so ein Fred stieß den ausgestreckten Mittelfinger durchs Fenster Reinke fast ins Auge. »Mann, mach das Fenster zu, Alter!«, brüllte ich ihn an. Es war sehr stickig in unserem Luxusleihwagen. Er und auch Fuzzi hatten sich in Sekundenschnelle noch 'ne Kippe angemacht. Die lynchen uns gleich! Wir bogen mit quietschenden Reifen nach rechts auf die Ortsstraße ein. Er achtete nicht auf die Vorfahrt. Ein Taxi kam vorbeigeschossen und hupte wie wild. Larsi zeigte den Mittelfinger in Richtung Taxi: »Fuck you, asshole!« »Ist ja gut, Alter, mach dich mal locker! Steinberg ist nicht hinter uns her!«, brüllte ich ihn an. »Lass bloß die Karre heil!« Mann, das war knapp eben. Er fuhr wie 'ne Wildsau, als ob der Teufel hinter uns her wäre. Wir heizten mit Schmackes den Berg hoch zur Hauptstraße Richtung Izmir. Oben angekommen steckte sich Reinke wieder eine an und holte tief Luft. »Ich will auch noch eine!«, kam es von der Rücksitzbank. »Hat dir eben richtig Spaß gemacht, Alter, was?«, blaffte ich unseren Rennfahrer ohne Lappen lachend und entspannt an. »Jungs, das war eben wie aufm, Kiez wenn die Luden sich in ihren Lambos jagen, bis es knallt. Herrlich!« Wie im Krimi, dachte ich, aber unterschlagenes Gut zu klauen, war ja wohl nicht illegal. »Wir klauen Steinberg die Karre doch gar nicht. Wir bringen sie nur zur Polizei, hahaha!«, lachte ich. Lars fuhr mittlerweile ganz entspannt und lachte wieder: »Er kann ja schon mal die Bullen anrufen. Er hat ja jetzt viel Zeit und muss sich nicht mehr ums Autoverkaufen kümmern, hahaha!« Nach zehn Minuten hielten wir an einer Grube abseits von der Hauptstraße an und schmissen Steinbergs so geliebtes Köfferchen rein. Wir waren erleichtert und gaben Gas. Reinke sprach, ohne Kippe im Mund, zu uns: »Jetzt haben wir noch etwas Zeit, weil das deutsche Konsulat in Izmir erst um neun oder zehn aufmacht. Vorher kommen wir nicht an die Moneten. Lasst uns noch mal anhalten und ein bisschen pennen. Wir haben jetzt ja noch 'ne lange Tour vor uns!« »Was du nicht sagst, Mann!«, lachte ich ihn an. »Nur diesmal sind wir schneller als auf dem Hinweg vor Wochen!«, meinte er wieder. »Abwarten!«, fiel mir noch ein. »Wat, Jungs, vier Wochen dauert der Törn nu schon? Ihr Dösbad ...«, er brach ab, weil ich ja dabei war. »Mann, Kapitän, in de langen Tiet bin ich ja schon unten am Horn. Am Horn unten von Afrika, aber das kennt ihr ja nicht! Ihr habt doch noch gar nichts gesehen von der Welt, außer vielleicht 'n paar nackte Ärsche im Eroscenter!« »Haben wir auch noch nicht.«, ärgerte ich ihn. »Ach ihr beiden Hosensch ...!«, brummte er noch mal und gab dann Ruhe. »Hach Fuzzi, noch mal auf den schönen stinkenden Ledersitzen pennen, wie neulich die ganze Woche in Saloniki auf der tollen Hinfahrt!« Larsi lachte: »Die stinken nicht mehr so wie vor der Reparatur, aber dafür schnarche ich jetzt hier vorne mit!« »So, Bankkaufmann Reinke, halten Sie die Backen! Ich will noch pennen!«, klopfte ich ihm auf die Schulter. Es wurde dann aber doch elf Uhr, bis wir das deutsche Konsulat wiedergefunden hatten. So langsam hätten wir uns in Izmir schon etwas auskennen müssen. Fuzzi blieb beim Auto. Ich begleitete Reinke ins Gebäude und siehe da: Er bekam tatsächlich nach Vorlage seines Passes

1000 Mark bar ausgezahlt. »Auf deinen Alten ist Verlass!«, sagte ich und war beruhigt. Er lachte erleichtert auf, steckte das Geld ein und sagte: »Mit der Kohle müssten wir es eigentlich bis Hamburg schaffen! Sprit, Essen und Straßengebühren, mehr geben wir doch eigentlich nicht aus!« Ich ergänzte: »Höchstens noch mal irgendeinen Bullen oder Zöllner schmieren, der gerade uns anhält, wo wir doch so einen seriösen Eindruck machen! Was meinste, sucht Interpol die Karre und dich schon?« »Das wär Scheiße!« Er trat aufs Gaspedal und sollte das erste Stück erstmal fahren, ich dann bei den Bulgaren und Jugos. Wir brauchten zum Glück nicht mehr den Riesenumweg durch Griechenland machen. Wir drei hatten jetzt ja alle Reisepässe und unser Goldstück war ja ordnungsgemäß in Fuzzis Pass eingetragen. Unser Fahrer war happy. Konnte er sich doch endlich mal am Steuer austoben, ohne Steinberg im Nacken. Er jagte unseren Achtzylinder mit 150 über die Landstraße. Das war doch zu viel des Guten. Ich ermahnte ihn, nicht so zu heizen. Er brummte nur enttäuscht ein »Ja, ja«, ohne rüber zu schauen. Er war glücklich, hier fahren zu dürfen, ohne was befürchten zu müssen wegen Fahrens ohne Führerschein, wie es im Beamtendeutsch so schön hieß, belangt werden zu können. Glücklicherweise mussten wir auch nicht mehr die Fähre beim Cannakale benutzen, weil wir direkt an Edirne vorbei Richtung Bulgarien und Ostblock fuhren. Das sparte uns viel Zeit und Larsi meinte, wenn bloß der Schlitten heil blieb, wir keine Probleme bekommen würden. Wir waren schon locker fünf Stunden unterwegs, als plötzlich und ohne Vorwarnung auf einer abschüssigen Landstraße bei 140 Sachen der rechte Vorderreifen platzte. »Scheiße, Reinke, bloß jetzt nicht bremsen!«, schrie ich ihn an. Mein Puls raste. Ich dachte in der Sekunde, dass wir uns überschlagen, dann wäre alles aus, dann wären wir alle tot gewesen. Wir waren fertig mit den Nerven, nassgeschwitzt zitterten wir vor Angst. Selbst unser hartgesottener Kap Hoornier, der schon zehn Meter hohe Wellen auf See erlebt hatte, bibberte. Er hatte, nachdem er beim letzten Tankstopp sich 'ne halbe Pulle Raki reingezogen hatte, die Äuglein zugemacht und harrte nun der Dinge, die kommen würden. »Bei Raki musste nicht so viel schiffen gehen wie beim Efes!«, hatte er noch leise von sich gegeben.

Er war plötzlich hellwach und saß kerzengrade auf dem glänzenden Chefsessel hinten rechts. Reinke hatte, ohne Fahrpraxis in so 'ner Situation, intuitiv richtig gehandelt. Ohne wild zu bremsen, hatte er den schweren und schlingernden Wagen einfach ausrollen lassen. Dann standen wir still. Was hatten wir Schwein gehabt, dass uns kein Eselskarren oder ein sonstiges Hindernis in die Quere gekommen war. Mann, hätte er das Steuer verrissen, gar nicht auszudenken, was hätte passieren können. Wir hätten direkt einen Abflug in die Pampa gemacht, wo uns keine Sau so schnell gefunden hätte und wir hätten sogar alle draufgehen können. Gar nicht dran zu denken! Der platte Reifen war noch heiß und stank bestialisch nach Gummi. »Echt Schwein gehabt, Jungs, wirklich!«, sagte ich, noch genervt vor Aufregung. »Hätte ab jetzt auch einer von uns im Rolli sitzen können!« Unglücksfahrer Reinke und ich, Cheffahrer Olli, stiegen aus und begutachteten den geplatzten Reifen und andere mögliche daraus entstandene Schäden am Auto. Aber glücklicherweise fanden wir beiden Laien nichts, was auf eine sonstige Beschädigung hindeutete. Es hingen nur die Gummifetzen des Reifens traurig stinkend auf der Alufelge. Dann fragte Larsi, sich seiner Schuld bewusst: »Einen Reservereifen haben wir doch an Bord und auch einen Wagenheber?« Ich antwortete: »Alter, dann guck mal nach!« Bevor Larsi anfing zu suchen, ging hinten die Tür auf und unser Kap Hoornier stieg wankend aus und fragte mürrisch, wann es weiterginge. »Geht bald weiter, Fuzzi, beweg deine Haxen, wir sitzen noch lang genug auf'm Arsch!«, beruhigte ich ihn. Reinke streckte seine Rübe aus'm Kofferraum und strahlte: »Alles noch da!« Er hatte 'n blaues Auge, das stand ihm gut, hahaha. Der Wagenheber, der richtige Schraubenschlüssel und der Ersatzreifen, der zum Glück noch ordentlich Luft hatte. Das half uns wenigstens aus unserer Misere. Ich hatte schon häufiger Reifen wechseln müssen und so war es für mich kein Problem. Gut war auch, das der 500er vorne rechts, wenn auch nur ganz knapp, auf festem Boden stand, sonst hätten wir ihn nicht hochgekriegt. Ich ließ dann Larsi kurbeln, der schon wieder vor Schreck einen Snickers vertilgt hatte, den er irgendwo für alle Fälle versteckt haben musste. Er konnte sich austoben. Ganz schnell waren dann die Radmuttern gelöst und der Reifen gewechselt. »Den alten schmeiß in die Büsche, ich fahr ab jetzt, Fuzzi, komm aus'm Busch, einsteigen!«, sprach ich energisch. Fuzzi schaute mich an: »Aye, aye, Chef Olli!« Reinke öffnete wortlos die Beifahrertür. Das war's für ihn hinterm Steuer. Als wir gerade losgefahren waren, sagte ich: »Ich fahr die ganze Strecke jetzt allein, egal wie viele Stopps wir noch machen müssen, wir haben keinen Ersatzreifen mehr und werden unterwegs auch so schnell keinen mehr in dieser Größe auftreiben können! Einen 225er bekommst du hier nicht an jeder Ecke. Auf ihren kleinen Ostautos haben die doch nur breite Fahrradreifen!« Fuzzis Kopfnicken vernahm ich im Rückspiegel. Meine Mitfahrer pennten dann noch die Stunde bis zur bulgarischen Grenze. Der Grenzübertritt selbst verlief wider Erwarten reibungslos. Null Ärger! Geradezu freundlich, wenn auch etwas mürrisch wurden wir mit unserer Kapitalistenkutsche durchgewunken. »Mann, Jungs, wenn ich an die Scheißnummer auf der Hinreise noch denke ...!«, musste ich meinen Jungs vertellen, den ganzen Frust, der bei den Bulgaren-Grenzern begann, noch vor Augen. Immer der schnelle Fuffi zum Schmieren in der Hand, mit dem die Bosse rumwedelten, sobald Probleme auftauchten. Reinke und Fuzzi hatten kurz aufgeschaut, als wir den Schlagbaum an der Grenze passierten. Gut, dass es auch später an der Hauptstadt Sofia keine Verkehrsprobleme wie Staus und Unfälle gab. Die Fünflitermaschine unseres betagten Stuttgarter Edelproduktes lief wie am Schnürchen. Noch einmal vollgetankt, gestärkt mit pappigem Ostblockraststättenfraß, gepinkelt und für Fuzzi irgend so einen billigen selbstgebrannten Blindmacherschnaps gekauft. Nachdem wir Bulgarien ganz überrascht als völlig harmlos abgehakt hatten, erwarteten wir nun von den Jugos die gleiche Behandlung. Reinke lachte schon wieder übermütig und bedeutungsschwanger: »Jetzt werden wir Jugoslawien im Sturm nehmen!« Ich meinte nur: »Halt die Klappe! Abwarten, Alter, wer wen nimmt!« Er hatte es sich seit der letzten Pause hinter mir auf der Rücksitzbank neben Fuzzi bequem gemacht und schmökte eine nach der anderen mit ihm. Ich konnte die beiden wegen des Rauchs kaum im Rückspiegel erkennen. Reinke kraulte sich die Wampe und schlug Fuzzi immer wieder auf die zarten Seemannsschenkel.

Die Jungs waren bester Dinge, als wir bei den Jugoslawen vorfuhren. Was sollte auch noch passieren? Die Bulgaren hatten uns kommentarlos aus ihrem Land gelassen Wir dachten alle, dass es wieder so schnell und flott gehen würde wie bei den Nachbarn. Auf der Hinfahrt gab's nur die ärgerlichen Straßengebühren, aber sonst keinen Ärger an der Grenze. Aber wir lagen diesmal völlig falsch. Es kam gleich ein Hüne von einem Grenzer auf uns zu. Er sah aus wie der Zwillingsbruder von Arnold Schwarzenegger in Uniform: Dunkle Haare, zwei Meter groß, 130 Kilo und Hände wie Klobrillen. Er deutete mir mit einer kurzen furchterregenden Handbewegung, links zu einer Halle zu fahren. Es roch förmlich nach Ärger! Der Riese wollte bestimmt nicht nur unsere Papiere sehen. »Scheiße, das gibt wohl gleich Ärger!«, brachte es Fuzzi kurzerhand auf den Punkt. »Hahaha, hatten auch schon lange keinen mehr gehabt!«, brummte ich ironisch. Der Stress vor 10 Stunden mit dem kaputten Reifen war ja schon fast wieder vergessen. An der Halle angekommen, ging diese auch tatsächlich gleich auf und zwei weitere Männer in Uniform kamen dazu. »Die zerlegen uns den Schlitten, hier und jetzt!«, meinte Reinke mit Sorgenfalten auf der Stirn, aufrecht hinter mir sitzend. Sein blaues Auge war ordentlich zugeschwollen, damit hätte er eh nicht mehr fahren können. Er rauchte nicht mal, sah aber trotzdem sehr zugekifft aus. Ich konnte auch 'n bisschen Dope zwischen dem Dreck riechen. Auch der Kap Hoornier drehte dauernd seinen Eierkopf hektisch wirr von links nach rechts und suchte mit glasigen Augen meinen Blick im Rückspiegel. Er fragte sich, was diese Aktion wohl wieder zu bedeuten hatte und ob sie wahr war oder er mit seiner dicken Schnapsbirne noch träumte. Ich musste den Wagen auf die Hebebühne fahren. Dann wurde er wieder mal hochgebockt. Mensch, vor fünf Wochen stand er das erste Mal bei den Jugos auf 'ner Bühne. Bei dem hilfsbereiten Mann auf dem klapprigen Gestell im Garten. Der guckte damals auch nicht so grimmig wie die drei böse aussehenden Uniformierten in der Halle. Unser Goldstück war in der letzten Zeit häufiger aufgebockt als auf der Straße gewesen. Nach zwei Minuten hatten die zwei Werkstatttypen das ganze Auto von unten abgeleuchtet. Sie kamen mit ihren Taschenlampen und Spiegeln unter dem Mercedes hervor. Die beiden sprachen unseren Aufpasser an. Wir hatten alle aussteigen müssen und warteten nun auf seine Reaktion. Wir sahen die beiden Männer ihre Köpfe schütteln. Nach was haben sie wohl gesucht? Nach Waffen und Drogen? Ich hörte Fuzzi was von Knarre und Juckpulver nuscheln. Da sie nichts gefunden hatten, atmeten wir erleichtert auf. Wir warteten nun darauf, dass wir weiterfahren konnten. Doch falsch vermutet. Zuerst wurde der Kofferraum gründlich inspiziert, der ja aufgeräumt und für unsere Verhältnisse relativ sauber war. Dort wurde nichts gefunden. Innen roch es zwar verdächtig nach Alkohol und vielleicht etwas nach Reinkes Hasch, aber das schien sie nicht zu stören. Sie griffen unter die Vordersitze, schauten ins Handschuhfach und blickten auch ins Fach auf der Hutablage, in dem die Grenzkollegen aus Griechenland auf der Hinfahrt ja die Gasknarre entdeckt hatten. Sie schlugen sogar auf die Innenflächen der Türen, als ob sich dort auch irgendwas Verdächtiges befinden könnte. Doch dann glotzten Reinke und ich sehr doof drein, wir beide mit offenen Mündern: Sie hatten sich den Motor vorgenommen. Scheiße, dachten wir beide, jetzt gibt's richtig Arbeit, als diese Arschlöcher anfingen, den Vergaser, dieses große runde Teil auf dem Motorblock, abzubauen. Sie begannen dann, an Kabeln und Schläuchen zu zupfen und ziehen. Selbst Fuzzi stand mit weit geöffnetem Mund fassungslos dabei. Ich sprach völlig resigniert zu beiden: »Woll'n wetten, wir müssen den ganzen Scheiß jetzt selbst wieder zusammenbauen?« Sie nickten beide stumm und schauten wie ich, was die Grenzer angerichtet hatten. Ergebnis negativ. Es wurde nichts gefunden. Es hätte uns Laien aber ganz locker einer etwas unterjubeln können, was wir dann für ihn über die Grenze nach Österreich oder Deutschland als Kuriere umsonst geschmuggelt hätten. Man hätte uns, von langer Hand geplant, irgendwo beobachten, verfolgen und dann überrumpeln können, um uns die heiße Ware wieder abzunehmen. Ja, unauffällig wie wir mit unserem Glückswagen ja waren, hätten sich ein paar böse Jungs leicht an unsere Fersen heften können. Aber wohl auch der blödeste von denen mag, wenn er uns etwas länger observiert hätte, das Risiko gescheut haben, dass seine teure Fracht bei uns tollen Männern abhanden kommt. Dann fing ich mit der Scheißarbeit des Zusammenbauens an. Ich nahm den großen runden Vergaser und legte ihn, so wie ich es beim Zerlegen gesehen hatte, auf den Motorblock, presste ihn da drauf und versuchte, ihn zu befestigen. Es misslang, welch Wunder! War ich ein gelernter Schrauber, oder was? Reinke ging mir zur Hand. Wir benutzten die Klemmen, schraubten, was das Zeug hielt, stöpselten die Kabel auf alle möglichen Anschlüsse, zogen an Strippen und Schläuchen, streckten und rüttelten. Das niederschmetternde Ergebnis: Reinke blutete an drei Fingern und hatte zwei Splitter in der rechten Hand. Ich blutete nur am Daumen. Aber schließlich schaffte ich es mit Hilfe meines Bankkaufmanns in einer knappen Stunde. Nassgeschwitzt und mächtig stolz, waren wir happy, dass die Mühle wieder lief. Fuzzis mehrmalige Anfeuerungsrufe »Ihr macht das schon! Ich muss auf'n Kiez zu den Jungs!« halfen uns auch. Es war klar, er wollte wieder zu seinen alten Saufkumpanen auf die Reeperbahn ins Lehmitz und sonst wohin, seine Stütze versaufen. Der Daimler lief auch deshalb wieder, weil einer der beiden Grenzer, dem Larsi diskret 'nen Zehner zugesteckt hatte, uns half. Ein Zehner war im damaligen Osten schon ein sehr üppiges Trinkgeld, wie mich der Ostblockexperte Steinberg einmal belehrt hatte. Apropos Steinberg: Ob der uns noch in Kusadasi suchte oder schon aus'm Fenster gesprungen war? Mit unseren Pässen war dann alles ok. Der Schwarzeneggertyp hatte sie noch schnell durchgeblättert und sogar noch etwas geschüttelt, wohl in der wagen Hoffnung, dass noch irgendwo ein Scheinchen für ihn herausfallen würde, um die Grenzformalitäten zu beschleunigen. Den hatte er sich diesmal aber nicht verdient. Oder seine Menschenkenntnis hatte ihm gesagt, dass bei diesen harmlosen, verwilderten und nach Schnaps und Dope riechenden Affen mit dieser dicken kapitalistischen Bonzenkutsche nichts rauszuholen war. Wahrscheinlich nur ein paar dumme naive Handlanger, die nur Benzingeld in der Tasche hatten und diesen auf den ersten Blick teuren Luxusschlitten nur überführen sollten. Stinkendes Gesocks. Da half nur die Einschüchterungsmethode zum Zermürben, um vielleicht doch was springen zu lassen. Ich trat das Gaspedal bis zum Anschlag durch. Wir hatten nur noch ein Ziel vor

Augen: Raus aus dem Ostblock, ab in den sicheren Westen. Irgendwann gibt's den Ostblock vielleicht nicht mehr, wer weiß? Wir hatten den 16. Juni 1988, 17:00 Uhr und bestes Sommerwetter mit 28 Grad Celsius. Das Autoradio blieb lange aus. Reinke und unser Kiezianer, wie Steinberg mal scherzte, schlummerten friedlich und träumten von den vergangenen Stunden. Beide Visagen zuckten regelmäßig. Ich fuhr die erste Stunde sehr vorsichtig. Nie schneller als 80, um die Maschine erst einmal wieder einzufahren. Dann waren wir zurück auf dem gefürchteten und gehassten Autoput mit seinem enormen Lkw-Verkehr. Wegen der vielen drängelnden, dicht auffahrenden und hupenden Laster, besonders wegen der türkischen und persischen Rennfahrer unter ihnen, die teilweise mit ihren leeren Geschossen 100 fuhren, musste ich automatisch mithalten. Ich musste zwangsläufig wieder schneller fahren, um im starken Verkehr mitschwimmen zu können und nicht dauernd mit Aufblendlicht und Hupe genötigt zu werden, zur Seite zu fahren, um die Brummis wieder vorbei zu lassen. Die mautpflichtigen Autobahnabschnitte waren nur der Tropfen auf dem heißen Stein, nur mal kurz auf 130 Stundenkilometer, um Triebwerk und Geldbörse zu schonen. Keiner von uns hatte noch Bock auf 'ne qualmende S-Klasse. Noch mal kurz die ewig gleiche Prozedur: Tanken, pinkeln, fressen und für Fuzzi 'ne neue Marschration an Schnaps und Bier besorgen. Der Motor, ein Wunder, hielt schon die ganze Zeit. »Qualitätsarbeit von uns!«, lächelte Reinke stolz und steckte sich wieder 'ne Marlboro an. Er hätte sich am liebsten selbst geküsst. Dann erschien auch endlich das erste heißersehnte Österreichschild vor uns. »Australia«, las Fuzzi uns laut vor, als er es sah und rülpste laut. »Austria«, korrigierte ihn Larsi oberlehrermäßig und strich sich mit der Hand über seine mächtige Snickerswampe unter seinem falschen grünen Lacostehemd. »Scheiße, hier gibt's ja keine Kängurus wie in Argentinien!« »Verarsch mich nicht, Fuzzi!«, sprach Reinke laut. Er war vor Langeweile aggressiv geworden, weil er wohl nichts mehr zum Kiffen hatte. Fuzzi nahm einen ordentlichen Schluck aus der Slibowitzpulle, schlug sich mit der flachen Hand vor die Stirn und grölte laut: »Amadeus, Amadeus, rock me, Amadeus! Geiler Song von Heino, muss ich ja sagen!«, Larsi schlug sich auch die Hand vor'n Kopp: »Ich fasse es nicht!« Ich musste den Kopf schütteln vor Lachen. Wer verarschte wen? Es kamen weitere Austriaschilder. »Nur noch rüber über die Grenze zu den Ösis, raus aus dem Scheißostblock und dann in die nächste Kaschemme zum Pennen!«, sagte ich und rieb mir die Augen. »Ich knack auch im Kuhstall, wenn es sein muss!« »Ich auch, mit 'ner neuen Pulle!«, lachte Fuzzi. »Und ich bau mir noch 'ne Tüte und hau mich aufs Ohr!«, erwiderte Reinke. »Dann brennt der Stall ab, du Dösbaddel, du!« »Halt's Maul, Fuzzi!« Zwar ruckelte kurz vor der österreichisch-jugoslawischen Grenze der Wagen komisch, aber das ließ nach zwei Minuten nach. »Scheiße, nicht schon wieder das Getriebe!«, flüsterte ich. Es waren noch fünf Kilometer bis zur Grenze. Die Grenzkontrollen nahmen wir in Rekordzeit. Zwei zu müde zum richtigen Filzen oder zu faule Grenzbeamte nickten nacheinander nur kurz und ließen uns durchfahren. Beide hatten sich nicht mal die Mühe gemacht, in unsere Pässe zu schauen. »Faules Pack!«, meinte Larsi und kratzte sich am Sack. »Kein Bock, die beiden, kann ich verstehen, wenn man allein um diese gottverdammte Zeit Dienst schieben muss bei dem bisschen Knete im Monat!«, antwortete ich. »Kenn' ich noch vom Bund!« »Und ich von der Nachtwache beim Orkan vor'm Kap …!« »Halt's Maul, Fuzzi!« fluchte Larsi. »Ey, Larsi, halt du deins und lass ihn aussprechen!« »Ok, ok, Olli, mach dir nicht ins Hemd!« »Fresse, Alter!« Es blieb dann ruhig in der Karre. Alle waren am Ende ihrer Kräfte angelangt. Kurz vor Mitternacht hatten wir dann in der Nähe von Graz in der Steiermark 'ne Bleibe für die Nacht gefunden. Ob dann noch der berühmteste Sohn der Gegend, Mr. Universum, Arnie Schwarzenegger von hier stammte oder nicht, war uns auch scheißegal. Das fand der um diese Zeit noch muntere und geschwätzige Gastwirt bedauerlich. Er war klein mit schütterem Haar und mit seinem langen grauen Bart und in seinen abgenutzten Janker sah er aus wie ein alpenländisches Urgestein Ende sechzig. Wir waren in dieser Nacht die einzigen Gäste und so öffnete er, gastfreundlich wie er war, noch 'ne Flasche eines berühmten Schnapses und stellte vier Gläser auf den Empfangstresen. Reinke lehnte ab, ich kippte einen runter und Fuzzi drei. Die beiden verstanden sich trotz der sehr verschiedenen Dialekte auf

Anhieb. Er hatte unseren Mercedes im Dunkeln erst gar nicht bemerkt. Er hatte nur flüchtig Scheinwerferlicht gesehen und war erst aus seinem Sessel vor dem Fernseher aufgeschreckt, als wir mit lautem Getöse die Herberge betraten. Autos interessierten ihn mit seinen 68 Jahren gar nicht, nur alte Traktoren, die hatten es ihm seit seiner Jugend angetan, wie er sagte. Reinke parkte den Mercedes vorsichtshalber noch hinter einem Schuppen. Niemand klaute oder demolierte das Goldstück in dieser klaren, milden Vollmondnacht im Gebirge. Um zehn Uhr am nächsten Morgen waren wir schon wieder auf Achse. Nach einem kernigen Frühstück, wir hatten sogar noch Marschverpflegung für unseren langen Ritt gen Norden in unserer vergoldeten Nobelkutsche eingepackt, waren wir drei wieder fit zum Bäume ausreißen. Unser Wirt, der Huber Sepp, wie er sich vorgestellt hatte, war bei seinem Morgenspaziergang beim Anblick unseres 500er mit Hamburger Nummernschildern dann doch neugierig geworden und fragte, wem dieses große und wahrscheinlich sehr, sehr teure Fahrzeug gehörte. Reinke und ich hatten auf unseren Seemann gezeigt. Fuzzi, der nach zwei Scheiben Brot schon wieder drei Obstler verputzt hatte, lachte: »Mien Jung, dat scheene Auto ist miens. I hev keen Lappen un nie een gehevt. Ik war'n Seemann uff alle Ozeane. Ik bin der eenzige auf 'm janzen Kiez mit Stütze un so 'n Schlitten unnerm Arsch und 'nem Pfarrer, äh Fahrer, dat vertell ich dir, mien Fründ! Und nun gev mi noch een aus de Buddel, du Halunke, du!« Der Huber Sepp schenke ihm noch einen ein und erzählte uns, dass er vor vierzig Jahren mal auf Sankt Pauli war. Er war sogar in der berühmten Davidswache gewesen, weil er im Suff bei so einem leichten Mädel sein ganzes Geld liegen gelassen hatte. Die wollte keine Schillinge damals, die war ganz doof und dachte, es wäre Falschgeld. Aber sie war 'ne flotte Braut mit großen Ohren und dann war'n alle seine Schillinge weg gewesen. Dem Huber Sepp hatte Reinke dann doch noch großkotzig erzählt, dass wir geschäftlich unterwegs waren. Da hatte der Huber Sepp sich nur an seinem Kopf gekratzt und an seinem langen Bart gezogen und Fuzzi angelinst. Der hielt sich die Finger in die Ohren, er konnte diesen Bullshit von Reinke, wie er sagte, nicht mehr hören. Reinke kaute ihm noch 'n Ohr ab, indem er ihm erzählte, was er für ein tüchtiger und erfolgreicher Businessman war. Fuzzi und ich hatten uns wieder im Daimler nach guter alter Art lang gemacht und harrten der Dinge mit Großmaul Reinke. Ich musste am fittesten von unserer verpennten Bande sein. Die letzte Etappe in unsere mittlerweile sehnlichst vermisste Hansestadt musste ich ja alleine abreißen. Dann ging's los in die geliebte Heimat. »Rolling home« war nun das Motto. Im Autoradio wurde die ganze Zeit so »Ösi-Scheißmusik«, wie Fuzzi genervt meinte, gespielt. Ich brauchte aber den Sender wegen des Verkehrsfunks. In irgendeinen Megastau zu geraten, wäre noch die Oberscheiße gewesen. Doch dann, gute vier Stunden später auf der Autobahn A7 irgendwo in Fucking-Hessen, wo wir dann doch noch im Stau waren und uns der Scheißdialekt der Typen dort beim Verkehrsfunk tierisch nervte, suchte ich an unserem treuen Becker-Mexiko-Autoradio, dass uns die ganze Zeit nie im Stich gelassen hatte, 'nen anderen Sender und auf einmal kriegte ich schon unseren heißgeliebten NDR rein und was wurde gespielt? Richtig: »Rolling home, rolling home to Dear old Hamburg, rolling home!« Nun hatten wir alle feuchte Augen. Freddy Quinn, der verzauberte Hafensänger, war selbst ein Ösi und hieß in Wirklichkeit Franz Eugen Niedl-Petz. »Ach was, du Dösbaddel!«, schnauzte mich unser Oberspritti barsch an. »Dat is 'n waschechter Hamburger Jung, das vertell ich dir mal!« »Fuzzi, du sagst Dösbaddel zu mir? Biste böse, weil ich deinen Hamburger Freddy als lausigen Ösi verkauft habe?« »Sorry, Chef, hab ich nicht gewollt, 'tschuldigung, Chef!« Dann sprach Alleswisser Banker Reinke: »Olli hat Recht, Fuzzi. Der flotte Freddy ist wirklich 'n Ösi. Der hat vom Hans Albers ganz viel abgekupfert. ›La Paloma‹, ›Goodbye Jonny‹, ›Junge komm bald wieder‹ und noch 'n paar andere Kalauer hatte er einfach vom ›Blonden Hans‹ übernommen. Der Hans Albers, dass war ein Original Hamburger Jung, der ist aber bei den Bazis unten in den Alpen, wo er zum Schluss wohnte, abgejuckt! Unverzeihlich!« »Ja, ja, Bankkaufmann Reinke, unverzeihlich von ihm!« Wir rauschten nach der Freddydebatte mit 200 Sachen in unserem Zwei-Tonnen-Achtzylinder-Geschoss die A7 hoch nach Norden. Ich geigte ohne zu bremsen durch alle 100er- und

120er-Zonen. »Fuzzi, wenn die grünen Brüder mich jetzt hier mit Karacho blitzen, kriegst du Fanpost von den Verkehrsbullen. Da steht dann, dass du 100 zu schnell gefahren bist, blablabla, 300 Mark löhnen und den Lappen abgeben musst, hahaha! Dir gehört ja diese Kiste!« »Versteh ich immer noch nicht!«, meinte unser Seemann. »Ich hab nich ma 'n Yachtschein für die Badewanne! Und dann krieg ich Post von der Polente, das schnall ich alles nicht. Ist noch Bier im Kofferraum?«

Abends um acht sagte ich den beiden Herren im Nobelmercedes an der Sierichstraße in Hamburg ›adieu‹ und stieg in die S-Bahn. Es war der 17. Juni 1988. Ein Feiertag. Die kurze Reise war für mich zu Ende! Noch mal Freddy: »Schön, schön war die Zeit!«

Wie ging es weiter?

Bankkaufmann Reinke wurde schon am nächsten Vormittag im Daimler auf'm Kiez beim Verlassen der Esso-Tanke angehalten und gab sich ganz cool als Oliver König aus. Keine fünf Minuten später kannte man seinen richtigen Namen. Er bekam eine Anzeige und eine Führerscheinsperre für ein Jahr. Mit 22 Jahren soll er seinen Lappen dann gehabt haben.

Steinberg, der Oberboss und Sponsor der ganzen Tour, kam mit Hilfe des deutschen Konsulats in Izmir völlig blank nach Hamburg zurück und verklagte Reinke und auch mich auf Schadensersatz. Aber als erstes wollte die Kowalski, die Eigentümerin des Daimlers, von ihm ordentlich Kohle sehen, wie ich im Schreiben seines Anwalts an mich sah.

Fuzzi, der wichtigste Mann in dem ganzen Unternehmen, arbeitete bis zu seinem Tode 2004 für Reinke und seinen Kumpel Axel als Hiwi. Von ihm hab ich viel Menschliches gelernt.